译文经典

殷红的花朵
The Dark Flower
John Galsworthy

〔英〕约翰·高尔斯华绥 著

黄杲炘 译

上海译文出版社

请你取走我胸前这朵花,
把我发辫中的花也取走;
随后离开吧,看夜色多美,
高兴瞧你走去的是星斗。
　　　　——登博维察的古行吟诗人①

① 登博维察为罗马尼亚南部县名。《登博维察的古行吟诗人》(*The Bard of the Dimbovitza*) 是罗马尼亚诗人 Elena Vacarescu（1868—1947）的诗集。

目 录

再版前言 …………………………… 001
三版附记 …………………………… 001

第一部 春 …………………………… 001
第二部 夏 …………………………… 113
第三部 秋 …………………………… 221

再版前言

本书初版于1990年9月,不知不觉已快十年。最近得知本书重版在即,不禁想到书的问世也像人的出生,日后自有各不相同的经历或命运。有的红遍天下,有的默默无闻;有的大起大落,有的平淡无奇……总之,有的书就像有的人,可写成颇具传奇色彩的故事。然而这样的书不多,无非是经常说起的那些。多数的书并无登天入地的上落起伏,但在其作者或译者的眼里,自有其曲折动人或颇堪回味之处。

本书初版时,我没有为它写前言,甚至连短短的译后记也没有,就像不给它介绍信或名片,就把它打发了出去,让它自己在大千世界里闯荡,去自生自灭。这情形在所有拙译中可谓绝无仅有。

如今,这本拙译已在滚滚红尘中走了一个轮回,将有新的开始。当然,此去仍前途未卜,谁也无法预见它今后有什么遭遇——其实,别说是预见,今后它即使有某种遭遇,我们也未必就知道。

然而它总算没有在红尘中白白走一趟,在那过程中毕竟结下一些缘。我作为同它结下不解之缘的译者,自然对这些缘抱有兴趣并感到关切。我相信，今后同它结缘的读者，也会对它的前尘感到兴趣，乐于听我作些介绍。

一

早在"文革"期间，我借到英汉对照读物《苹果树》[①]。这是商务印书馆出的一本小册子，虽然很薄，读后却印象很深，这一来是当时环境险恶，难得读到确实动人以情的作品，二来这中篇小说讲述的故事真所谓缠绵悱恻，极其感人，而优美流畅的译文又紧扣原作，令人佩服。总之，通过这本小书，我记住了英国作家约翰·高尔斯华绥（John Galsworthy, 1867—1933）。后来我才知道，他不仅是小说家，还是剧作家，曾以其描述艺术在《福尔赛世家》中达到的高峰，获1932年的诺贝尔文学奖——怪不得《苹果树》这么好看！

20世纪80年代初，我到上海译文出版社工作，在资料室无意中看到一本高尔斯华绥原作，书名 *The Dark Flower*。这书开本较小，厚度也不令人生畏，便于随身携带。我立刻想到《苹果树》。它也会那样好看吗？这书名给人一种难以

---

① 后来买到1979年10月的重印本（这第二次印刷的印数达九万多，比1963年9月的初印猛增16倍！），得知译者为黄子祥。另外，约十年前，此书拍成电视片《夏天的故事》，但情节有所改动。这也让我想到，如果《殷红的花朵》有幸遇到合适的导演和演员，拍成了电影或电视剧，那一定非常好看；至少其中的"春"和"秋"应当不亚于一度很红的电影《爱情故事》和《廊桥遗梦》，而且肯定更有回味。

捉摸的神秘感：这是什么花呢？为什么竟是 dark 的？我打开了书，书名页上有这样四行诗：

> Take the flower from my breast, I pray thee,
> Take the flower, too, from out my tresses;
> And then go hence, for see, the night is fair,
> The stars rejoice to watch thee on thy way.

哦，看来内容很抒情。再看目录，真是简单极了——只分 Spring, Summer, Autumn 三部。而版权页上的文字表明，此书印于 1927 年，从 1913 年初版算起，这时至少已印了十次，显然颇受欢迎。于是我借了回来，准备翻阅一下。

不料，翻阅了十来页就放不下了，结果从头读到尾。原来，这由三个几乎互不关联的中篇构成，叙述了主人公莱恩南的三次感情波澜，分别发生在他生命中"春"、"夏"、"秋"三个时期，而把这三个故事串起来的，就是书中频频出现的"殷红的花朵"——象征热烈恋情或强烈情欲的殷红石竹花。

当时我早过了不惑之年，已经是"秋"的那把年纪了。然而这本书使我大受"诱惑"，很想把它译出来，而此前我从未想过要译长篇小说。这情形就像我"文革"期间读到 John Masefield 那首 Sea-Fever，受其"诱惑"而开始译诗。但两者差别很大。那首诗只有十二行，而且是梅氏代表作，早就被选进了著名诗集；而这本小说毕竟是个长篇，在国内甚至不为人知，连专译高氏作品的前辈似乎也未注意到它。

但当时我确信，我的译文如果对得起我"发现"的这本原作，是会受到读者喜爱的。这倒不是因为此书是大作家的纯爱情小说，而是由于书中叙述的故事既缠绵凄婉、真实感人[①]，又不落俗套，再加全书语言优美，格调高雅，充满了诗情画意。说到诗情画意，只消看看书中故事里那些背景——古老的乡间庄园，牛津大学，阿尔卑斯山的旅游胜地；摩纳哥公国的蒙特卡洛，伦敦威斯敏斯特左近的宅第，国立美术馆，德比马赛，伦敦郊区的河滨别墅；海德公园……

二

经过反复考虑，我打消了翻译此书的冲动，把书还掉。为什么呢？

我当然想到自己精力有限，能让我自由支配的时间不多，还是把心思集中在诗歌翻译上吧。再说，译诗——特别是抒情短诗——可以凭兴趣进行，遇上喜欢的就译，不喜欢的就不译；译得出就译，译不出就不译，"掉头"比较方便；而且一首短诗不用很长时间便可译出初稿，尽管以后还得修

[①] 我没有读过高尔斯华绥传记，不知道书中一些情节是否——或者多大程度上是——作家本人的经历。但很巧的是，他1902年结婚，十年后与妻子分开，而次年就出版本书。更耐人寻味的是，书中主人公和作家本人都是读了贵族化公学后再进牛津大学，既有同样的学历，又几乎是同龄人。

改，但译出了初稿，事情就告一段落，就有完成一项工作的愉悦，而经常在译不同的诗，精神上比较放松，不容易有负重感。相比之下，译长篇小说有点像在漫长的黑洞洞隧道里赶路，要走到出口方才"重见天日"。

然而真正使我止步不前的，恐怕主要还在于担心——怕钻进的这条隧道前面没有出口，或者在隧道的出口处会遇上什么祸事。就是说，尽管我想把书译出来，但对于能不能、适合不适合出版，或者出版之后可能引起什么后果，却心存疑虑。

为什么这样呢？

说来也怪。本书中三个故事虽然很好看，但扼要地讲起来却有点"难听"。因为其中的爱情或恋情都比较"出格"，用现在大为流行并远为文雅的话来说，这些都涉及婚外情或婚外恋，而且有些"情节"似乎还颇为"严重"。下面就简略说一说故事梗概。

主人公莱恩南品貌端正，富于艺术才华，热爱大自然与美而从无征服异性的野心。十八岁左右，他是牛津大学的好学生，很受导师年轻妻子的钟爱。这位奥国美人比莱恩南大十六岁，原先她那份钟爱里还带有母性成分，但后来爱改变了性质。她感觉到这点之后，虽然也感到吃惊并想摆脱这种感情，却难于自拔。接着，在去阿尔卑斯山旅游中，她开始挑逗、引诱莱恩南，激起对方本能的反应。但莱恩南这种青春激情尽管来得迅猛，却经不住距离和时间的小小考验。热情很快冷却，导师夫人也开始清醒并迅疾撤出。

殷红的花朵 | 005

发生这件事以后,莱恩南不得不离校出国,去罗马和巴黎专攻艺术。六年后学成回国,他偶遇欣赏其艺术的议员夫人,由于年龄相仿,又有共同的兴趣爱好,他们从相识到相知。然而不知不觉中,纯洁的友谊中渐渐萌生爱情。接着,在去蒙特卡洛旅游中,他们一不小心,在对方的面前流露出深藏的感情,于是双方的爱意汇成了一股炽热又深沉的爱。莱恩南终于说动对方私奔,但就在准备远走高飞的夏夜,他们的爱情之舟突遭倾覆,致使他心爱的人惨遭灭顶。

又过了二十多年,四十六七岁的莱恩南已成了知名艺术家,温柔贤慧的妻子是他青梅竹马的伴侣。这时他遇到一位早年同学,见到其非婚生独女。这同学虽然心地不坏,但终生迷恋赛马和酒色,不理家事。十七八岁的女儿因母亲早逝,一向生活在孤独和寂寞之中,只能与马、狗、猫为伴,有时也画画消遣。莱恩南碍于老同学情面,又同情这姑娘身世,答应教她绘画。随着接触增多,这热情大胆又极富魅力的少女竟不顾一切追求他,把他逼到命运的十字路口:要这情窦初开的姑娘,还是要相伴多年的忠诚妻子?最后,他终于斩断情丝,带着妻子去欧洲大陆。[1]

要译书,总得写个选题报告,把要译的东西介绍一下。上面这个梗概因为还有些铺垫,看来也许还不太触目。但

---

[1] 玛格丽特·莫里斯(1891—1980)是英国著名舞蹈家、编舞家、舞蹈教育家,曾多次在高尔斯华绥的舞台剧中扮演角色,并接受其建议创办自己的舞蹈学校。她以高氏的一些信件为证,说本书第三部中的很多对话出自他们午饭桌上的面对面谈话。

如果简略到三言两语，恐怕有"量变到质变"的效果："春"讲的是主人公受到比他大十六岁的导师夫人诱惑，"夏"讲的是他同有夫之妇相爱并一起私奔，"秋"讲的是他与同学之女的感情纠葛。

这样的梗概在当时，是很多人难以接受的，这里可以举两个例子。

我曾译过美国女作家布勒许（1902—1952）的短篇小说《夜总会》，这篇东西视角独特，内容干净，既无包房，更无三陪小姐，甚至没有灯红酒绿，相反，倒还颇有"教育意义"，但是就因为标题叫"夜总会"而遭婉拒。

另一个例子发生在别人译作上。有一家外地出版社重印了傅东华先生翻译的《飘》①，吸引了颇多读者，但接着就有听说很开明的报界名人撰文责问：《"飘"到哪里去？》（记忆中如此）。还有不少社会知名人士在报上呼吁：要注意社会效果！

三

因为怕自讨没趣，我没有提出翻译此书的事，但心中却始终放不下它。不知怎的，在我印象中，好像没有一本书像

---

① 顺便说一句，此书原名 *Gone with the Wind*，语出英国诗人道森（1867—1900）名作《希娜拉》第 3 节第 1 行：希娜拉！我忘了多少风流云散的事物（I forgot much, Cynara! gone with the wind，可参看 2011 年上海译文版英汉对照的《跟住你美丽的太阳——英语爱情诗选》，第 238 页）。

它那样打动我。到了1984年末,我又把书借来读一遍,觉得其中故事虽然不同于一些常见现象,但并非以情节曲折离奇取胜,而有一定深度,例如有作者对男女相悦这种人间至情的本质和种种形态的观察,有对婚外恋者的家庭背景和心理状况的思考,还有对爱情与婚姻、激情与理智、情欲与道德、个人意愿与社会习俗等等所作的精细剖析,因此相当耐读。

当然,同传说中那种坐怀不乱的君子相比,莱恩南相去甚远。但仅凭古书中一句"柳下惠与后门者同衣而不见疑"树立起来的这位道德楷模,两千多年来对世道人心又有什么积极影响呢?有钱的不照样纳妾嫖娼,有权的不照样强抢民女,做皇帝的不照样三宫六院?连那个自称天父耶和华之子、耶稣基督之弟的洪秀全,尽管打的旗号是建立"人人平等"的社会,但有了一方地盘就要广纳女色充实后宫了,而他所谓兄弟姐妹的太平军将校士卒,即使是夫妻也不准住在一起。

莱恩南的故事之所以感人,是因为这书中人物同我们一样,有血有肉、有七情六欲,是因为发生在他身上的事也可能发生在我们每个人身上,他作出的反应也可能是我们的反应。当然,他这样的人物,这样的所作所为,也未必能匡正世道人心,但他不是那种高高供奉在云里雾里的道德偶像,而是同我们十分接近的凡人。我们甚至可以视他为亲友,从他的情感经历中有所感悟。

其实,即使要说教育意义,那么同空洞抽象的道德教条或难以企及的崇高标准相比,这书中的故事更有真实感,给读者的启发和教益也许更为生动,更有说服力,使人们的印象更为深刻。

就说我吧。读了这本书之后,别的不谈,至少从"春"里可以看到,年轻男子的情欲来得容易去得快,并不十分专注,很难长久倾注于年长许多的女性身上。而一位女性如果的确爱上了比她年轻十多岁的后生,那么只要她还有理性,就会有自知之明,知道她很难长久吸引对方;只要她对那后生的感情是真正的爱,就不会做出实际上使那后生受到伤害的举动,从而明智地结束自己的感情冒险。

同样,从"夏"中也可看到,这时的爱情比"春"来得深沉持久,也更炽烈,更有明确目标,而为了达到目标,已敢于冲破世间成法和社会习俗。然而,尽管没有爱情的婚姻是不道德的,但既然被世间成法和社会习俗承认,要打破这种婚姻状况将付出很大代价,后果甚至很可怕。

主人公在"秋"中的"表现"就更有"正面意义"。尽管那年轻姑娘极富魅力,而且几乎不顾一切地追求他,使他的心自然而然产生感应并极度矛盾,但是"秋"毕竟是成熟的季节,他终于放弃别人也许求之不得的机会,没有"重新投入青春和美的怀抱",而是给姑娘留下一封带有祝福的告别信。

这里,出现在我们面前的,固然不是纤尘不染的铮铮铁汉,却也不是专爱拈花惹草的轻薄之徒或偷香窃玉的情场老手,更不是表面上道貌岸然的伪善淫棍,而是感情丰富真挚又有道德感的人。他正因为同普通人一样，既有人性中的弱点，也有人性中的优点，而且都袒露得淋漓尽致，所以他在我们的心目中倒是相当可亲的人物。同时，他的三次情感纠葛表明他爱情上的日趋成熟，在道德上的日趋完善，使他仍然不失为真正高尚的人。

四

看了两遍之后，在一本日本版外国文学"事典"中看到对该书的专项介绍，又在"民主德国"出版的一套丛书中看到此书德文译本，更牵动了我的心思。1986年末，我把翻译此书的打算向上海译文出版社谈了，正巧其出书规划中有一套"高尔斯华绥文集"，于是我的这本顺理成章地归入这个文集。

这么多年的愿望一旦能实现，当然要全力以赴。但真到译时，就常有力不从心、捉襟见肘之感。特别是书中描写心理活动的地方较多，有些词语或句子间跳跃较大，阅读时一扫而过，但翻译时颇费思量，甚至对自己的译法是否正确或贴切没有把握。

全书译好后，本该像通常那样写点前言或后记，作为对读者的交代或对书的介绍。但是，对我译的这第一本长篇小说，我却没有这样做。这倒并非我有"不着一词，尽得风流"的野心，而实在是对那种突如其来的当头棒喝余悸未消。考虑之下，觉得还是"闲话少说为妙"，反正书已译出，最主要目的已经达到，而且我的这本在那文集中将是毫不起眼的薄薄一本，不给它写前言后记也罢。

这使我想起当年被称为美洲出现的第十位缪斯的安妮·布雷兹特里特（1612—1672）。她姐夫未征求她意见就把她的手稿带往英国出版，成为新大陆诗人问世的第一本诗集，但她对此既感到意外，又感到遗憾，写了一首《作者致自己的诗集》①，它最后的八行为：

> 我想用漂亮衣裳把你打扮好，
> 但家里只能找到粗糙的布料。
> 穿这衣服去平民间流浪无妨，
> 可要留神别落进评论家手掌，
> 你去的地方要没人同你相熟；
> 要是谁问起你父亲，就说没有；
> 问起你母亲，就说她呀苦得很，
> 所以才让你这个模样出了门。

如果套用这诗中比喻，那么本书可说是我领养的外国孩子。我因为喜欢这孩子，就擅自领养了他，脱下他挺括合身的英语外衣，换上一套我以拙劣手艺仿制的汉语外衣，就让他去面对读者了——也由于害怕某种类型的"评论家"，

---

① 本诗全文及注释可见2001年上海译文版英汉对照的《美国抒情诗100首》，第3页。

我不仅没有为这孩子说几句好话,甚至对他的身世也只字未提。

现在看来,这种害怕当然是多余的。因为在那之后不久,上海译文出版社经过慎而又慎的考虑,决定组织力量重译 Gone with the Wind——这时我未参加一起译,并非因为心有余悸,而只是想集中精力译诗。

拙译《殷红的花朵》于 1990 年 9 月开印。我拿到印成的书还没细看,却发现此书已登上出现不久的"半月热门书"排行榜①。这倒很出我意外,因为对这书没有任何宣传。当时我想,也许是作者的姓名起了作用——说不定很多读者同我一样,正是怀着对《苹果树》的美好回忆才拿起这本毫不起眼的书吧。现在想来未必如此。因为我后来看到美国大书商 Charles Scribner's Sons 出版的本书,出书时间是 1914 年,就是说,最晚在英国初版的次年,就有了该书的美国版。而且在美国出书的头六个月里,作者得到的版税是七百多英镑,约合如今的四万六千英镑。可见该书当时至少也受到美国读者的欢迎。

其实,受读者欢迎并不奇怪,因为作者本人曾认为,本书是他代表作《福尔赛世家》之外的最好作品,而就某些方面来说,甚至是他最佳作品。当然,这些都是我原先不知道的,但我从不怀疑拙译能得到一些读者喜爱。有的高中学生

---

① 1991 年 1 月 19 日《文汇读书周报》上,文艺类五本上榜书为:《落山风》《殷红的花朵》《郁达夫散文全编》《红楼梦》《鸳鸯蝴蝶派小说选》。

和已过知命之年的人曾向我表示这本书很好看。有两位读者使我尤为感动，并为有这样的读者而自豪。

一位是金石家，是我年轻同事的父亲。那同事对我说起，她父亲看了这本书，觉得非常精彩，不仅在书上圈圈点点，还在不少书页上写下阅读感受。这情况当然使我颇感兴趣，而那同事听她父亲介绍后读了这本书，随即作了缩写，发表在1996年10月5日的《文汇读书周报》上（两年多之后又有介绍故事梗概的短文发表在《中华读书报》）。可惜这时书已出版多年，难以满足见到文章而来购书的读者了。

另一位是云南经济广播电台的节目主持人。几经周折后，她从上海译文出版社得知我电话号码，便来联系，说大约在1991年念大学一年级时借到这书，读罢难以忘怀，在电台里主持读书节目后便遍寻此书，却未见踪影。在电话中，她凭记忆背诵了书首的四行短诗：

请你取走我胸前这朵花，
把我发辫中的花也取走；
随后离开吧，看夜色多美，
高兴瞧着你走去的是星斗。①

说来惭愧，我作为译者，对这几行诗的印象已很淡薄，听了她的背诵，才勾起一点回忆。更让我感到有趣的是，这

---

① 这是拙译初版中对书前四行引诗的译文。

位节目主持人告诉我说,她是这本书的"铁杆"读者,而她有个朋友并不欣赏高尔斯华绥,她想让这朋友也读读这书,也许能改变对高尔斯华绥的看法。

几次电话谈话的结果,是我应邀上她的读书节目《书海扬帆》,向云南听众介绍《殷红的花朵》。

作为这本原先不为国人所知作品的"发掘者"和译者,看到和听到这样的"反馈",我的欢愉之情的确难以言表。但我知道,它之所以能吸引读者,正像它能吸引我一样,是因为原作精彩,而也许由于拙译传情达意的不足,这种精彩已蒙受了损失。如果这样,将是我极大的遗憾。

黄杲炘
2000 年 8 月
2013 年 7 月略有修改

三版附记

又是十多年过去了，眼力越来越差，主要做的就是修订旧时译诗和写一点对译诗问题的认识，总感到无暇顾及拙译的小说，就让本书和《鲁滨孙历险记》听天由命，到茫茫书海中去"漂流"了①。

今年六月同上海图书馆古籍部梁颖先生通电话，想不到他提起《殷红的花朵》，说是很喜欢这故事，值得再出，并对今后的开本和装帧提出建议。梁先生看的拙译是初版本，距今已二十多年，但还能记得并关心该书，让我高兴又感激。我翻看了一下第二版，出了已有十二年，是可以重出了。但重出前最好修订一下，因为改一遍总能提高一点。但手中译诗的事还没结束，觉得还是等一等，以后如果眼力和精力允许，再做这事。

但不久又是一个想不到。译林出版社的孙峰女士打来电话，表示对本书有兴趣，愿意出版。原来这是老同事周克希先生的推荐。对此我深感荣幸，因为周先生当初看的也是初版本。记得以前同周先生谈到过高尔斯华绥，原来他也看过那本英汉对照的《苹果树》，也是对这书的深刻印象引起他对高氏作品的兴趣。

重出的机会来得突然，而且听来还不是普通的重印，我确实感到意外。如果说拙译初版时还引起一点动静，那么再版后一直比较平静，而且这么多年过去，怎么突然有这样几位高层次读者不约而同地提到该书，关注其再次出版？想来想去总感奇怪，后来翻阅原作忽然发现，今年正好是 *The Dark Flower* 初版的一百周年！似乎真有点"天数"了。

周先生趣味高雅，以译笔优美著称；梁先生对读书和藏书都有很高要求；孙峰女士不仅富有编辑经验，同时也是译者。他们三位的看法，既进一步证明我当时没看错这书原作，也激励我提高拙译质量的愿望。我决定放下手中的事，趁这个机会先来修订《殷红的花朵》，毕竟初版本还是二十多年前翻译的东西。

这次修订，原想用该书1914年的美国版本，因为书较新，字体也较大。但随后发现，文字与我原来用的1927年的英国本略有出入，看来高氏后来有所改动。拙译修订中改动幅度很大。也许这些年来对翻译的想法有了点改变，而不断的实践也可能让我略有长进，总之，这次修订中比较注意简洁。另一方面，或许因为自己眼力差，想到这样的故事如

---

① 我只译过两本小说。《殷红的花朵》是实在喜欢，"发现"后舍不得不译；译《鲁滨孙历险记》却还有个考虑，因为该书读者都知道，鲁滨孙从无"漂流"经历，而且原作书名 *The Life and Strange Surprising Adventures of Robinson Crusoe* 和 *The Farther Adventures of Robinson Crusoe*，与"漂流"毫无关系，说他"漂流"真是天大的冤枉。但是书在书海中的确像"漂流"，现在不是还有"书漂流"活动吗？

果能听听也不错，而且国外已有可以听的"版本"，所以修订中也有意朝这方面靠拢，于是译文的句子似不宜太长。当然，这也是一种尝试，但对我来说有个方便之处，因为译诗中长句不多，所以这样做未必会坏事，至少，句子略短可便于阅读。最后要交代的是，原作中有些心理活动方面的段落较长，修订中常略加细分，以方便阅读。

修订中我注意到一点：主人公莱恩南在早年同学中有个昵称"莱尼"(Lenny)。这让我感到亲切而有趣，因为我唯一的孙辈也正是这个小名，尽管他名字与主人公的不同。这样一来，我觉得自己同莱恩南似乎更多了一层关系，也多了一份感情。希望这小家伙将来也有莱恩南的优点、才华和幸运。

2013 年 12 月

第一部　春

PRINTEMPS

一

那是六月上旬的一个下午，他在霍利韦尔街上走着，短罩袍贴着他双臂飘垂而下，浓密乌黑的头发上没戴方帽。这年轻人身材不高不矮，那体形似乎由两种来源大不相同的成分构成，一种是强壮结实，另一种是纤细柔韧。他的脸也是奇妙的组合，尽管脸盘上轮廓分明，表情却温文尔雅又悒悒寡欢。他深灰色的眼睛炯炯有神，经漆黑的睫毛一衬，眼光就总像落在了所见事物的前方，所以常显得有些心不在焉；他的笑颜极其倏忽，显露出黑人般的皓齿，还使他的脸独具一种恳切神情。他走过的时候，人们对他颇为注目。因为在一八八〇年，学生出门不戴方帽的做法还早了一些。妇女对他特别感兴趣；她们看得出他对她们毫不在意，倒像是眼望着远方，心底里作着种种搭配。

对于他正在想的事，他是否有所了解呢？——在他生命的这个阶段，一件件事情，尤其是眼前还没露出端倪的，显得如此稀奇而有趣——这时的他对之是否有确切了解呢？在他就学的牛津大学里，虽说每个人都"不错"，对他都"和气得了不得"，他却感到不怎么有趣，等读完了牛津的课程，那时他将遇到和将去做的事才叫有趣呢。

他正在前往导师家，去宣读论奥利弗·克伦威尔①的文章。在一度是这市镇外围的古老城墙下，他从口袋里掏出个四脚动物。这是小乌龟。他看得全神贯注；见它那小脑袋探询似的伸缩扭动，就不时伸出又短又粗的手指摸摸它，似乎想弄明白它的质地。这背甲可真硬！怪不得当初乌龟砸在头上时，可怜的老埃斯库罗斯②感到头昏想吐！古人还让乌龟驮着整个世界——说不定是个由人、兽、树构成的宝塔世界，就像他监护人那只中国橱柜上刻着的。中国人创作的兽类和树木都喜气洋洋。看来，他们相信万物都有灵魂，不仅仅可以供人吃，供人驱使，供人建房造屋。他那所艺校，要是让他自由雕塑些东西该多好！要是允许他别再一个劲地临摹或复制，那该有多好！——真是的，看来那些人认为，让你自己想出个东西来就危险了！

他把乌龟贴在西装背心上，让它在那里爬动。后来他注意到，小乌龟在咬他文章的纸角，就把它放回口袋。要是他导师得知他口袋里竟有乌龟，会有什么反应呢？——准是把脑袋微微一偏，说道："啊！莱恩南，有些东西是我哲学中做梦也想不到的！"对，老斯道默做梦也想不到的东西多着

---

① 奥利弗·克伦威尔（1599—1658）为英国军人政治家，曾率国会军打败王党军队，处死英王查理一世，成立共和国，1653—1658年任护国公。
② 埃斯库罗斯（前525/524—前456/455）是古代雅典三大悲剧作家之一。据说有只鹰要砸碎乌龟吃肉，就抓着乌龟飞到空中后松开爪子，却正巧落在他头上。

呢。看来，任何事物只要不太寻常，他就怕得要命，就显得心惊胆战，而且总像在嘲笑你——为的是怕你嘲笑他。在牛津，这样的人有一大堆。真蠢。要是你害怕被人嘲笑，那就什么正经事也干不成！斯道默太太可不是那样，她说话、做事是因为头脑里这么想。当然啦，话得说回来，她是奥地利人，不是英国人，而且比老斯道默年轻许多。

现在已来到导师家的门前，他拉响了门铃。……

二

安娜·斯道默走进书房,见丈夫站在窗前,头略略偏向一侧——这是腿很长的高个子,身穿悦目的花呢上衣,颈子上是那时并不多见的低低硬翻领,系着用环套住的蓝色丝领带——那是她亲手织的。斯道默先生哼着歌,仔细修剪过的指甲轻轻叩着窗玻璃。虽说他因完成的工作量而颇有名声,但在这屋里,做妻子的从没见他在工作——选中这房子,是因为离学院至少半英里,而学院里有他指导的学生——他称之为"年轻的小丑们"。

他没有转身——除了绝对必须,他自然没有注意任何事情的习惯——但妻子感觉到丈夫知道自己进了屋。她走过去,在窗边椅子上坐下。这时丈夫回头看她,"啊!"了一声。

声音虽低,却几乎是赞叹。这出于他之口颇不寻常,因为除了对经典作品的某些部分,他可说毫无赞叹习惯。而妻子知道,她挺直地坐在那里模样最好——既展露确实很美的身段,又让阳光照着她棕色头发,照亮她深陷在乌黑睫毛下那双冰一般绿莹莹的眼睛。有时候,想到如今还保有这份漂亮,她大感欣慰。真的,要是她感到自己惹得丈夫挑剔,就会恼上加恼。即便如此,根据丈夫的口味,她的颧骨还是太高了。这是一种表征,显示出她与丈夫合不拢的某种个性,也总惹得丈夫不快——那是置一切于度外的冲劲,是活力充沛的锐气,是缺乏某种英国式的平和圆滑。

"哈罗尔德!"——她发 r 音时,永远没法不卷舌头①——"今年我想去那山里。"②

那山里!她十二年没见那些山了。最后一次是在圣马蒂诺-迪卡斯特罗扎③旅游,而他俩的结合正是那次旅游的结果。

"怀乡病!"

"我不懂你这词什么意思——我想念家乡。我们能去吗?"

"如果你想去,为什么不能去呢?但对我来说,再也不会带头登上希莫奈台拉巴拉④!"

她知道丈夫这话什么意思。毫无浪漫情调。那天他带头带得多出色!当时简直是崇拜他。多么盲目!真是大变其样了!跟眼前站在窗前的这位,难道竟然是同一个人?——如今他眼睛虽亮,却显得疑疑惑惑的,而头发也已经斑白。对,浪漫情调已过去!她默默坐着,望着窗外的街——那条她日日夜夜凝望的古老小街。只见那儿走出个人,来到了门

---

① 斯道默太太是奥地利人,发音受其母语影响。
② "山里"指奥、意边境的阿尔卑斯山区。
③ 圣马蒂诺-迪卡斯特罗扎在意大利东北,为该山区的旅游胜地。
④ 希莫奈台拉巴拉是山峰名,为圣马蒂诺-迪卡斯特罗扎的最高峰之一。

前，拉响门铃。

她柔声说道:"马克·莱恩南来了!"

她感到丈夫的眼光在自己脸上停留了一下,知道他此时已转过身,还听得他咕哝:"啊,那天使小丑!"斯道默太太静静坐着,等着看门儿打开。小伙子进来了,好一头得天独厚的乌发,稳重的神气里带着腼腆和温雅,手里拿着文章。

"哦,莱恩南,老克伦威尔怎么样?是个假仁假义的天才吧,嗯?过来,我们来把他结束了吧!"

斯道默太太一动不动坐在窗边座位上,凝视着桌旁两个身影——小伙子念着文章,低沉而柔美的嗓音怪怪的;丈夫靠在椅背上,双手的指尖相互抵着,脑袋微微偏向一边,脸上隐隐透出含讽带嘲的微笑,眼睛里却毫无笑意。对,他在打瞌睡呢,竟然还睡着了;可小伙子没有看到,还在往下念。念完了,抬眼一看。哦,他长着什么样的眼睛啊!换了别的小伙子,准会笑出声来,但他的神色中简直含有歉意。斯道默太太听得他嘟哝低语:"我太抱歉了,先生。"

"啊,莱恩南,我可被你逮住了!说真的,一个学期下来,我给弄得精疲力竭。我们准备去阿尔卑斯山。你去过吗?什么,从来没去过!你应该跟我们去,怎么样?安娜,你说呢?你不认为这青年人应该跟我们去吗?"

安娜站起身来,眼光直盯着他们两个。她没听错吧?

她随即作了回答——神情很严肃:

"对;依我看,他应该去。"

"好;我们就让他带领着,上希莫奈台拉巴拉!"

三

小伙子道过再见,安娜看着他出门走到街上,犹自在照进门口的阳光里站了一会,两手捂着发烫的面颊。她关上门,额头贴着门上窗玻璃,眼睛里什么也没看见。她的心跳得很快,一遍又一遍重温刚才那情景。这里包含着远大于原先看来的意义。……

她虽然一直怀有思乡恋土之情[①],尤其在暑假前的学期结束时;但今年却是怀着完全不同的感情,才使她对丈夫说:"我要去那山里!"

十二年来,每到夏天,她就想望那山区,但从来没有要求去;今年,她要求去了,却没有想望之情。而正是因为她突然意识到自己不想离开英国,明白了这一怪事的原因,这才要求去山里的。

然而,既然要摆脱对那小伙子的情思,她为什么却说:"对;依我看,他应该去!"唉,对她来说,生活可一直是奇异的体验,让她在良知和铤而走险之间被争来夺去;真是件古怪、强烈、痛苦的事!那天小伙子第一次来用餐,不言不语的,又带点儿腼腆,突然,仿佛整个心灵被照得通明,他

殷红的花朵 | 009

微微一笑——也就是在那天,她后来对丈夫说:"哦,他真是个天使!"从那天到如今过了多久?还不到一年——事实上,那是去年十月份刚开学的时候。他跟其他小伙子都不一样。倒并非他是一头乱发的天才青年,穿着不合身衣服,说话很动听;而是因为某种——某种——哦!某种不同;因为他就是——他;因为安娜渴望捧住这小伙子的头吻吻。这渴望第一次出现的那个日子,她记得很清楚。那是在复活节假期后,开学还不久。她给小伙子端来茶;这位女主人的猫老爱找这小伙子,这时正在他身边。他一边抚弄猫,一边跟女主人谈话。他说自己打算搞雕塑,可监护人反对;所以要等成年后再说。桌上那盏灯的灯罩是玫瑰红的,他先前又一直在划船,再加那天很冷,所以他的脸通红通红;而平时他脸色比较苍白。突然,他笑着说:"要等待什么事情可真讨厌透顶,是吗?"就在那时,她差点就伸手把小伙子的头捧近嘴边。当时她认为自己很想吻吻那前额,因为能做这孩子的母亲该有多好——只要她十六岁那年结婚就能做上。但现在她早已明白,自己想吻的并不是小伙子的额头,而是他的嘴唇。

莱恩南已来到她生活中——是又冷又闷气房子里的一炉火。这时她觉得难以理解,这些年来没有有他,自己是怎么熬过来的。在那六星期的复活节假期,她实在惦记莱恩南。这小伙子的三封来信又怪又短,半带羞涩,半是推心置腹,却

---

① 原作中为德语。

让她着了迷，一封封吻过不算，还都揣在衣裳里！她写了几封长长的回信，虽说她的英语有点奇特，信却写得完全正确。她从不让小伙子揣摩到自己的真实感情，一想到也许会揣摩到，她就吃惊得难以形容。眼前这学期开始以来，全部的生活似乎只是对他的思念。倘若十年前自己的小宝贝能够活下来；倘若孩子的死没使她痛苦至极，从此打消再生一个的愿望；倘若这些年来，她不是清楚知道生活中已无温情可指望，恩爱之事也早已过去；倘若这座最美丽古城的生活能攫住她的心，那就有力量抑制这感情。但世上已没什么能转移这感情了。何况她活力如此充沛，又完全意识到自己的勃勃生机在白白浪费。她心里那感觉有时很吓人——那就是渴望生活，为自己的精力找到出口。在所有这些年月里，她千百次独自漫步，想让自己忘情于大自然——在人迹不到的树林里或田野上，她独自一人匆匆急走，想摆脱虚耗生命之感，想恢复当姑娘时全世界敞开在面前的感觉。她身段窈窕，棕色的头发这样有光泽，眼睛又如此明亮，这些都不该给无端浪费。她试过许多排遣办法。在贫民区做慈善，音乐，表演，打猎，却一样样放弃，接着又满腔热情再一一拿起。这些在过去还有用。但今年却无效了。……

一个星期日，她忏悔后从教堂出来，并没真正忏悔的她扪心自问，觉得很邪恶。她得掐灭这感情——必须远远离开，离开这叫她如此动心的小伙子！如果不赶快行动，她会被冲走。可接着她又这样想：为什么不行呢？生活就是去生、去活——不是在这古怪的文明地方，在这气衰血冷之地半死不活地瞌睡！生命是献给爱的——是供人享受的！下个月她就三十六岁了！在她看来，这年岁已老大不小。三十六岁！她很快就会变老，真正地变老——却从没体验到炽热的恋情！当时，带头登上希莫奈台拉巴拉的，是大她十二岁的英国人；于是这模样挺帅的汉子成了受崇拜的英雄。但崇拜之情不是炽热的恋情。也许这有可能变成挚爱，要是这汉子有此意愿。但他始终彬彬有礼、冷若冰霜，只顾看书本。究竟他还有没有一颗心？血管里还有没有热血？在这太美的城市和这城市的居民里——这里哪怕满腔热忱，也显得拘谨刻板，决没有灵活的翅膀；这里每件事物都有繁复造作的成规，犹如这里教堂和修道院的回廊——这里，还有没有一点生活乐趣？

可是，竟然对一个年轻小伙子——对几乎可做她儿子的孩子怀上这感情！这就太——不体面了！这想法萦回在她心头，使她夜里无眠地躺在床上，在幽暗中涨红了脸。她是个虔诚教徒，曾拼命祈祷，求上帝使她心灵纯净，赋予她母亲般圣洁感情，让她对这小伙子充满关爱，肯为他和他的幸福作出一切牺牲，忍受任何痛苦。在这些长长祷告后，她恍若用了麻醉剂，心里平静了，昏昏欲睡起来。这状态也许能维持几小时。接着，所有那一切重又袭上心头。她从没认为这小伙子也爱她，小伙子爱她的话——那可是违情悖理的。为什么小伙子要爱她呢？在这点上，她倒自视颇低。

那个星期天，她避免作认真的忏悔；此后冥思苦索，想着如何了断这感情——如何摆脱这对她来说过于强烈的想望。总算灵机一动，她想出个办法——要求去那山里。就是在那个地方，丈夫闯进她的生活，所以她要回那里去试试：看这番感情是否可就此熄灭。要是不行，她就要求留下，同自家人待在一起，这就远离了那种危险。可如今这傻瓜——这有眼无珠的傻瓜——这挂着嘲带讽微笑、一向摆出保护人架势的高级傻瓜——逼得她推翻原先的打算。好吧，让这个傻瓜自食其果；反正做妻子的已尽了最大努力！这回她可要豁出去尽情大乐一番，哪怕这意味着自己不得不留在那里，永远再也见不到这小伙子！

门窗都关上的时候，门厅的空气里，隐隐约约总有股烂木头气味。现在她站在那昏暗里，一阵暗暗高兴使她全身哆嗦。同莱恩南一起待在她故乡的山峦间，给他看所有熠熠闪亮或褐中带黄的奇峰危崖；同他一起爬上崖顶岩巅，俯览脚下一个个人间王国；同他一起闲步在松林中，在热烘烘阳光下，在千树百花的芬芳里，漫游在阿尔卑斯山上！七月一日；可现在只是六月十日！她还能活那么久吗？这回他们不去圣马蒂诺，还是去考尔蒂纳①吧——去没有往事旧情可追忆的新地方！

她从窗前走开，忙着摆弄一盆花。她已听见那哼着歌儿的声音，这往往是她丈夫即将到来的预告，就好像事先发出警告，让周围的世界在他到达前恢复良好秩序。她因为满腔

---

① 考尔蒂纳疑即意大利东北部的考尔蒂纳丹佩佐，这也在阿尔卑斯山区，曾举办 1956 年冬季奥运会（1944 年原拟在此举行冬奥会，因第二次世界大战而取消）。

殷红的花朵 | 013

欢喜，对丈夫也就宽容而友好。虽说他不是有意给妻子这份欢乐，毕竟还是给了！他一跨两级走下楼梯，显出一派不是妻子看惯了的教书匠神态；接着，他从衣帽架上取下帽子，朝妻子微微扭过头来。

"小后生莱恩南是讨人喜欢；但愿到了那里别惹我们嫌！"

他的声气中似乎略带歉意，为刚才一时冲动发出的邀请要求原谅。这时安娜憋不住要大笑，为了掩饰，为了找个发笑的理由，她奔向丈夫，为了让自己够得着，拉着他上装的翻领使他俯下脸来，随即在他鼻尖上吻了一下。这时，她才笑出声来。丈夫站在那里看着她，脑袋稍稍偏向一边，眉毛微微扬着。

四

年轻的马克听到轻轻的叩门声，虽说起了床，还在睡意蒙眬地穿衣裳——在这熹微晨光中，那些山好似一头头巨兽趴在那里，看着真叫人快活。他们要去登的那座山看来很远很远！这巨兽的头抬得不高，只在它的前爪之上。马克把门开了一条缝，低声问道：

"晚了吗？"

"五点钟，你准备好了吗？"

他真是太无礼了，竟然还让人家等他！不一会儿，他下楼走进空荡荡的餐厅；这时满脸睡意的女服务员端来他们的咖啡。那里只有安娜。她身穿天蓝夹浅黄的衬衫，领口敞开着，下面是绿色短裙，头戴青灰色丝绒小帽，上面插一支黑松鸡羽毛。为什么人们总能不穿戴这类好东西，也同样光艳照人呢！他一见便说：

"你看上去神采奕奕，斯道默太太！"

对方好久没有应声；马克心下嘀咕：自己这话是不是失礼了？可是安娜看上去确实强健利落，神情愉快。

走下小山，穿过一片落叶松林子，来到河边；过桥之后就踏上登山的小路，穿越种饲料草的田野。在这样的清晨，老斯道默在床上怎么待得住！庄稼汉割倒的草，穿蓝麻布裙子的农家姑娘收扎成捆。在田头耙草的姑娘停下手中的活，怯生生朝他俩点点头。这姑娘的脸像画中的圣母，恬静、庄重又俊美，两条细眉弯弯的——看着就叫人愉快。小伙子回头朝姑娘看看。他从没离开英格兰，在他眼里，异乡异土的一切都新奇而富于魅力。那山间农舍的深褐色木露台又长又宽敞，低低的屋檐远远突出在墙前，农家妇女的衣裳色彩鲜明；依依恋人的奶白色小母牛，扁平的鼻子嘴都是烟灰色的。连空气也给人全新的感觉，那种美妙、清新、热乎乎的滋味十分轻灵，宛若轻轻贴在凝冻的沉寂之上；还有大山脚下那尤其可爱之处——松脂的香气，燃烧的松柴味，还有牧草地上所有花花草草的气息。不过，最新奇的要数他心中的感觉——这是一种自豪，一种意识到自己重要的感受，一种古怪的振奋，因为被如此美丽的人挑作游伴，与她单独相处。

他们超越了同路的所有外国游客——都是些结实古板的德国人，脱下的上衣用皮带扎住吊在身上，身后拖着沉重的铁头登山杖，还背着灰绿色的包。他们正儿八经向前走，脚步永远也没什么变化。安娜和马克在他们身边走过的时候，听得他们恶声恶气在咕哝："没什么好急的！"[①]

两人即使走得再快，也追不上他们心思。这不是真正的

[①] 原作中为德语。

登山——只是以努沃劳峰顶①为终点的远足训练。他们中午前已登上那里，不一会儿便下来，觉得很饿。当他们走进五塔客舍②的小餐厅，只见有批英国人在那里吃煎蛋饼。这些人瞅着安娜，隐隐露出似曾相识的神情，但没有中止谈话；听他们话音，都带有既精确又懒洋洋的味道，对语音的紧缩虽说仅仅那么一点儿，却相当分明——仿佛决心不让话讲得拖拖拉拉，但还是那么讲了。他们中多数人挂着望远镜，整个餐厅里照相机也比比皆是。他们的脸事实上并不相像，但脸上都挂着有气无力的奇特微笑，扬起的眉毛也都有特别的样子，使他们看来像一个模子里出来的产品。对他们大部分人来说，牙齿都有点向外翘，似乎被搭拉着的嘴巴逼得如此。他们吃东西的神气就好似信不过自己的低档感官，不愿屈服于味觉或嗅觉。

"是我们那旅馆来的。"安娜低声说，接着，她点了红酒和两份炸肉排③，就同小伙子落了座。有位夫人看来是那群英国人的头儿，这时问起斯道默先生怎么了——但愿他不是因病而不来。没病？不过是懒得动？原来如此！她相信斯道默先生是登山好手。在马克看来，这位夫人对他们两人颇有些不以为然。那里的谈话始终在三个人之间进行，一位是这夫人；一位是硬领皱巴巴而帽后还挂遮阳巾的绅士；再一位是长着灰白胡子，穿深色诺福克式猎装的结实矮汉。在那群

---

① 努沃劳是风光绝佳的多洛米蒂山著名山峰。
② 在原作中，这家旅店的名称前半部是意大利文，后半部是德文。
③ 原作中为德语。

殷红的花朵 | 017

英国人中，只要有比较年轻的人说话，迎来的总是一条条眉毛狡黠上扬，一张张眼皮搭拉下来，活像在说："啊！很有出息！"

"生活中最使我痛苦的，莫过于观察人类本性趋向于具体化。"这是为首的夫人在说话，所有那些年轻人上上下下点着头，似乎表示同意。马克心想，他们多像珍珠鸡①，一个个小头削肩膀，穿着斑斑点点的灰上装！

"哦！敬爱的夫人，"——说话的是硬领皱巴巴的绅士——"你们写小说的总是嘲笑顺从的可贵品质。但我们这时代的可悲就在于这怀疑精神。过去从没这么多犯上作乱，尤其在年轻人中。为自己寻找其个人判断，这是民族退化的严重征兆，但这不是论题——"

"可以肯定，对所有年轻人来说，这论题能引起极强烈兴趣。"那里的年轻人又都仰起了脸，微微地左右晃动。

"敬爱的夫人，我们很容易被一些事物激起的兴趣所蒙蔽，难以判断对这些事进行讨论是否明智。我们让这些想法悄悄地滋生蔓延，结果它们同我们的信仰纠缠在一起，使之无能为力。"

突然，有个年轻人插进来，"大妈②——"但随即没了声音。

"倘若我说，"——这是那夫人在讲话——"我一向觉得，

---

① 珍珠鸡是家禽，外形像野鸡，较肥，毛羽深灰色，夹有白色小斑点，原产非洲。肉和蛋供食用。
② 原文为意大利或西班牙语，意为"母亲"。这里是对年长妇女的尊称。

智力较差的人要是沉溺于那种想法,只会带来危险。我想这不会被认为出言不逊吧。如果文化不能给我们任何东西,那就让我们没有文化好了。但要是如我所想,文化不可或缺,那我们就必须接受文化带来的种种危险。"

年轻人的面部表情又活跃起来,年纪较小的一位又开了口:"大妈——"

"种种危险?有文化的人有种种危险?"

这话出于谁之口?一条条眉毛扬了上去,一张张嘴巴搭拉下来,屋里一片寂静。莱恩南直瞪瞪望着同伴。安娜这简短插话声音多怪!她眼睛里似乎还有团火在发光。后来那灰白胡子的矮个子开腔了,声音低得像耳语,但听来严厉而尖刻:

"我们都是人,亲爱的夫人。"

听见安娜的笑声,小伙子只觉得心头猛地一撞。她那笑声似乎在说:"啊!不过你可不是——肯定的!"接着,小伙子站起身,跟着安娜朝门口走去。

那群英国人又谈开了——谈的是天气。

他们俩从"客舍"出来,默默走了一段路,安娜说道:"我笑出声来的时候,你有点嫌我吧?"

"我想,你伤了他们感情。"

"我就是要这样——这些英国古楞嘀①!噢!别对我不

---

① 英语 Grundy 之音译。"古楞嘀太太"是英国剧作家托马斯·莫顿(1764?—1838)著名感伤喜剧中的人物。此人古板偏狭,专爱挑剔别人。

殷红的花朵 | 019

高兴！他们是英国古楞嘀，一个个都是——你说呢？"

安娜盯视着马克，那专注的目光使他觉得血涌上了面颊，感到昏昏然被吸引过去。

"他们没有一点血性，那些家伙！他们那嗓音，他们把你上下打量时那轻蔑眼神！唉！我受够了这些！那女人算是自由主义的，同其他人一样差劲。他们这种人，我全讨厌！"

小伙子倒愿意同样讨厌他们。但在他看来，他们只是有趣而已。

"他们没有人味。他们毫无感觉！总有一天你会了解他们。那时候，你不会感到他们有趣了！"

她还在说下去，幽幽的嗓音像发自梦中：

"他们为什么要到这里来呢？这里还有朝气，还有温暖，还有善。为什么他们不守在他们那文化里呢？那里没人懂得什么是痛苦，没人知道饥渴是什么感觉，在那里连心都不跳。你摸！"

小伙子的心给搅得乱极了。那一搏一搏的，是安娜心里的血，还是自己手里的血？他说不清。安娜把他的手放掉时，他是高兴还是难过呢？

"好吧！今天可不能让他们扫了兴。我们休息休息。"

他们在落叶松林子的边缘坐下，那里开着许多小小山石竹①，皱皱的花缘，要多芬芳就有多芬芳。安娜随即起身去

---

① 石竹花在本书中经常出现。石竹花种类较多，著名的有常夏石竹、美女石竹、中国石竹、（麝）香石竹（康乃馨）、美国石竹等，大多芬芳艳丽，颜色由粉红至深玫瑰色，间有红、紫、白、黄诸色。

采。不过小伙子留在原处，一些奇怪的感受在胸中搅动着。在他眼里，天空那蔚蓝，落叶松林那鸟羽般翠绿，那绵绵山岭，不复是当天清晨时的情景了。

安娜满捧着小小的石竹花回来，十指一张开，让花朵落下，纷纷撒在马克的脸上和颈子上。从没闻到过这般奇妙的香味，从没体验过这些花带给他的异样感觉。它们沾在他头发间、额头上、眼睑旁，有一朵竟然留在他弯弯嘴唇上。他抬起眼，目光擦过花瓣的皱缘盯视着安娜。这时他眼中准有某种狂烈不羁的东西，某种戟刺他内心的感情，因为安娜收敛起笑容走开了，而站停下来以后，脸还是背着他。马克乱糟糟的心里感到不快，拾着撒下的花朵，没等全部拾起来，他已直起身子，不好意思地拿着花走向安娜，她还站在那里，凝望着那片落叶松林的深处。

五

马克对女性有什么认识,使他能理解她们呢?上公学①的时候,就连能说上话的女子也没见过;在牛津大学里,只认识跟前的这位;假期里回家,除了姐姐西塞莉,一个也没有。而他们姐弟俩的监护人只有两种嗜好:钓鱼和本乡本土的古迹遗物,所以就不爱社交。结果,在那德文郡的小小庄园宅第中,在黑油油栎木护壁板旁,在石垣围起的莽莽河边园林里,除了姐姐西塞莉,除了姐姐年老的家庭教师特玲小姐,他一年到头不见穿裙着裳的女客。再说,小伙子又腼腆。是啊,在他不满十九个年头的过往岁月里,这方面是一片空白。他不是那种想征服异性的年轻人。在他看来,征服异性的想法就庸俗自私而令人厌恶。真的,非得有许多明显迹象,他才会想到自己被一位女子爱上,而当他敬仰这女子并认为她极美时,情形尤其如此。因为,他在一切美色前感到自卑,感到自己是泥巴一团。在潜意识里,生活中的这部分总显得很神圣;得哆嗦着向之靠拢。而他越是敬仰的,他就越是羞怯踌躇,越是抖抖瑟瑟。所以,安娜把摘来的香花撒向他,使他经历了短暂的狂烈不羁后,现在他感到又羞又窘。在回旅馆的途中,他在安娜身旁走着,话儿比先前更少,灵魂深处都感到不自在。

如果说他从无烦恼的心中现在乱了起来,那么安娜心中准有着某种东西,长久以来暗暗巴望出现这种乱,那是什么呢?而她同样也默默无言。

走过大门敞开的村头教堂时,安娜说道:

"别等我了——我要到这里面去一会儿。"

光线幽淡的教堂里空空荡荡,只有一个人影儿,一个兜着黑披巾的村妇跪在那里——静静地一动不动,令人惊讶。小伙子倒希望待下去。那跪着的人影,那渗进半明半暗中的盈盈阳光!他留连在那里的时候,看见安娜在那寂静中跪下。她在祈祷吗?他又感到心中乱乱的,同先前看安娜摘花时一样。她跪在那里的模样美极了!看着她祷告竟会这么想,真是下作。于是小伙子马上转身走到路上。但那种强烈、甜蜜又刺激的感觉依然还在。他闭上眼睛,想摆脱安娜的情影——可是那影儿顿时清晰十倍,自己的情感也强烈十倍。他登上旅馆石阶,那平台上是他导师。真是够奇怪的,此时见到他就像见到旅馆的看门人,毫无窘迫之感。不知怎么的,对斯道默仿佛可以不必考虑;看上去他也不要你考虑他。再说,他毕竟很老——都快五十啦!

这么老的人现在的姿势颇具个人特点——双手插在诺福

---

① 这是英国拥有自己基金的私立寄宿学校,培养的学生不是上大学,便是担任公职。按传统,这种学校只收男生,多为中、上层家庭子弟。九所著名公学中,尤以伊顿、哈罗两校影响广泛。本书作者毕业于后者及牛津大学。

克式猎装口袋里，一个肩膀略微耸起，脑袋稍稍偏向一侧，仿佛要盘问些什么。见莱恩南上来，他微笑着发问——但眼中并无笑意。

"哦，年轻人，你把我妻子怎么啦？"

"把她留在教堂里了，先生。"

"啊，那是她乐于干的！她有没有让你跑断腿？没有？那咱们走走谈谈吧。"

同安娜的丈夫这样踱来踱去，边走边谈，似乎很自然，甚至并不干扰他刚开始体验的新感觉，就连由此而生的羞耻感也没丝毫增加。他只是有点惊异：安娜怎么会嫁给这男人——但惊异也就这么点！不着边际，又充满书生气——犹如在往时，他对姐姐怎么爱玩布娃娃也感到惊异。如果说他还有任何其他感情，那只是渴望离开，下山再去教堂。同安娜待了这么一整天，现在似乎又冷又寂寞——好像已把自己留在了那里，或在安娜身边一小时接一小时漫步，或在阳光下躺在安娜身旁。老斯道默在说什么？在说希腊人与罗马人对荣誉的不同看法。总是讲过去——似乎考虑现在有伤体面。于是小伙子说道：

"我们遇上了一伙英国古楞嘀，就在那山上，先生。"

"啊，是吗！有什么特征？"

"有的水平高，有的不怎么样，不过都一样。真的，我就这么认为。"

"明白了。一伙古楞嘀，你刚才是这么说的？"

"对，先生，从这旅馆去的。斯道默太太就这么称呼他们。真是好一派高人一等的样子。"

"可不是。"

这短短一个词，话音里却有点不寻常的东西。小伙子注目而视——似乎第一次觉得，站在跟前的是个活生生的人。这时候血忽地涌上他面颊，因为安娜打那边来了！她会朝他们走来吗？她看上去真是光彩照人——给阳光晒过的肤色，步态还像是刚出发的时候那样！但她的头没朝他们这边转，径直进了旅馆。小伙子自忖：有没有得罪她，伤了她感情？随即找个托辞，离开导师，回自己房间。

那天凌晨，他在窗前看那座座大山，都狮子般趴在幽淡光线中；现在他又一次伫立在窗前，凝视着太阳落到远远的山脊后。他发生了什么事？他的感觉竟如此不同，不同到极点。世界变了样。极为奇异的感觉攫住了他，仿佛花朵又撒上他的脸、他的颈子、他的手，觉得花的软绵绵皱缘弄得他痒痒的，还闻得花的扑鼻香气。他似乎听见安娜的声音在说："你摸！"接着又感到那颗心在自己手下搏动着。

六

在悄无声息的教堂里,只有安娜和兜着黑披巾的人影。安娜没有祈祷。她跪在地上,只是经历着反抗带来的痛苦感受。要是上帝不让她享受人生乐趣,命运之神为什么把这感情注入她心中,使她的生活顿时光明起来?

还有几朵山石竹留在她腰带间,贴在她身上挤扁了。这些花朵的香味,同古老教堂特有的幽幽气息和香烛味搏斗着。有这些花在,有这些花在怂恿她、在勾起她回忆,就永远没法祈祷。可是要不要祈祷呢?是否希望同那黑披巾下的可怜灵魂一样呢?自从她开始观察,那人影没丝毫动静,似乎让她卑微的躯体完全安息,让生命升华并感受无牵无挂的解脱。啊,真是的!这算什么生活?一小时又一小时,一天又一天,辛辛苦苦,过着很少激动人心的日子,连跪在那里木然渴望,也算是心目中的最大快乐。那女人的情景看着很美,但美得凄凉。安娜真想起身走过去对她说:"把你的烦心事告诉我;我们都是女人。"也许她失去了儿子,失去了某种爱——或者并非真正的爱,只是某种错觉。

爱呀……为什么每个心灵都要渴求?为什么没有爱,满是精力和欢乐的身躯会渐渐枯槁？世界这么广阔，难道没足够的爱让她安娜分享一点？她不会伤害马克，因为马克对她一有倦意，她就会知道，肯定会让马克离她而去，她有这份自尊和气度。因为马克自然会对她厌倦的。她这个年龄，绝不能希望把小伙子吸引住好几年——说不定几个月也不行。但到底能吸引住他吗？年轻人很难弄，他们没有心！可这时想起了那双眼睛——朝他撒花时，他那仰视眼睛里的困惑和狂烈。这回忆使她充满迷迷糊糊的感觉。那时再朝他看一眼，再肌肤相触一次，他准会搂住自己。安娜对此深信不疑，却几乎不敢相信是什么在起作用。但不管发生什么，她都不免经受折磨。突然，她觉得这折磨太残酷，不该让她经受！她站起身。只有一道淡淡阳光还从门洞斜照进来，差一两码就可照到跪着的农妇。安娜凝神看着。阳光会慢慢移过去照上她吗？还是太阳落山，这光就此消失？

兜黑披巾的人对此毫无所知，始终跪着不动。阳光一点点往前移。"要是这光照到她，那么马克会爱我，哪怕只爱一小时；要是消失太早——"这道光一点点移动。这隐约的光束，其中微尘飘荡——难道真同命运有关？真能预兆爱情或漆黑一片？太阳在下沉，光慢慢上移，移到她低着的头顶上，像飘浮的金色薄雾——随即突然消失。

安娜步履不稳地走出教堂，眼前模模糊糊。走过平台时，为什么对丈夫和马克没看上一眼，她说不上来——也许因为受折磨者不愿招呼折磨者。她走进房间，感到累得要命，往床上一躺便转眼睡去。

殷红的花朵 | 027

她听到声音就醒来了，但听出是丈夫在轻轻叩门就没应声，反正他是否进来都无所谓。丈夫悄无声息地进来了；只要不知道她醒着，就不会弄醒她。她静静躺着，看丈夫在椅子上跨坐下来，两条胳臂交叉搭在椅背上，下巴在臂上一搁，眼睛盯她看着。

安娜透过浓密的睫毛望去，不知不觉中丈夫的脸倒清楚起来，而由于这古怪的隔离状态，看得还格外清晰。这样的相互定睛细看对她非常有利，对此她毫不感到羞惭。丈夫从未对她流露内心世界，从未显示那含讽带嘲的明亮眼睛后藏着什么。现在也许能看出来了！她躺着细细观察丈夫，其激动和专注程度，犹如用放大镜观察不足道的野花，眼看着小花在尺寸和重要性上扩大起来，成为温室花朵。她心想：丈夫正以真实面目看着我，因为现在没理由在我面前掩盖自己。

起初，丈夫的眼睛似乎蒙着素有的明亮，整个脸上仍是往日的彬彬有礼，一本正经；随后就渐渐变化，变得让安娜几乎都认不出了。那种彬彬有礼，那种明亮都融化了，露出了后面的东西，就像霜花融化后露出了叶面。安娜的心在胸腔里抽缩起来，似乎自己变成了丈夫看着的东西——微不足道，不值一顾。对，丈夫的那种神色，仿佛在看不可理解的东西，因此可以忽视；仿佛在看没有心灵的东西，属于其他低级类别，也引不起男人的很大兴趣。他的脸无声宣布了某种结论。这结论根深蒂固，自必出于其心坎，来自其天性，改变不了。这就是真正的他！瞧不起女人的男子！

安娜第一个想法是：可他结了婚——这是怎样一种命运啊！第二个想法是：既然他这样认为，也许成千上万个男人就有同感！那么我同所有女性，真是他们所认为的那样？丈夫注视中流露的这种信念，这种确定无疑的信念，感染了安娜，一时间压倒了她，压垮了她。接着她心中愤愤不平，血脉偾张，差一点躺下去。丈夫怎么敢这样看待她——当她是微不足道的没灵魂的东西，是莫名其妙的胡想、时时发作的脾气和爱好肉欲的混合体？一千个不对！是他这男人没有灵魂；这干巴巴的坏家伙，带着令人厌恶的优越感，竟如此不把她当人，把所有的女人不当人！

丈夫的那种注视，就好像在那眼睛里，她这做妻子的只是用衣服打扮的布娃娃，而衣服上贴着标签：灵魂、心灵、权利、责任、尊严、自由——尽是这些词儿。丈夫竟如此看待她，真是恶毒！真是可怕！她心里开始真正的激烈斗争：她很想一跃而起，把这些话全都嚷出来；但她知道，丈夫对刚才流露的一切决不会承认，甚至也不懂是怎么回事，而要是她这样表明自己看透了丈夫，那就太傻，太失面子，甚至可说是疯狂。

接着，玩世不恭的想法来帮她忙了。婚姻生活是多么滑稽的事情——同丈夫生活了这些年头，却从来不知道他心底里究竟是什么！这时安娜有种感觉：要是她上前对丈夫说："我爱上了那个小伙子！"这只会让丈夫两个嘴角往下一撇，用他最有嘲讽意味的声气说："真的吗！那倒非常有趣！你准会请我参加婚礼吧？"——这只会使丈夫加深那信念，把她看成是形态奇异的低等动物，不可理喻，无需注意，对丈夫无重要性可言。

正当她感到再也按捺不住的时候，丈夫却站了起来，踮着脚走到门前，无声无息开了门，走了出去。

丈夫刚离开，她便跳下床。原来如此，她的命运竟然同这人连在了一起，在此人眼里，她和整个女性没有一席之地！她似乎突然撞到关键，明白了某种近乎神圣的重要道理，弄清了他俩婚姻中叫人困惑和绝望的一切。既然丈夫私下对她满心瞧不起，那么对这样冷漠、偏狭、愚蠢透顶的人，她感到只需蔑视就行。但她很清楚，蔑视动摇不了她在丈夫脸上看到的神情；因为他自命优越的信念乖巧又麻木，是攻不破的城墙。丈夫永远躲在深沟高垒后面，她只不过一直在进攻而已。但如今这还有什么关系？

平时她动作很快，不大在意打扮，但那天傍晚梳妆了好长时间。她的颈子晒了很多太阳；她感到犹豫不决：扑上粉掩盖呢，还是接受这种吉卜赛肤色。她接受了这种肤色，因为她看到，对于她黑睫毛下那双冰川色眼睛，对于她令人惊异的亮闪闪火焰色头发，这肤色赋予特别的情调。

晚餐钟响过后，她同平时一样，经过丈夫房间时没有敲门，独自下楼。

餐厅里，她注意到山上客舍里见过的几个英国人。他们没有招呼她，似乎立刻对晴雨计有了兴趣。但她感觉得到这些人正死死盯视她。她落座以后等待着，很快就感到马克正从餐厅另一头过来，走路的模样像在梦游。小伙子一个字没说。但瞧那眼中的神情！安娜的心开始剧跳。这会不会就是她巴望的时刻？要是这时刻真的来了，她有没有胆量一把抓住？接着她看见丈夫走下楼梯，看见他向那帮英国人打招呼，听见他们拖腔拖调的说话声气。她仰脸看着马克，很快地说道："今天过得快活吗？"小伙子脸上那神情若能保持下去，她就太高兴了；除了眼前的她，马克似乎忘了其他一切。在那片刻之中，他的眼睛里似乎有着某种神圣的东西，某种对意外奇事的天然而天真的渴求。想到这神情如此宝贵，却会在顷刻间消失，也许永远不会再出现在马克脸上，真是让人害怕！现在丈夫正在走近！就让他看见好了，只要他愿意！让他看到有人会仰慕的——不是在每个人眼睛里她都是低等动物。是啊，丈夫准看见了小伙子的脸，但表情毫无改变。他什么也没注意到！要不，难道他不屑一顾？

七

对年轻的莱恩南来说,接下来的时间颇为稀奇。一分钟一分钟过去,他根本不知道自己算不算幸福——总想同安娜在一起,不在一起就坐立不安;如果安娜同别人说话,朝别人微笑,他就感到恼火。可是同安娜在一起也同样坐立不安,总觉得不满足,总是为自己胆怯害羞而备受折磨。

一个下雨的上午,安娜弹着旅馆里的钢琴,莱恩南一边听着,一边想着要拥有她。这时来了个年轻的德国提琴手——苍白的脸配着细腰身棕色上衣,头发略长,还有点络腮胡子——真是该叫他畜生。当然啰,这畜生当下就要求安娜为他伴奏——好像人人要听他拉那把破琴似的。马克眼看这外国佬引起的兴趣大大超过自己,所以安娜对那人的一言一笑都叫他伤心!他越来越沉重的心儿在想:安娜喜欢这人,我不该放在心上——可偏偏我耿耿于怀!我怎么能不放在心上呢?看安娜笑眯眯的,看那小畜生屈身向着她,真是可恨!更难熬的是,他们用德语交谈,他不明白他们说什么。他从没受过这种折磨。

这时,他也开始想让安娜伤心。不过这样做很卑鄙——

再说，他怎么能让安娜伤心呢？人家又不在乎他。他对人家算不了什么——不过是个大孩子罢了。他自己觉得不小了，但如果安娜真把他当孩子，那就太糟了。他闪过一个念头：安娜可能在利用这提琴手撩拨我！不，她决不会这么干！可是看小畜生那副模样，倒是很可能利用安娜微笑的那号人。只要那家伙真有什么不体面举动，那就可以请他去树林里走一趟，告诉他个缘故，狠狠把他揍一顿——这就太痛快了。事后，他不会告诉安娜，不会凭这事尽力给自己脸上贴金。他要离得远远的，直到安娜要他回来。但他忽而想到：如果安娜真要结交这年轻朋友，以他取代自己，自己会有什么感受？这想法变得非常实在，非常强烈，使他痛苦不堪。他陡然站起，朝门口走去。安娜会不会在他出去前同他说句话，会不会设法把他留住？要是她没这样做，那么事情确实就到此结束。这说明他在安娜眼里比不上任何人。到门口的短短几步路，简直像通向刑场。安娜会不会在后面叫他？他回头看看。安娜正笑吟吟的。可他笑不出来；安娜太伤他心了！他扭回脸走了出去，帽子也不戴就一头冲进雨中。雨淋在脸上，给了他凄凄凉凉的满足感。他很快会湿透，说不定还会得病。出门在此，远离亲人，安娜可得主动提出来照料他；说不定——说不定在安娜看来，病中的他又会比那小畜生更有点意思，那就——唉！巴不得病倒了才好！

　　旅馆背后是一脉山丘，他穿过滴水的树叶，快步向山脚走去。那里有小径通往山顶，他插上这山路便大步快走。受伤害之感开始消退，他不再想要病倒。雨过天晴，他越走越高。他登上山顶会比任何人都快！在这件事上，他能比小畜生干得出色！在高处，大松树让位给长不大的落叶松；接着，落叶松让位给灌木般小松树和光秃秃碎石坡。在这里，他抓着顽强的矮树往上爬，爬得气吁吁直喘，心怦怦猛跳，汗水淌进眼睛。现在他什么感觉都没有，只是在想，到达山顶前会不会筋疲力尽，会不会倒下。他觉得他会死于心跳过剧；但即便死掉，也好于止步不前，好于被区区几码距离打败。他终于跟跟跄跄登上山巅的小片平地。足足十分钟，他一动不动扑面躺在那里，过后才翻个身。现在他的心不再咚咚剧跳，他美滋滋呼吸着，在冒着水汽的青草上摊开双臂——感到满心快活。这高处真是妙极了：天空已澄澈湛蓝，太阳热烘烘照着。下面的一切看来多小巧玲珑——旅馆、树丛、村庄、农家木屋——全是小玩具！待在高处自有杂念俱消的欢快，但他从没体验过。雨云被风刮散，沿大山朝南窜去；各种形状的大团白云飘飞而过，宛若巨人大军驾着白马战车奔驰而去。他忽而想道："要是我刚才心头狂跳而死，这会有丝毫影响吗？世上万事仍照常进行，太阳依然照耀，天空照样这么蓝；下面山谷里那些玩具般东西也一样。"他一小时前的嫉妒心情，哦——这算不了什么——连他自己也算不了什么！如果安娜对那穿棕色上衣的家伙好，有什么要紧？世界这么大，他只是其中小小一点——还有什么事要紧呢？

在那片小平地边缘，为标出最高点，竖有粗糙的十字架，它背衬蓝天，显得线条分明而突出。但是那样子歪斜而萎靡不振，看来有点叫人难过，竖在这里显得不是地方。真是一种坏习惯，好像把这东西拖上来的人只有这心思，全不管同四周环境是否协调。与其在这里竖十字架，倒不如把这里的山岩弄一块去，供在那温馨的幽暗教堂里——那地方日前他们去过，后来他离开安娜先走了。

一阵铃声，接着是呼哧声和地上的杂沓声，他回过神来；一只灰色大山羊来了，正在嗅他头发——这是头羊，很快整群羊已在他周围，神情庄重又好奇，睁着瞳仁椭圆的古怪黄眼睛，长着一小撮老派胡子和短尾巴。这些牲畜多懂事，多友善！用它们做模特多好！他听任头羊在他颈部尝他的味道，躺着不动（爱钓鱼的监护人告诉他，碰到任何兽类都必须有这习惯）。那毛糙的长舌头顶着他皮肤舔过，给他舒服的感觉，唤起他灵魂深处某种奇异的亲切感。他真想摸摸那羊鼻子，但是忍住了。看来，那些羊都想尝尝他颈子味道了，可是有的羊胆小，那舌头只是像呵人痒痒。他忍不住笑出声来。听到这怪声音，它们都往后退去，定睛注视着他。羊群好像没人照管；可后来他发现牧羊人离他不远。这是年纪同他相近的小伙子，正静静待在山岩的荫处。他整天在这高处一定很寂寞！说不定同那些山羊说说话。看来会这么做的。待在这高处，一个人会渐渐生出些奇思怪想，会渐渐了解山岩、云彩和走兽，了解这一切的含义。牧羊人吹了声特别的口哨，羊群里起了点动静，可莱恩南说不准究竟是何动静——好像它们在说"喏，先生！"之类的话。这时，牧羊人走出荫处，来到小平地边沿。于是在那里吃草的两只羊把鼻子凑进他的手,把身子在他的两条腿上擦来擦去。这一人二羊站在山巅边沿,衬着天空,看上去真美。……

那天晚餐后,餐厅里腾出跳舞的地方,让舞客能舒坦地自由施展。一点不错,很快就有一对上场,在溜光的地板上开始翩跹起舞,神情里颇含旅客特有的"献丑,献丑"意味。接着是三对意大利人突然投入舞池——转呀转的,彼此都盯视着对方眼睛。在这些榜样激励下,几个美国人也开始逍遥地进进退退起来。随后,"英国古楞嘀"中有两个人出动——脸上的神情小心翼翼,显得是被逗乐的。在莱恩南看来,他们的舞都跳得很好,都比他好。他有没有胆量请安娜跳?再一看,那年轻的提琴手已走上前去,只见安娜站起来,搭着对方胳臂消失在舞池中。莱恩南额头顶着窗玻璃,眼光落在窗外月光里却一无所见。他待在那里,觉得懊丧,觉得给斗败了;忽然听到有人叫他名字,原来导师站在身边。

"莱恩南,你同我可得互相安慰安慰了。跳舞是年轻人的事,呢?"

幸好,这小伙子的天性和所受的教育使他不让感情外露,尽管内心在受苦,样子却让人看了舒服。

"是啊,先生。瞧外面,月光很美,不是吗?"

"哦,是很美!我在你这年纪,跳舞也是一流。可是莱恩南,我渐渐看清楚一点:这没有伴可不行——这就是问题之所在!告诉我——在你看来,女人有没有责任感?在这问题上,我颇想听听你高见。"

这当然是挖苦话——但这话中还真有点儿什么——是有点儿!

"我倒认为,先生,应该是你让我听听你的高见。"

"我亲爱的莱恩南——这方面我毫无经验!"

这是有意在说安娜不好!他不愿接嘴。但愿斯道默先生能走开!音乐已经停止。这时他们会坐在屋外谈话呢!

他勉强着自己,说道:

"今天上午我登上屋后小山。那里有个十字架,还有些不错的山羊。"

突然,他看见安娜走来——是一个人,泛着红晕的脸上笑吟吟的。马克猛地发觉,她的连衣裙正是月光的颜色。

"哈罗尔德,你跳舞吗?"

丈夫常会说"好啊",那么安娜会再次离去!但导师只是对妻子微微一鞠躬,带着他那种微笑说道:

"莱恩南和我都认为跳舞是年轻人的事。"

"有时候,年纪大的得作出牺牲。马克,你跳不跳?"

他听见导师在后面咕哝:

"莱恩南啊——你出卖我啦!"

他同安娜默默去舞池,走这短短几步路,那愉快心情他也许从未有过。其实他不必这么担心舞技。虽说他舞技确实不精,却也不可能拖累对方——那舞姿多么轻盈、稳健、矫捷!同安娜跳舞太妙了。只是音乐停止后他们落座时,他才觉得脑袋里转呀转的。他感到异样,确实很异样。他听见安娜在问：

"怎么了，亲爱的孩子？你看上去这么苍白！"

也不清楚自己在干什么，他俯下脸，凑向安娜搭着他袖子的手，随即晕了过去，什么也不知道了。

八

正在成长的孩子——上午累过了头！就那么回事！他很快苏醒过来，不用帮助就回房去睡。他太差劲了！对自己的小小脆弱，没人像这小伙子一样感到丢脸。眼下他真的不大舒服了，但想到让人家照看或护理就受不了。他走开时可说有点粗鲁。只是躺到了床上，才想起安娜在他离开时脸上那表情。那种难受和巴望，犹如在求他宽恕！似乎真有什么需要宽恕的！似乎同他跳舞时没使他满心快活！他真想对安娜说："每天只要有一分钟同你这么亲近，其他的一切就不在我心上！"或许明天他敢说这话了。

虽然躺在那里，他还是觉得有点不舒服。先前他忘了翻下百叶窗的窗叶，现在月光透了进来。但他昏昏沉沉只想睡觉，懒得起床去弄。他们给他喝过白兰地，喝得还不少——恐怕这就是感到不适的原因。这不是生病，只是迷迷糊糊恍若做梦，好像永远也不愿动弹。就这么躺着，凝望着粉尘般月光，听着悠远的乐声在下面嘭啊嘭的，仍感到跳舞时同安娜身躯的相触，还始终闻到周围的花香！他种种神思是色色梦境，他种种梦境是色色神思——虚无缥缈却值得珍视。随后他仿佛看到月光聚拢起来，成了细长的白色一条，在一阵嗡啊嗡和嘭啊嘭的声音中，那月光般模糊人影朝他移来，现在已离他很近，他感到额头一热。这影儿叹息一声，迟疑片刻，无声无息地退去并消失。接着他准是进了没有梦的睡乡。……

几下轻轻的笃笃声使他醒来，只见导师端着一杯茶站在门口——这是什么时候了？

小莱恩南好吗？好，他完全没事了——马上就要下楼了！有劳斯道默先生特地过来，真是好得叫人过意不去！他确实什么也不需要。

是啊，是啊；但必须照顾行动不便的！

在小伙子看来，这时导师的脸非常和善——只是有点在笑话他——这就够了。导师来看他，站在边上看他喝茶，真可说仁至义尽。除了稍稍有点头疼，他确实没事了。穿衣服的时候，他多次停下手站着，努力回忆着。那一条白色月光怎么回事？是月光吗？是梦境里的事，还是穿件灰色衣裙的安娜——这可能吗？为什么当时他不是醒着？他不敢问安娜，也就永远没法知道：他恍惚记着的那额头一热，是不是因为给吻了一下。

昨晚跳舞的餐厅里，他独自用着早餐。他收到两封信。一封附有汇款的来自监护人，诉说着胆小的鳟鱼难上钩；另一封来自姐姐。她的未婚夫是初露头角的外交官，供职于驻罗马大使馆——他休假恐怕要缩短，这一来他们得立刻结婚。也许还得申请特准呢。幸好马克不久要回来。一句话，他们非要他当傧相不可。女傧相现在就一位西尔维娅。……西尔维娅·都恩？咦，她还是小孩呢！马克的回忆里浮现出一个小姑娘，穿着短短的荷兰细麻布连衣裙，淡黄色头发，好看的蓝眼睛，白皙的脸简直透明似的。不过话说回来，那是六年前的模样；如今她不会仍穿着露出膝盖的连衣裙，不会挂着珠子，不会为附近根本没有的公牛而担惊受怕的。做傧相真没趣——他们满可以另找合适的年轻人！随即他忘了一切——因为安娜在那里，在屋外平台上。他连忙过去找她，走过好几位英国古楞嘀，他们眼角里瞟着他。没错，他昨晚表现不佳，很可能使他们倒了胃口。牛津的学生，在旅馆里晕了过去！总有点儿不大对劲！……

这时他来到安娜身旁，勇气也来了。

"昨晚那真是月光吗？"

"完全是月光。"

"但那是热的！"

安娜没有回答，于是他心里有了轻飘飘的陶醉感，恰似在校内赛跑中获得优胜。

但可怕的打击降临了。他导师的老向导突然出现，刚同一群德国人登山回来。斯道默先生不甘伏枥之心已被激起，打算那天午后向某个小屋进发，然后次日拂晓登上某个山峰。然而莱恩南是不让去的。为什么不让？因为昨晚晕倒；真是天知道，还因为他不是他们称为"老手"的那路蠢货。真就像——！安娜去得了的地方，他也去得了！简直把他当小孩了。他当然能登上那座瘟山。是因为安娜不大愿意带他去罢了！安娜以为他还不够男子汉！以为他登不上——她丈夫——也能登上的山？若说有危险，那么安娜就不该去，就不该把他马克撇下——这简直太狠心了！可是安娜只微微笑着，于是他转身便跑，没看见自己这满腔伤心只是让对方看了高兴。

那天午后，他们没带上他就出发了。这时他思想里阴郁透顶！对自己的年轻恨得要命！他编造种种设想，让安娜回来时见不到他——因为已去攀登远为危险而累人的大山！人家认为他不宜当登山伙伴，他就独自去。无论如何，人人都承认这很危险吧。而这是安娜的错。那时她就难过了。他要在黎明前起身出发；他把东西理出来准备好，把旅行水壶也灌满了。那晚的月色比什么时候都奇妙，一座座山活像是巨大幽灵。安娜已到了上面小屋，在那帮人当中！他很长时间才睡着，闷闷想着自己所受的伤害——他本打算根本不睡，以便凌晨三点整装出发。

他醒来已经是九点。火气也消了，只觉得焦躁又羞惭。当时若不是扭头跑掉，要是尽力争取，他可能同他们一起去了那小屋，在那里过夜。现在他咒骂自己这傻瓜和白痴行径。也许，对这桩蠢事他还能作点弥补。如果出发去那里，还可能同下山的他们在路上相遇，陪他们回来。他匆匆喝完咖啡便出门。起先还认得怎么走，后来却在林中迷了路，结果总算摸对了道，但赶到那座小屋时已快两点。对，上午是有那么一群人上山——看见过他们，也听见他们在山顶上唱歌，忽而用真嗓子忽而用假嗓子①。肯定的！肯定的！②但他们不会循原路下山。哦，不会的！他们会朝西走，会走另一条山路下去。他们将在他这位年轻先生③前回到旅馆。

倒也奇怪，听了这话，他倒像松了一口气。是因为独自走了这么多路，还是来到这么个高处？要不，仅仅因为他饿极了？再不然，是因为这山上人家很友善，是他们家的妙龄女儿脸色鲜艳，身穿丝绒背心，头戴怪怪的黑布水手小帽还有长缎带，而言谈举止又朴实单纯？或者，是因为看到那些银底棕斑小母牛，看它们用黑黑的大鼻子顶着拱着姑娘的手？究竟是什么打消了他坐立不安之感，使他快乐又满足？……他还不懂得：新奇事物总能迷住爱戏耍玩闹的小狗！……

饭后他坐了好长时间，一会儿逗小母牛，一会儿瞧阳光照在那美少女脸上，一会儿试着用德语和她交谈。最后他对姑娘说"别了！"姑娘也哝哝说道："别了！吻手道别吧。"④他心里有点隐隐作痛……男人的心真是奇妙又古怪！……

尽管如此，走近住处时，他越走越急，结果名副其实地跑了起来。为什么他在山上待了那么久？安娜准已回来——以为他还在呢。说不定拉琴的小畜生乘机凑在安娜身边！他赶到旅馆，正好还有点时间，够他奔上楼换了衣服再冲进

---

① 这种唱法也常见于奥地利蒂罗尔地区的山民中。
② 原作中为德语。
③ 原作中为德语。
④ 原作中为德语（其中"别了"源自法语，但德语中通用）。

餐厅。啊,毫无疑问,他们累了——都在房间里歇着呢。进餐时他尽可能耐心坐着;但没吃最后的甜食便飞快上楼。他站在那里,一时间犹疑起来:该敲哪扇门呢?随后,他畏畏缩缩在安娜房门上轻叩一下。没人应声。他重重敲着导师房门。也没人应声!这么说,他们没回来。没回来?怎么回事?会不会两人都睡着了?他叩安娜的门,接着不顾一切扭动门球,眼睛飞快一扫。房间里没人,很整洁,东西没动过!没回来!他转身又往楼下跑。游客晚餐后纷纷出来。他给夹在一帮英国古楞嘀中间,他们正议论着瑞士发生的登山事故;他听着听着,突然感到难受。其中那灰胡子的矮个子古楞嘀轻声问他:"今晚又独自一人?斯道默夫妇没回来?"莱恩南尽力想回答,但喉咙像给堵住了,只好摇摇头。

"我想,他们带向导的吧?"这位英国古楞嘀说道。

这时莱恩南总算能开腔了:"带的,先生。"

"我想斯道默先生老于此道!"说着,他扭过脸去,朝那位被小古楞嘀们尊为"大妈"的女士添上一句:

"对我来说,登山活动的巨大魅力一向在于能摆脱人群——离得远远的。"小古楞嘀们的"大妈"一边眯眼看莱恩南,一边答道:

"这点对我倒很不利。我总喜欢同自己一类的人交往。"

灰胡子古楞嘀憋着嗓子嘟哝道:

"说这话很危险——在旅店里!"

他们还在谈下去,但是谈什么莱恩南可就不知道了——

突如其来的提心吊胆使他魂不守舍。这些英国古楞嘀是超越一切粗俗感情的,在他们跟前,他不能流露出惊慌;他昏厥过,在他们眼里已经是身心不健全的了。这时他注意到,周围已开始随心所欲地猜测:斯道默夫妇究竟会碰上什么事?下山的路很糟,有一段Z字形的路特别险恶。现在硬领不再皱巴巴的古楞嘀讲话了,说是他不信妇女能登山。他看了最伤心的时代表征中,这就是一条。小古楞嘀们的"大妈"马上反驳:她认为实践中女子确实不合适,但是在理论上,她看不出女子为什么不该登山。有个美国人站在近旁,他的话一下子让众人七嘴八舌起来:他估计登山有可能启迪妇女心智。莱恩南朝正门走去。月亮刚升起在南面的空中,他看到他们那座山就在月亮正下方。这时他眼前浮现出什么景象啊!他看见安娜昏死着;看见自己凭着月光爬下山崖,从绝险的石梁下把一息尚存、半已冻僵的人救上去。即便那样,也可说是好于眼下这情形,因为现在不知道她在哪里,又不清楚发生了什么事。人们走到外面月光下,好奇地看着莱恩南板着的脸和直瞪瞪的目光。有一两个人问他是否感到心焦,他回答说:"哦,不;谢谢!"马上就得组织搜索队了。还要多久呢?他要——不,他一定得参加!这回他们不该阻拦他了。他蓦然想到:"都怪我,下午待在上面同那姑娘说话!都怪我把她忘了!"

这时马克听到身后有响动。竟然是他们两人!正沿着通边门的小径往下走来——安娜走在前头,拿着登山杖,背着帆布包——微笑着。马克本能地朝树后一缩。他们走过了。

安娜高颧骨、眍眼睛的脸上显得很高兴；虽有倦意，却笑意盈盈，得意洋洋。不知怎的，他觉得受不了。等他们一过，便悄悄进了林子，在树影里捂着脸扑在地上，猛烈的哽咽在喉咙里往上直冒，但硬是给屏了下去。

九

第二天他很快乐;因为整整一下午,他就在那片林子的树荫里躺在安娜脚边,透过落叶松树枝的间隙朝上望着。周围没人,只有大自然,真是美妙极了。大自然如此生意盎然,忙忙碌碌,包罗万象!

前一天他从山上那小屋下来,见到有个山峰活像兜着头巾的妇女,这该是世界上最大的石像了。往下走了一段路再看,却成了长胡子男人的模样,弯着的手臂搁在眼前。安娜见到了没有?是否注意到:在月光里或在下半夜,所有的山都是走兽的形状?他一生中最希望的,就是制作出走兽的形象,制作出一切种类生灵的形象,要像是——要有——要体现出——大自然精神;只要看看这些作品,人们就会感受到欢乐,就像看着树木、动物、山岩,甚至是看着某些人一样——但是不包括英国古楞嘀。

这么说,他打定主意学艺术了?

是啊,当然这样!

这一来,他就要离开——牛津了!

哦,不,那不行!不过总有一天得这样。

安娜接口说:"有的人一辈子不离开!"

马克的话说得很快:"当然啰,你在那儿,我就永远不想离开牛津。"

他听见安娜猛地吸了一口气。

"不,你会离开!现在拉我起来吧!"回旅馆的路上,她一直走在头里。

安娜进了屋,马克仍留在外面平台上;安娜一离开,他就焦躁不快。近处有个声音在说:"喂,我的朋友莱恩南,是在冥思苦想还是在忧郁沮丧?"

他转眼看去,那里有几张能隔离人世的高背柳条椅,其中的一张正坐着他导师,他靠着椅背,脑袋略略偏向一侧,两手十指相顶,宛若不会动弹的偶像,可是——昨天还登上了那座大山!

"振作起来!要摔断颈椎以后有机会!我记得,在你这年纪我就深深感到,没权利让人家的生命遭遇危险。"

莱恩南结巴着说:

"我没想到这点;只是我认为,斯道默太太去得了的地方我也去得了。"

"啊!尽管我们很钦佩,但不能同意——在这点上,你说我们能吗?"

小伙子的耿耿忠心火一般喷发出来:

"不是这意思。我认为斯道默太太不比任何男人差——只是——只是——"

"比你差一点,呢?"

"比我强一百倍,先生。"

斯道默微微一笑。这个爱挖苦的家伙!

"莱恩南,"他说道,"别相信张扬其词。"

"我当然知道自己不善于登山,"小伙子的话又冲口而出,"不过——不过——我认为能让她冒生命危险去的地方,也该让我去!"

"好!这话我爱听。"这一回他话中完全不带讽刺,小伙子倒困惑了。

"你还年轻,莱恩南兄弟,"导师接着说,"我说,你认为男人多大岁数开始懂事呢?要知道,有句话值得常记在心间——女人没有干正事的勇气。"

"我以为女人是世上最美好的。"小伙子脱口而出。

"但愿你永远有此看法!"导师边说边站起来,带着嘲讽的神情打量着膝头。"有点僵了!"他说道。"什么时候你观点有了改变,告诉我一声。"

"我永远不会改变,先生。"

"啊呀!时间长着呢,'永远'可不好说,莱恩南。我要去喝茶了。"说着便小心地迈动双腿,脸上一丝笑意似乎在奚落坐僵了的腿。

莱恩南留在原处,两颊火烫。导师的话听来又是针对安娜的。男人怎么能这样议论妇女!即使所言不虚,他也不想知道;而如果并非事实,那就是罪过。真是可怕,心胸里永远没有豁达的感情;言辞里总是挖苦。同那些英国古楞嘀相像,多吓人!当然也有不同之处,因为老斯道默毕竟有趣得多，聪明得多——多得多了；只是同样的"高人一等"。"有的人一辈子不离开！"安娜是指——离开那高人一等？下面有一户庄稼人在收割牧草。可以想象安娜也在那么干，包着花头巾看上去照样很美。可以想象她干任何简单的活——但是，没见过老斯道默干过的事，那么任凭什么事，也想象不出他怎么干。这些隐隐的生活错置情景，顿时让他感到压抑，感到凄凄惶惶。他下定决心，年老了可不能像斯道默那样！对，宁可做普通粗人，也不愿那样！……

他回到房间换衣服，准备去晚餐，却看见玻璃杯的水中插着一大朵丁香石竹花。是谁放的？除了安娜，还有谁把花插在这里？这香味同安娜洒向他的野石竹花一样，但更浓更馥郁——是一种甜美动人的暗香。他把花吻了一下，然后别进上衣里面。

当晚又有舞会——这回跳舞的对子比较多，钢琴边有一把小提琴在拉。安娜身穿黑色连衣裙，马克从没见她穿黑的。她的脸和颈子给太阳晒得厉害，现在扑着粉，让马克一见之下怔了怔。说也怪，他过去从没想到太太小姐扑粉。不过既然她扑了——那么扑粉之事就决计没错！

他的眼光始终不离安娜，见那年轻的德国提琴手在安娜身边转悠，甚至还请她跳了两次舞；还瞧她同别人跳舞，但始终不气不恼，像是在梦里。怎么回事？难道中了魔，才有这古怪心情？人家送了一朵花，别上之后就使他中了魔？同安娜跳舞时，两人默默相对，是什么让他对此满怀欣喜呢？不指望安娜说任何话，做任何事——既不指望，也无欲望。

哪怕已同她一起漫步到屋外平台，走到白天能看到农民在下面割草的山崖边，哪怕两人已坐在长椅上，他还是只感到恍惚如梦的默默敬慕之情。

夜色又黑又朦胧，因为月亮还在山后，没升上天空。小乐队正演奏着另一支华尔兹；可他不动也不想，仿佛他行动和思想的能力都被窃走了。又因为没有风，衣服里那花的香气幽幽扬起。他的心跳陡地一停。安娜已靠在他身上，肩膀顶着他胳臂，发丝撩着他面颊。这时他闭上眼，朝安娜转过脸。他感到安娜火热的双唇在他嘴上一贴，飞快地吻了一下。他叹息一声，伸出两臂。但除了空气，那里一无所有。只听得安娜的衣裳和草叶相擦，一阵窸窣之声，再没有其他声息！而那朵花——那朵花也不见了。

一〇

那一夜，安娜一分钟也没睡着。使她醒着的是自责呢，还是那如醉似迷的回忆？就算她感到那一吻是罪过，也没怎么对不起丈夫或自己，只是对不起小伙子——戕害了幻想，戕害了某种神圣的东西。但是她依然禁不住感到快乐，感到陶醉，根本就没想要勾销自己的所作所为。

这么看来，马克是准备给她一点爱的！同自己的爱相比，那爱太少了，但毕竟有一点！那合上的眼睛，那转过来的脸，似乎要偎到她胸前，那不可能有其他含义。

这几天她略施小计，害臊吗？——朝年轻的提琴手微笑，登山后晚些回来，给马克那朵花，还有其他故意布下的罗网——这些都发生在那晚，在丈夫进屋坐下盯视她，却不知也被观察之后——对于这些，她感到害臊吗？不，不感到怎么害臊！她只是为那个吻自责。想到这里就痛心，因为这说明她心中那母亲般情感已经熄灭，已最终死灭；因为这促成那孩子的觉醒——谁知道是什么觉醒！因为，要是她对马克来说是个谜，那么对她来说，满怀殷切期望和美好憧憬，洋溢青春热情和无邪天真的马克并不是！倘若这个吻窒杀了马克的信念，抹去了露水般纯洁，使他心中的明星陨落，那可怎么办？她能原谅自己吗？万一她让这后生变得同许多小伙子一样，同那年轻提琴手一样，成了玩世不恭的青年，把女人看作他们所谓的"美丽猎物"——她受得了吗？不过，即使她能让马克那么变——他会那样吗？哦，肯定不会！要是那样，她才不会一看见马克就喜欢，称他为"天使"。

夜色中那一吻之后——即便是罪行也罢——她不知道马克做了些什么，去了哪里——也许是独自漫步，也许是径自回房。为什么她要自我抑制，撇下他张开的双臂，把他撇下在那里？这一点安娜自己也说不清。不是羞耻感，不是害怕；说不定是某种崇敬——对什么的崇敬？对爱——对那种憧憬和谜样的感觉，对所有让爱显得美丽的一切；对青春和青春的诗意；是啊，是为了那黑魆魆、静悄悄的夜本身，为了那花朵的芬芳——正是这殷红的情欲之花使她赢得马克，随后又偷偷取回，一整夜紧揣在颈子边，早晨又把这枯萎的花放在衣服中。她饥渴了这么久，这么久等待着那一刻——所以，要是她不清楚为什么只做了这事而不做那事，没什么可奇怪的！

如今，她见到马克该怎么办？一见面，怎么正视他的眼睛？眼神会不会已有所改变？她最喜欢的正目而视还会有吗？以后得由她带头，去营造未来了。她不断对自己说："我才不会害怕呢。事已如此。我要接受生活的赐予！"至于丈夫，她连想都没想。

但刚一见到马克，她便看出：那一吻之后，发生了某种外来的麻烦事。果然，马克走来，一言不发站在跟前，全身哆嗦着递给她一份如下的电报："速回婚礼在即盼后天到。西塞莉。"甚至在她读电报的时候，文字已变得模糊起来，小伙子的脸也影影绰绰了。她强自镇定，平静地说道：

"当然你一定得去。只有这么个姐姐，她的婚礼你不能缺席。"

马克一声不吭看着她，她简直受不了那目光——犹如知道的极少，想问的却极多。她说道："这没什么——不过几天工夫。你还会来的，要不，我们上你那里。"

小伙子脸上顿时容光焕发。

"你们真的会很快来我们那里？他们一邀请，你们马上就来？那我不在乎——我——我——"说到这里，话儿哽住了。

安娜又说：

"只要请我们。我们会来。"

小伙子一下子握住安娜的手，在自己双手中握呀握，随即轻轻拍了拍，说道：

"哦！我把你捏痛啦！"

安娜不想哭出来，出声笑了。

要及时到家只有一班火车，过不了几分钟马克就得赶这趟车。安娜去帮他收拾行装，心头重得像铅，但因为受不了他脸上再有那种神色，便高高兴兴地不断说话，讲自己同丈夫的归程，问他家的情形，怎么去那里，又谈起牛津和下学期的事。行装刚一收拾好，安娜便张开双臂围住他脖子，搂了他一会儿便逃走了。安娜出房间时回头看看，只见马克仍站在刚才被拥抱的地方，一点没动。安娜湿着脸，边下楼边擦干泪水。等她感到已毫无破绽，才来到外面平台上，对正在那里的丈夫说道：

"同我一起去镇上，好吗？我想买些东西。"

丈夫扬起双眉，隐隐露出一丝笑意，跟她走了。他们慢慢下山，来到小镇那条长街。她嘴里不停说着自己也不知所云的事，心里不断在想："他马车会经过——他马车会经过！"

几辆马车丁当驶过。马克终于来了。只见他端坐车上，眼睛直勾勾盯着前方，没看见他们俩。她听见丈夫在说：

"咦！我们的小朋友莱恩南去哪里？——还带着行李，像是遇上麻烦的狮子崽儿。"

她尽力使嗓音清晰又平稳，回答道：

"一定出了什么意外，要不就是他姐姐结婚。"

她感到丈夫在注视她，便不大放心自己脸上的神情；但就在那时，近旁响起一声"大妈！"原来一小帮英国古楞嘀已围在他们四周。

一一

对那小伙子来说,坐车走那二十英里的路,也许是整个旅程中最难熬的。要静静坐在那里忍受痛苦,这总是很难。

头天晚上安娜离他而去后,他在黑暗中漫无目的走着,也不知在往哪里走。后来月亮升起,他发现自己坐在农舍旁的谷仓檐下,那里一片幽暗宁静。下面山谷里,是月光照白的村庄——是屋顶、教堂尖顶和缥缈迷人的点点灯火。

他穿着夜礼服,没戴帽子,满头乌发乱蓬蓬的。要是农舍主人碰巧见他待在谷仓边,坐在满是干草的木板上,迷醉又渴望地凝望着前方,那模样真够怪的。但是对庄稼人来说,睡眠很宝贵。……

现在,一切都从他这里被攫走,被推往远而又远的某个未来时刻。是否有可能让监护人请他们来?他们真会来海尔吗?他导师肯定不愿马上来乡下做客——这是远离书本和其他一切的地方!想起导师,他皱起了眉头,但这出于惶惑,并无别的感情。然而,要是他没法请他们来,那么离下学期开学还有整整两个月,叫他怎么挨过去!他这样想啊想啊,翻来覆去地想,而几匹慢跑的马拉着他越来越远安娜。

到火车里就好了一些，这里有让人分心的事：有那么多奇怪的外国人，有陌生面孔和陌生地方引起的兴趣；还有睡眠——整整一夜，精疲力竭的他在自己那角落里瞌睡着。第二天见到更多的陌生地方和陌生面孔。渐渐的，他原先痛苦而迷茫的情绪有了转变，觉得似乎有指望，未来还使人乐于翘盼。加来①终于到了。登上湿淋淋小汽船夜里渡海，一阵阵夏日大风挟着水花扑面而来，黑油油海面上白浪飞溅，风声呼啸。他上岸后向伦敦进发。八月的清晨雾霭中，车子早早穿越仍睡意沉沉的都市，一份英国式早餐——麦片粥、肉排、果酱。最后，他上了去家乡的火车。不管怎样，他还可以给安娜写信呢，于是从小小的写生簿上撕下一页，开始落笔：

> 我是在火车上写这信的，所以请原谅我歪歪扭扭的字迹——

这时他不知下面该怎么写了，因为他想说的一切，连做梦也没想到竟要写下来——有关他感情的种种事，一变成白纸黑字就显得挺吓人；再说，不能给旁人看的东西，他是一定不能写的，那还有什么可写呢？

---

① 加来是法国北部工业港口，临多佛尔海峡，海路距英国的多佛尔34公里，有跨海峡渡轮。

离开了蒂罗尔①,——他终于又写了(甚至不敢写"离开了你们")——这旅途长而又长,我以为将永远没个完了。但毕竟还是有的——现在已非常接近结束。蒂罗尔使我想得很多很多。这是美好的时光——是我有过的最美好时光。如今这已成过去。我就想着未来聊以自慰——但不是近在眉睫的未来,那可不太有乐趣。那些大山今天看上去不知如何了。请把我的爱给它们,尤其月光下那些像卧狮的——凭我这么写,你是认不出它们的。——**他随即画了个草图**——这就是我们去过的教堂,有个人跪在那里。这代表几个英国古楞嘀,他们正看着很晚回来的人。不过,比起画这位拿登山杖的人,我画这些英国古楞嘀比较得心应手。现在我倒巴不得自己是英国古楞嘀,仍可留在蒂罗尔。希望不久能收到你们来信,能读到你们准备归来的消息。我的监护人会极其盼望你们来做客。你们认识了他,就知道他为人不错。他妹妹也在,这位都恩太太和女儿在我姐姐婚后会住下来。要是你和斯道默先生不来,那就太糟糕了。可惜我没有能耐,对于在蒂罗尔度过的美好时光,写不出心中的感受。千万要请你来想象了。

他先前不知道信上如何称呼安娜,现在也一样,他不知

---

① 蒂罗尔是奥地利西部一州,北接德国,南邻意大利,以阿尔卑斯山区疗养地和冬季运动场著名。

道信尾如何落款,于是只签了个马克·莱恩南。

他得在埃克塞特①等待一段时间,就在那里把信寄出;他的心思从过去进一步移向未来。现在离家越来越近,他开始思念姐姐。过两天姐姐就去意大利,得过很长时间才有可能见到她。于是一大堆前尘往事接踵而来:姐姐同他在自家园林的围墙内散步,在凹陷的槌球场地玩;姐姐比他大两岁,那时比他高,给他讲故事的时候还搂着他脖子。还有,他每次放假回家,他俩的初次交谈和初次下午茶——果酱要吃多少就吃多少——总在那古老的读书室,那里有印花布的装饰,窗花也很美观,只有他、姐姐和老嘀咕(这位古派的家庭女教师特玲小姐,如今姐姐可能不要她管了),有时还有小姑娘西尔维娅——如果正同她妈妈待在那里。他常告诉姐姐,说学校如何差劲,因为没人对鸟兽这类东西有兴趣,除了宰杀它们;也没人对画图,对制作东西,对一切正经事情有兴趣;姐姐对他总表示理解。他们常一起走出家门,或沿着河边漫步,或走向自家园林深处,那里的一切都显得有趣而粗犷。一棵棵蓬乱栎树,一块块巨大圆石——他们家的马车夫老高登曾说,"依我想,马克少爷,这些大石头准是洪水时代②就给冲来啦!"眼下,千百种这样那样的回忆涌进他心中。火车驶近车站,他已急急准备好跳出去问候姐

---

① 埃克塞特是英格兰德文郡(位于英格兰西南角)首府,濒埃克斯河,为英国历史名城。
② 据说上帝因世道败坏,决定毁灭世界;由于挪亚行为端正,就教其造方舟,把各种动物带上一对。洪水过后,方舟上的生物成为地球上生物的祖先。故洪水时代常指世界初期之混沌状态。

殷红的花朵 | 059

姐。从站台到候车室的那段木栅栏外，一溜儿满是盛开的金银花。今年可真奇妙——那里就是姐姐，正独自伫立在站台上。不对，不是西塞莉！他惘然下了车，恍若被刚才那些回忆耍了。没错，那女的很年轻，但只有十六岁光景，戴着的阔边遮阳帽盖没了头发，遮住了上半截脸。她身穿蓝色连衣裙，腰带上有几朵金银花。她朝马克笑笑，似乎也等着对方回她微笑，所以马克也笑了。于是姑娘朝他走来，说道：

"我是西尔维娅。"

他应道："啊，太感谢了——让你来接我，真是太难为你了。"

"西塞莉很忙。来的只是双座T型车。你行李多不多？"

姑娘拎起他的手提箱，可他接了过去；姑娘背起他的旅行袋，可他又接了过去。随后两人出站走向马车。那里站着小马倌，拉着一匹壮实的矮脚马，这是银斑枣红马，鬃毛和漂亮的尾巴是纯黑的。

西尔维娅说："我来驾车，你在意吗？——我正在学呢。"

他应道："哦，不！不在意。"

姑娘上了车。马克注意到她眼中闪着激动。这时他的旅行皮箱也拿了出来，同其他东西一起放在车后。马克上车坐在她身旁。

姑娘说："走吧，比利。"

枣红马在小马倌身边冲过，只见他高筒马靴一闪，已从后面跳上车。他们呼地绕过车站广场的拐角。马克看到姑娘微微张着嘴，似乎为这样拐弯发窘，就说：

"这马拉得挺猛。"

"是啊——是匹逗人爱的牲口,可不是吗?"

"是很不错。"

啊,等安娜来了,就为她驾车;他们俩就乘这双座车出去,他要带安娜看遍这乡间。

"哦!我知道这马要受惊了!"

听到这话,他回过神来。紧接着,马车往斜刺里一让。枣红马正在慢跑。

他们的车擦过了一头猪。

"它现在看上去多可爱,是吗?刚才它受惊时,我该不该抽它一鞭?"

"不抽为好。"

"为什么?"

"因为马是马,猪是猪。马碰上了猪,受惊很自然。"

"哦!"

马克抬头朝身旁的人瞟了一眼。姑娘的脸颊和下巴颏的线条十分柔和,看了很顺眼。

"你瞧,我刚才没认出你!"他说。"你长大了好多。"

"我一眼就认出你。你嗓音还那么沙。"

两人又不作声了,后来姑娘说:

"它拉得很来劲——是因为在回家吧,嗯?"

"要不要我来驾?"

"好,请吧。"

他站直了接过缰绳,让姑娘在他身前缰绳下钻过来换个座。姑娘轻轻擦过他,他闻到那头发有干草般的清香。

姑娘不再驾车,就睁着湛蓝的眼睛定定注视他。"西塞莉原先担心你不会来,"西尔维娅突然说道,"那对老斯道默是怎样的人?"

他感到自己脸涨得通红,咽了咽唾沫才回答:

"只是那位先生老,他太太还不到三十五岁。"

"那就是老嘛。"

他想说"同你这样的孩子比,当然算老!"但忍下了,只是朝姑娘看看。她真能算孩子吗?就姑娘家来说,她看上去个儿很高,不很瘦,脸上的神情坦率而温柔,似乎要人家待她好似的。

"那位太太很美吗?"

这回他没有脸红,因为这问题让他心乱。如果他回答说"对",就等于让人知道他的敬慕之情;可如果不这么说呢,却是可怕的背叛。所以他硬是说"对",一边仔细听着自己嗓门的音调。

"我早就猜到她很美。你很喜欢她吗?"

他喉咙里又像哽住了,只得再与之搏斗,又吐出了"对"字。

他本想讨厌这姑娘,可不知怎么办不到——她看来温柔又推心置腹。眼下她又在凝望前方,双唇仍微微张开,很明显,先前那样并不是因为波莱罗①拉得猛,尽管如此,这嘴

---

① 这里是马名。

唇还是很美,那短短的、挺直的小巧鼻子和下巴颏也很美;再说,她白净极了。马克的心思飞回到另一张脸上——那样神采奕奕,充满生命力。他忽然意识到没法让这脸重现于想象——从踏上归途以来,这还是第一次想不起那张脸。

"哦!看哪!"

姑娘一把拉住他胳臂。只见那边田野上空有只大雕直冲而下,像石头落向地面的树篱。"哦,马克!哦!它逮着了!"

她双手捂住脸,而大雕正抓着小兔子张翅高飞。大雕的形态真美,所以马克不怎么怜惜那兔子。不过他要拍拍姑娘的手,安慰安慰她,于是说道:

"没事了,西尔维娅,真的没事了。要知道,兔子已经死了。这很自然。"姑娘放下双手,露出马上要哭的脸。

"可怜的小兔子!它才这么小!"

一二

第二天下午，他坐在吸烟室里，手里拿着公祷文，皱着眉头读结婚礼拜那部分。设计这本书的时候，考虑到放在衣袋里而不影响人的体态，这完全做到了。但问题不在这里。事实上，即使马克能看清书上的字，也不知在讲什么，因为他琢磨着如何提出请求——对方正坐在有活动盖板的大写字台后面，仔细察看着钓鱼用的假蝇。

最后，他瞧着这个人的侧影说：

"高蒂！"（如今没人知道为什么叫他高蒂了——不知是因为他名叫乔治，还是把"监护人"读别了。）"西丝①一走，就太冷清了，是吗？"

"一点不会。"

赫泽利先生约莫六十四岁，倒真是当监护人的年纪，而且与其说是乡绅，不如说更像是医生；四方脸胖鼓鼓的，眼睛总是半睁半闭，弯弯的嘴里嗓音挺干脆，听来粗率而高雅，这是出身世家的人所特有的。"但肯定会的，这你知道。"

"就算会吧，怎么呢？"

"我只是在想，你可在意请斯道默夫妇来这里小住几天——在外头他们待我好极了。"

"一对陌生男女!我亲爱的小家伙!"

"斯道默先生喜欢钓鱼。"

"是吗?那么他太太喜欢什么?"

看到监护人转过身来,小伙子很感激,说道:

"我不知道——什么都——她可好呢。"

"噢!漂亮吗?"

他心虚地回答说:"我不明白你说的漂亮指什么,高蒂。"

与其说看到,不如说他感到监护人正在看他——在他因为患痛风而略肿的眼皮下,一双半睁半闭的眼睛在细细打量他。

"好吧;随你的便。请他们来,尽力把这事办好。"

他的心跳得厉害吗?不怎么厉害;但觉得温暖又高兴。他说:

"太谢谢了,高蒂。你宽厚透顶。"说着又回头看"结婚礼拜"。其中有的部分他能看出点名堂。在他看来,有些内容很好,而另一些地方很怪。譬如说,关于服从。如果你爱什么人,却指望这人服从你,这似乎差劲了。如果你爱他们,他们也爱你,那就不可能存在谁服从谁的问题,因为双方总是会自觉自愿行事的。而如果他们不爱你,或者你不爱他们,那么——哦!那么同不爱你或者不被你爱的人生活在

---

① 西丝是西塞莉的昵称。

殷红的花朵 | 065

一起，那就太恶心了。但是，安娜当然不爱导师。她爱过吗？那双满含怀疑的明亮眼睛，那张老爱挖苦的嘴，清楚地呈现在他眼前。这两点你可以不爱；可是——他为人还真不错。想起远方的导师，一种类似怜悯，甚至类似敬爱之情在心中油然而起。有这样的感觉真是怪了；自从上回他们在平台上交谈，他还完全没这种感觉。

听得写字台的活动盖板拉下了，他回过神来；赫泽利先生已把剩下的假蝇都放了进去。这说明他就要出去钓鱼了。等听到关门声，马克一跃而起，推开写字台盖板，开始写信。这可是费劲的事。

亲爱的斯道默太太：

我的监护人希望我请求你和斯道默先生，从蒂罗尔回来后，就立即来我们这里一游。请告诉斯道默先生，只有他这样的一流钓鱼能手，才钓得到我们的鳟鱼；其他人只能钩住我们的树木。这就是我正钩住了树木（附上草图一幅）。我姐姐明天结婚，要是你们不来，这以后的日子就令人生厌了。所以请务必来。致以最亲切的问候。

你卑微的仆人
马克·莱恩南

他为这篇作品贴上邮票，投进邮筒。这时他有个特别奇怪的感觉，好像学校里放他假，很想东奔西跑乐一番。他该干什么呢？西丝当然很忙——他们都为婚礼而忙碌。他想去给波莱罗上鞍子，骑着它去园林里纵情飞驰。要不然，该去河边看那些松鸦？这两件事看来都是够寂寞的。他站在窗前，垂头丧气的。五岁时，他同保姆一起走着，有人听见他说："姆姆我想吃饼干——我一直想吃饼干！"也许他现在还这样——一直想吃饼干。他想起自己塑的东西，就出了屋子去空荡荡的小暖房，那里放着他的得意之作。现在这些东西在他看来糟透了，其中的两件——绵羊和火鸡——他决定立刻销毁。他忽然想到：也许他能试着塑个大雕抓小兔。但塑着塑着，感觉却不好，于是他扔下东西走了出去。他沿着没除草的小径奔向网球场——那时刚有草地网球。那片草看来乱蓬蓬的。不过，这小小庄园住宅的周围，一切都显得杂乱无章。至于原因，却没人说得清楚，看来也没人在乎。他站在那里细细瞧着这片景象。这时传来哼歌曲的声音。他上墙一看，见西尔维娅坐在田野间，正用金银花枝编着花环。他无声无息伫立着，倾听着。姑娘看来真美——正忘情于哼唱之中。马克悄悄翻身下到墙外，轻轻招呼道：

"喂！"

姑娘转身朝他看着，眼睛睁得好大。

"你的嗓音很好听，西尔维娅！"

"哦，不！"

"就是好听。来，爬树去吧！"

"哪里？"

"当然是园里。"

他们花了些时间挑合适的树,因为很多树对他来说太容易爬,而很多树对姑娘来说又太难。最后找到一棵老栎树,树上常有白嘴鸦光顾。他坚持像登山那样爬,要西尔维娅用绳子同他拴着,就回家拿来一些窗帘绳。四点钟的时候开始爬树——他把这命名为"攀登希莫奈台拉巴拉"。他领导了这次重要的攀登行动:先把绳子套上一根树枝,然后才让姑娘行动。有两三次,他不得不先把绳子固定好,再回下来帮西尔维娅,因为姑娘不是"老手"。她的手臂看来很柔弱,而且不是用一只脚支起身子,常跨骑在树枝上。但他们到底还是爬了上去,在离最高处还差两根横枝的地方停住,衣服上满是一条条青苔痕迹。他们静静歇在那里,听着白嘴鸦为受到侵扰而抗议。除了慢慢平息的这一阵示威之声,那离地颇远的地方静得出奇——这儿离天离地差不多一样距离,和蓝天之间只隔着薄薄的青棕色皱巴巴树叶。他们的脚或手只要在树皮上稍稍一擦,栎树上那干燥青苔的奇特味道就给撩起在空气中。他们很难看到地面,周围那些扭曲多节的老树挡住了视线。

马克说:

"我们在这高处待到天黑,可能看到猫头鹰。"

"哦,不行!猫头鹰挺可怕的!"

"什么话!它们很可爱——特别是白猫头鹰。"

"我受不了它们的眼光,还有它们捕猎时那吱吱嘎嘎的叫声。"

"哦！那才好听呢，它们的眼睛也很美。"

"它们老是抓老鼠和小鸡，抓各种各样小生命。"

"这倒不是有心欺小，它们只是需要吃东西。你不觉得万物到了夜里最有意思？"

西尔维娅伸出手臂挽住马克。

"不觉得；我不喜欢黑暗。"

"为什么？夜晚可妙着呢——那时样样东西都显得神秘。"最后那个词他拖得很长，显然很喜爱。

"我不喜欢神秘的东西，这叫人害怕。"

"哦，西尔维娅！"

"对，我喜欢清晨时分——尤其是春天，树叶开始繁茂的时候。"

"这当然。"

西尔维娅略略倚着马克，这样比较安全；马克伸着手臂牢牢抓住树枝，让自己给稳稳靠着。沉默了一会儿，马克问道：

"要是只给你挑一种树，你挑哪个？"

"决不挑栎树。椴树——也不是——我挑桦树。你挑哪个？"

他沉思起来。完美的树这么多。桦树和椴树，那当然；可还有山毛榉和柏树，还有紫杉和雪松，圣栎也差不离，还有梧桐，接着他突然说道：

"松树；我指的是那种高大的，树身和树枝略带红色的。"

"为什么呢？"

马克又沉思起来。作出切实解释颇为重要；这关系到他对事物的种种感觉。他默默思索之际，西尔维娅对他凝眸而视，似乎为如此冥思苦索而惊异。马克终于说道：

"因为它们独立而庄严，从不会让人寒心，枝枝丫丫看上去遮天盖地。不过主要还是因为：我说的这些树，你总能发现它们显得非同寻常。你知道——就那么一两棵粗壮而黑苍苍的，顶着天空挺立着。"

"它们太黑苍苍了。"

他陡然想到落叶松给忘了。这种树自然也给人超凡之感，只要你躺在它们下面朝天空望，就像山里那个下午。这时他听见姑娘在说：

"如果只让我挑一种花，我就挑铃兰，就挑这清香可人的小野花。"另一种花的形象在他脑海里一闪，殷红的——太不一样了。①他没有吭声。

"你要什么花呢，马克？"姑娘的嗓音听来像受了点委屈。"你想到了一种，是吗？"

他老实回答：

"对，是想到一种。"

"什么花呢？"

"也是深色的，一点也不会讨你喜欢。"

"你怎么知道呢？"

"我指的是丁香石竹。"

---

① 因为铃兰的花是下垂的钟状白花。

"这花我倒是喜欢的——只不过——不怎么太喜欢。"

他一本正经地点点头。

"我就知道你不会太喜欢。"

两个人都沉默下来。姑娘不再倚着他；没有了这种温馨友情的体现，他有点惘然若失。现在没有了他们说话声和白嘴鸦的呱呱啼叫，就能听到枯燥的树叶窸窣声，此外就是小河对岸传来的啼叫——这是石丘上空搜寻猎物的雕在叫，听来很悲凉。

往日里，那里多半有两只雕在空中搜寻着。对马克而言，不出声很不错——宛若大自然在同你说话——大自然总在悄无声息地说话。只有你静寂时，飞禽走兽和昆虫才真正显露面目。花草树木也各有不同的欢乐生活，你也要极其安静，才能够看到真实的它们。连老高登说是洪水时代冲来的大石头也一样；只有当你一无杂念，它们才向你展示各种怪异形态，让你感到亲近。在这方面，西尔维娅总算比他预料的好些。她能保持安静（他原先以为姑娘家无可救药）；她很温柔，叫人看着舒服。这时，透过树叶，隐隐传来悠远的铃铛声；是用茶点的时候了。

姑娘说："我们得下去了。"

待在繁枝密叶中真是太舒坦了。但既然西尔维娅要用茶点——姑娘家老要用茶点！他仔细把绳子绕在树枝上，开始注意看姑娘往下爬，他刚要跟下去，却听见西尔维娅喊起来：

"啊，马克！我给挂住了——我给挂住了！我的脚碰不到东西！我在晃来晃去！"

马克一看，见她是在拉着绳子晃荡。

"松手。落到下面树枝上去——绳子会让你垂直地下去，到时你就抱住树干。"

姑娘可怜巴巴的嗓音传了上来：

"不行——我真的不行——我快滑下去啦！"

马克把绳子系好，急忙滑到姑娘脚下的树枝上；然后让自己紧靠树干，伸手抱定西尔维娅的腰部和膝部；但绷紧的绳子吊着她，她下不来，双脚悬空。马克没法一边抱住她一边给她解开捆着腰的绳子。就算马克一只手放开她，取刀在手，也不可能同时抱着她又为她割断绳子。一时间，他觉得最好还是再爬上去把绳头解开，但一瞧那脸，他看出姑娘快吓坏了；那哆嗦的身子也让他感到这点。

"如果我把你往上托，"他说，"你能不能再拉住上面？"没等姑娘回答，他已经在托了。西尔维娅急得什么似的一把拉住树枝。

"只要坚持一秒钟。"

西尔维娅没有回答，但马克看到她的脸变得煞白。他抽出刀来割断绳子。姑娘也只拉住了这么点时间，随即落进马克的两臂，被拖到树干边。一到安全地方，姑娘把脸埋在马克的肩头。小伙子低声对她说着话，轻轻抚着她，感到有责任这样宽慰她、保护她。马克知道她正在流泪，但没有一点哭声；小伙子很当心，装作不知道，免得她不好意思。马克心里在捉摸：是不是该吻吻她。他终于这样做了，在姑娘头顶上极轻地吻了一下。西尔维娅仰起脸来，怪自己没个人样儿。于是马克又在她眉头上吻一下。

这一来，她似乎没事了。于是两人战战兢兢下到地面，这时影子已开始落在蕨草上，斜斜的阳光射入他们的眼帘。

一三

西塞莉婚礼过后的晚上,马克站在他顶楼卧室的窗前。这房间有一堵斜墙,还隐隐有老鼠味,但是很舒适。他疲劳又激动,脑海里满是各种图景。这是他第一次参加婚礼;姐姐小巧的白色身影和星眸照人的面庞,不时浮现在眼前。姐姐走了——不再是他的!那架可怕的老风琴呼哇呼哇的,奏出的《婚礼进行曲》听来怪吓人的;还有那篇布道词!人家正觉得想哭,谁还要听那种东西。把新娘交给新郎时,连高蒂也显得颇受煎熬。那几个圣坛围栏前的人,他还能十分清晰地看到,似乎他是旁观者当时不在其中。西丝身穿白礼服,西尔维娅一袭灰绒衣裳;高挑的姐夫不动声色;套着黑上衣的高蒂模样很怪,黄黄的脸,眼睛依然半睁半闭。这段时间里有一点最讨厌:你只想细细感受感受,却不得不想着结婚戒指,想着自己的手套,想着自己白背心最下面的纽扣是不是按常规解开着。看来,姑娘家有本事兼顾这两方面——西丝那神情似乎一直在看着什么奇妙事物,西尔维娅的样子则一派圣洁。他自己却过于注意教区长的嗓音,看其履行种种仪式的那套职业化举止,宛若正在配方，在指点人家如何用药。然而从有的方面看，那场面也可算很美：每张脸都朝着同一个方向，还有那一片静穆——除了可怜的老高登用鲜红的大手帕擤鼻子；再就是教堂屋顶里和靠背长凳下的幽暗；再就是阳光照亮的一扇扇南窗。即便如此，但如果光他们两人手手相握，在别处对上帝说出他们的真实感受，那就更有意思——因为上帝毕竟无所不在、无远弗届，不是只在令人气闷的教堂里。他结婚时就喜欢这样；要今天这样的夜晚，满天星斗，周围的一切显得神奇美妙。人们总似乎把上帝看成某种高人，比自己略略大一点，但可以肯定，上帝比这个大一倍还不止！对于在户外以夜色为神殿的上帝，人们所制作或想象的最美、最奇妙、最了不起的任何东西，都算不了什么。不过孤身一人没法结婚，而姑娘结婚个个喜欢戒指、鲜花、礼服，还有使这一切显得渺小而惬意的那番话！西丝或许还可以——但不会这么做，因为她不愿意伤别人感情。至于西尔维娅——那绝对不行——她会害怕的。当然，她只是年纪还小！想到这里，他的思绪之线断了，遐思之珠四处滚散。

他倚在窗口探出身子，两手支着下巴，把夜晚的空气吸入肺中。是金银花？要不，是百合花的香味？星星都出来了，今晚还有好多猫头鹰——至少四只。没有猫头鹰和星星，夜晚会是什么样子？不过事情就这样——任何事物，除了在具体环境中见到，你永远也想象不出，它们会是什么样子。同样，你也永远不知道即将到来的是什么；然而一旦到来，就似乎到来的不可能是别的事。真的很怪——在你没干以前，你喜欢干什么都可以；但当你着手干了，就总是会感到非得……那是什么光，在左下方亮着？谁的房间？是老嘀咕的吧——不对，是那备用小房间——是西尔维娅住着！这么说，她肯定没睡！马克探出半个身子，轻轻唤了一声——那嗓音被认为仍很沙哑：

"西尔维娅！"

那亮光忽闪一下，他见到姑娘探出头来，头发松散，脸蛋朝他这方向仰着。他半是看见，半是想象，只觉得玄玄乎乎、隐隐约约。接着他低声说：

"这妙不可言吧？"

回上来一声轻言细语：

"妙极了。"

"你困不困？"

"不困；你呢？"

"一点不困。你听见猫头鹰叫吗？"

"当然。"

"现在的味儿好闻吗？"

"没说的。你看得见我吗？"

"仅仅是看到，并不清楚。你能吗？"

"看不出你鼻子。要我拿蜡烛来吗？"

"别拿——这样煞风景。你坐在哪里？"

"窗台上。"

"这不是让你扭着颈子吗？"

"不——哦，只是略略扭着。"

"你饿吗？"

"饿的。"

"稍等一下。我用大浴巾包些巧克力吊下来，我会把它荡到你跟前——你伸手接。"

一条白蒙蒙的手臂伸了出来。

"接住！我说，你不会着凉吧？"

"不大会。"

"这种良夜睡掉可惜，是吗？"

"马克！"

"嗳。"

"哪一颗是你的司命星？我的是那颗白星，从我这里望过去，在那棵大枫树顶端的树枝上方。"

"我的在那夏日别墅上方，那颗闪烁的红星。西尔维娅！"

"嗳。"

"接住！"

"哦！我没这能耐——是什么？"

"没什么。"

"不行，究竟是什么？"

"不过是我那司命星。它缠在你头发里了。"

"哦！"

"你听！"

接着没了声音，后来姑娘担心地低声问道：

"听什么？"

马克的低语飘了下去，渐渐消失：

"注意了！"

是什么响动声——哪扇窗开了？马克沿着黑乎乎的屋子墙面小心看去。到处都没有亮光，西尔维娅窗口那白乎乎一团也没变化。一切都黑魆魆的，显得挺遥远——还弥漫着某种好闻的清香。这时，他看见是什么在散发香味了。在他窗下的整片墙边，尽是开着白花的茉莉——星星不仅仅天上有。也许天空真的就是开满白花的田野；上帝在那里走来走去，摘着星星。……

第二天早晨，他下楼进早餐，看到他盘子里有封信。一边是西尔维娅，另一边是老嘀咕，他不能拆信。可随即他有点赌气地硬把信拆开。其实刚才不必担心。这信写得随便给谁看都无妨。信上讲登山和坏天气，还说他们将要回国。得知他们将回来的消息，他是松了口气？是心烦意乱？是高兴？还只是羞得坐立不安？安娜还没收到他的第二封信。他感觉到老嘀咕已转过脸来，两只闪烁的怪眼向他射来犀利的目光，西尔维娅则坦诚地瞅着他。他意识到自己的脸在红起来，暗自说着："别这样！"脸就不红了。三天后他们就到牛津。他们会不会一到就来这里？老嘀咕正在说话。他听见西尔维娅回答说："是啊，我可不喜欢'博普腮'，这种人很厉害！"这"博普腮"是他们对高颧骨的习惯称呼。西尔维娅的颧骨确实不高，面颊与眼睛之间的线条相当柔和。

"你呢,马克?"

他说得很慢:

"对有些人是这样。"

"颧骨高的人主意大得很,是吗?"

她——安娜——主意大不大呢?他忽而觉得根本不了解安娜。

早餐结束后,他离开餐厅来到往日常来的玻璃暖房,好一阵子感到不对劲又不高兴。他不是人,想安娜想得太少了,竟然不怎么惦念!他掏出信,皱眉蹙额地死死瞪眼看着。为什么他的感受不能更丰富一些?他是怎么啦?为什么他成了这么个冷酷畜生——竟没有日日夜夜思念安娜?他久久待在暗幽幽的小玻璃房中,闷闷不乐地拿着信,伫立在他的一具具动物塑像中。

他随即悄悄出来,没让人瞧见就来到河边。清脆又和美的水声——真能抚慰人;如果静静坐在石头上,等待着周围事物的动静,这抚慰作用就更大。那样,你会忘却自己,似乎变成了树枝、石块、河水、鸟雀和天空。这时你感到自己并不残忍。高蒂永远不了解为什么他不爱钓鱼——这是一种生物想捕获另一种生物——不是去观察和理解事物。凝望着河水、草地或蕨丛,你可以永远凝望下去;总是有某种新奇古怪的东西。就你自己来说也一样。如果你坐下来恰当地观察自己,就会看到内心活动,就会大感兴趣。

开始下起了小雨,树叶和草叶上发出轻轻的咝咝声,但他还像小孩,喜欢给雨淋湿,所以仍在那石头上。有些人在林中和水里见过仙女，或据说见过；但在他看来，这不怎么有趣。真正有趣的，是注意每件事物同其他事物不同，是什么造成不同；你得看清楚这个之后，才能够恰如其分画出来或塑出来。看着你做出的鸟兽塑像那么逼真，真叫人着迷，而你甚至不知道它们怎么有那个形态。但这次假期中他不行——画和雕塑一点都做不成！

一只松鸦栖在离他约四十码的地方，清楚地呈现在他眼前，正理着色彩斑斓的羽毛。所有的东西里，鸟最最迷人。他注视良久，后来鸟飞了起来，他目光随着鸟飞过高墙进了园林。他听见午饭的钟声远远响着，但没有回去。他只要待在户外小雨里，同鸟雀、树木和其他生物一起，就能摆脱早上那不快之感。他回去时已快七点，全身湿透，饿得厉害。

整个晚餐中，他注意到西尔维娅像在观察他，似乎要问他什么事。她穿着敞领白连衣裙，显得非常温柔，头发几乎是某种特别的月色，极淡的金黄。他很想让姑娘明白：自己单独在外待了一整天跟她毫无关系。晚餐后他们清理桌子准备玩"红九点"①，他轻声问道：

"昨天夜里，后来你睡着了吗？"

姑娘一听，把头猛点几下。

现在的雨真是下大了，屋外的夜色里一片滴滴答答和淅沥哗啦之声。他低声说道：

"我们的司命星今晚要给淹掉了。"

---

① 这是一种纸牌的玩法，可供四个以上的人消遣。

"你真的认为我们有司命星吗?"

"可能有。当然,我的那颗很安全。你的头发真帅,西尔维娅。"

姑娘凝神看着他,模样可爱又显得惊奇。

一四

安娜没有在蒂罗尔收到小伙子的信。信转到了牛津。她刚出门,信来了。她拿着信,就像坠入情网的人收到恋人来信,幸福感和激动交织在一起,几乎让她颤栗。她不愿在街上拆信,就一路来到某个学院庭院里,在杉树荫里坐着读起来。

这封简单的信,又短又孩子气又干巴巴,却让她快乐得如同腾云驾雾。她马上又能见到马克了,不用等上几星期,还担心给丢在脑后!她丈夫早餐时说:少了那些"可爱的年轻小丑",牛津无疑更迷人;但牛津"满是旅游者和其他陌生团体",肯定不怎么样。他们该去哪里呢?谢天谢地,这封信倒是能给他看的!虽然如此,她却略感扎心之痛,因为信里个个字都能给人家看。不过她还是很高兴。她本就最喜欢这个学院庭院,而眼下在她看来,这里从没这样美,每棵树、每株花都受到如此爱护,风吹不进来,鸟雀似乎也从没这样乖,这样友好。

太阳和煦地照耀着,连云朵也喜洋洋放出光辉。她坐了好长时间,想啊想啊,回家时却忘了出来要做什么。现在她有勇气也有决心，没把信藏在紧身胸衣里，免得被心火烧出窟窿。午饭时她把信交给丈夫，眼睛看着丈夫的脸，话却说得漫不经心：

"你瞧，老天来回答你的问题了。"

丈夫读着信，眉毛一扬，微微一笑，没抬眼睛，咕哝道：

"你要把这浪漫插曲继续下去？"

他是话里有话——还是他说话就这个样子？

"我自然想离开这里。去哪里都可以。"

"也许你喜欢一个人去？"

丈夫当然知道妻子不可能点头称是，所以这么问。妻子的回答很简短："不对。"

"那么我们两个人去——星期一出发。我要钓他家的鳟鱼，你要钓——唔！——他要钓——他钓的是什么——是树木？好吧！说定了。"

三天里，他们没有为此事交换一个字的意见，随后就出发了。

她感激丈夫吗？不感激。害怕丈夫吗？不害怕。瞧不起丈夫吗？没怎么瞧不起。但是她害怕自己，怕得厉害。她怎么才可以把握住自己？怎么能瞒过众人眼睛，掩盖自己爱那小伙子？让她恐惧的是她不顾一切的精神状态。但是，既然衷心希望马克幸福，希望他获得人生所能提供的最美好东西，那就肯定能约束自己，不做任何有损于马克的事。然而，安娜还是害怕。

马克在车站上迎接他们，一身骑马的装束，粗呢的诺福克式猎装很漂亮。虽说安娜自认为对马克的衣着心里一清二楚，起先却没认出。火车慢慢进站停下。她想起同马克最后一次单独相处的时刻，想起在他楼上房间里帮他打点行李，差一点无法自制。看来，真难让自己冷冷淡淡、一本正经同他相见，也很难等到——谁知要等多久——同他单独待上一分钟！他彬彬有礼，体贴周到，完全是主人家待客的礼数；说是但愿她路上没累着，但愿斯道默先生没忘了带钓鱼竿——尽管他们家有的是，能借给他用；但愿天气好；但愿他们不在乎坐三英里马车；一边还忙着拿他们的行李。但这段时间里，安娜只想搂他在胸前，把他额前的头发撩向后面，再细细看着他！

他没同他们一起坐马车——他觉得这样太挤——而是骑着那丈夫所谓的"女性专用坐骑"，让这甩着黑尾巴的银斑枣红马紧跟在车后，在扬起的飞尘里给他们指点一处处景色。

这乡间富饶而略显粗放，一幢幢看上去各不相干的农舍，古旧而舒适的黑沉沉宅第；所有这一切，对于待惯了牛津或伦敦而不熟悉英国其他地方的人来说，看了又新鲜又愉快。连马克的监护人也让安娜看了愉快。因为必须面对陌生妇女时，高蒂也会带着某种夸张的迎合表情出场。他的妹妹都恩太太也让人愉快，那种韶华已逝的优雅让人看了舒心。

一条让人意外的小楼梯通向安娜房间。现在她独自站在这里，看着四根床柱的雕花床，看着挂印花布窗帘的宽大格子窗，还有插在蓝缸里的几朵花。是啊，一切都叫人惬意。可是！可是什么？她觉得缺了什么呢？啊，她这么烦躁可真傻！马克唯一操心的就是要他们过得舒服，就是怕暴露自己的感情。那山里的最后几天——他那眼神！再看现在！安娜认真地闷闷思考：她该穿什么晚服呢？虽说她很容易晒黑，但是一个星期的旅行和待在牛津，阳光曝晒的痕迹褪得差不多了。今天她眼神显得疲劳，脸色显得苍白。凡是能有助于她的一切，她将不会掉以轻心。上个月，她已满三十六岁；到明天，马克是十九岁！她决定穿黑的。她知道，穿黑的能使她脖子显得更白，使她眼睛和头发的颜色显得更别致。她不戴首饰，甚至胸前也不佩玫瑰花，只戴白手套。既然丈夫没来她房间，她就走小楼梯去丈夫房间。她让丈夫微微一惊，只见丈夫已换好衣服，正站在壁炉旁，脸上淡淡一丝笑意。他站那里想什么呢，还挂着那微笑？他身体里还有没有血？

丈夫略略点了点头，说道：

"好！素净得犹如黑夜！黑色适合你。我们这就下楼，去这里乡野厅堂，好吗？"

于是两人下楼。

每个人都在那里了。还请来一位身为地方官的乡绅特鲁雪姆，让男女数目相等。

宣布开饭；大家步入餐厅，在圆桌旁落座。这里全用黑栎木装修，点着许多蜡烛，挂着令人敬畏的先祖先宗画像。安娜坐在地方官和高蒂中间。马克坐在对面,一边是个怪老太,一边是还没介绍的年轻姑娘。姑娘穿着一身白,淡淡的金黄头发,雪白的皮肤,湛蓝的眼睛,双唇微微分开;显然是风华不再的都恩太太之女。这姑娘像银白色飞蛾,像勿忘我花①!安娜觉得很难把眼光从她脸上移开。这倒不是因为她欣羡这姑娘。她很美——这没错;但看来很柔弱:瞧她微微分开的双唇,柔和的下巴颏,还有那几乎是期待的表情——好似那湛蓝眼睛不由自主地略带渴望。但是她年轻——如此年轻!看来这就是眼光无法离开她的缘故。"是西尔维娅·都恩?"没错!是啊,是个温柔的名字,漂亮的名字——同她十分相配!很清楚,安娜在特鲁雪姆乡绅和高蒂的心中已留下印象,在礼貌允许的范围内,她的眼光一有可能就从这两人身上移开,定睛注视马克身边这姑娘,看到两个年轻人含笑交谈,就感到心头抽搐得发疼。马克眼神里少了点什么——是不是就因为这个?唉,她真蠢!马克认识的小姐太太,要是个个都惹起她这感觉,生活还成什么样子?她让意志克服了忐忑,让自己光艳照人。她看到那姑娘也禁不住直瞅着她,样子殷切又钦慕,还有点迷惘——年轻得可恨。那小伙子呢?安娜觉得自己像磁铁,慢慢地、稳稳地吸引着他,看他时不时乘机偷眼一望。有一回,安娜的眼光猛地同他相遇。那眼神多困惑不安!不再是以前那敬慕的脸了;但是从那表

---

① 这是多年生植物,以白色花多见。这花名来自一个爱情故事。

情看，她认为有办法使马克需要她——让这小伙子感到妒忌——她只要愿意，很容易用自己的吻激出马克的火样热情。

晚餐终于结束。接下来的时刻，姑娘同她得正面接触了——在那位母亲的眼皮下，还有那严厉又古怪的老家庭教师。真是个尴尬时刻！但终究到来了——这时刻又长又尴尬，因为高蒂始终坐在那里喝酒。但是在牛津高人的眼光之下，安娜这么多年来并没有白白度过；她让自己显得十分动人，用她带有外国腔的话问了许多有趣问题。都恩小姐——很快便改称西尔维娅——可得带她看看所有的名胜古迹啊。现在出去看这夜色中的老房子不太暗吗？哦，不暗。一点也不暗。门厅里有高统套鞋。她们去了，姑娘边领路边说话。安娜不知她在说什么，一心在想怎么谋得个一时半刻，让她同马克单独相处，哪怕就一会儿。

这幢老房子并不出色，但这是马克的家——也许有一天会归他所有。真是奇怪，夜里的窗户犹如一只只眼睛，房子竟然像活的。

"那是我房间，"姑娘说，"那开着茉莉花的地方——你能勉强看出。马克的房间在上面——你瞧，在那戳出的屋檐下方，靠左边的。有天夜里——"

"有天夜里怎么呢？"

"啊，我不是指——！你听。一只猫头鹰在叫。我们这里猫头鹰多着呢。马克喜欢它们。我可不怎么喜欢。"

总是在说马克！

"你瞧，他对所有的鸟兽着了迷——为它们做雕塑。要我带你去看他工作室吗？——那是一间老玻璃暖房。就这里，能够望进去。"

透过玻璃，安娜确实能看到小伙子那些奇特有趣的制作，黑暗中，那群小怪物簇拥在地板上，更显得奇形怪状。她低声说道：

"是啊，我看见了这些东西。不过我不会认真细看，除非他本人带我看。"

"哦，他肯定会的。他对这些东西的兴趣，比什么都大。"

虽说安娜原先决心谨言慎行，却拼死也熬不住问道：

"什么，比对你的还大？"

姑娘若有所思地定睛看安娜一眼，回答说：

"哦！我算不了什么。"

安娜笑出声来，挽起姑娘胳臂。这给人的感觉多柔美！多年轻！一阵半嫉妒半懊伤的痛楚直钻心头。

"你可知道，"她问道，"你非常可爱？"

姑娘没有回答。

"你是他表妹吧？"

"不是的。高蒂只是马克父亲那边叔伯辈姻亲；而我的母亲是高蒂的妹妹——所以我算不上什么。"

算不上什么！

"明白了——就是你们英国人所谓的'姻亲'。"

两人都没说话，似乎在细细地瞧那黑夜。过了一会儿，姑娘说道：

"我一直非常想见你。你同我想象中的不一样。"

"哦！那你想象中是怎样的呢？"

"我以为你有深颜色眼睛，褐红色头发，个儿没这么高。当然啰，我没什么想象力。"

姑娘说话时，她们已走回到屋子门口，门厅的灯光洒着姑娘全身，清楚显出她白白的细挑个儿。年轻啊——看上去她多么年轻！她说的每句话——都这么年轻！

安娜咕哝道："你呀——也高于我想象。"

就在这时，男人们走出餐厅。她丈夫脸上那神情表明，刚才人们一直在洗耳恭听他的话；特鲁雪姆乡绅的笑声表明，他完全没有幽默感；高蒂佝头缩颈的，有点要窒息的样子；小伙子看来脸色苍白，若有所思，似乎与周围环境脱离了接触。他犹疑不决地朝安娜这边来，却仿佛迷了路，走到老家庭教师旁坐下。是马克不敢到她跟前来呢？还是仅仅因为他看到老小姐孤零零坐着？很可能是这缘故。

夜晚就这样结束——同她梦寐以求的大不相同！特鲁雪姆乡绅乘着高高的双轮轻便马车去了，他那匹名马也去了——整个晚餐过程中，这马的光荣业绩是招待安娜的话题。主人家给了她一支蜡烛；除了马克，她已对大家道了晚安。同马克握手时该怎么办？握手是两个人之间的事，没人知道那一握多用力。但她拿不准，该热情地握那手呢，还是冷淡地让那手抽回去；她也拿不准，是提要求呢，还是等下去。但她忍不住热情地紧握那手，但立刻又在马克的脸上看到那困惑神情，心头猛然一震。她放开了

殷红的花朵 | 089

手;为了别看见马克同那姑娘道晚安,转身便登楼回自己房间。

顾不得整套晚装便往床上倒去,她静静躺在那里,手绢盖在嘴上,牙齿咬着手绢的边缘。

一五

马克十九岁生日这天，拂晓时一片灰蒙蒙薄雾。随后这幕慢慢降落到草地，露出清澈闪亮的阳光。他醒得很早。从窗里望去，坡度很大的园林里，除了上方圆圆的大石头，只见大石头之间重重叠叠的栎树，像淡淡的蓝灰色气球。他做雕塑的冲动，总是在清晨时分来得最强烈；就是那时段和天黑以后，但天黑以后没有光，冲动也就没用了。这天早上，他这冲动来得很猛，却感到不知如何着手，于是就泄了气。他作的画，做的雕塑——都这么不长进，这么拙劣。今天是他二十一岁生日就好了，钱财归自己掌握，就可以想干什么就干什么。他将不会待在英国。他要去雅典或罗马，甚至去巴黎。在那里干才能做出点名堂。到了假日，他将去鸟兽多多的荒山野地，在它们的栖息地观察它们，研究它们。硬待在牛津这类地方真蠢；但是一想到牛津意味着什么，他的遐思浮想恍若给鹰吓蒙的鸟——愣在半空中扑动几下，然后冲回地面。于是创作的冲动顿时消散。就像他一觉醒来，成了真正的自己。接着——这个自己又一次迷失。

他无声无息走下楼梯。园林门上的百叶门没有关，甚至也没锁——准是头天夜里给忘了。昨天晚上！他怎么也想不到，安娜一来，自己竟有那种感受——竟如此心慌意乱，不知所措；一边在被她吸引过去，一边被什么给拖住了。他对自己感到又恼恨又不耐烦，甚至对安娜也快有这种感觉了。现在这清晨一片融融乐乐，为什么他不能同样融融乐乐？他拿了望远镜，搜寻着铺向河边的牧场。是啊，那边出来了几只兔子。有着一朵朵白雏菊，有着凝着露水的蛛网，这真是一片月光花般的白色；加上几只兔子，更完美无缺了。他太想弄一只来照着做做，一时间心里痒痒的，真想去拿小口径猎枪——但死兔子有什么用——再说，这些兔子看上去那么快活！他放下望远镜，朝玻璃暖房走去，想拿活页图画本去墙上坐着，画一幅花朵和兔子的速写，《仲夏夜之梦》情调的。玻璃房里有人！正弯着腰凑在他的动物塑像前，也不知在干什么。谁有这样的脸颊？咦，是西尔维娅——穿着晨衣！他周身发热，随即气得冰凉。他不能容忍别人闯进他这圣地！就连看他的东西也可恨，而西尔维娅——她似乎还在对它们摸摸弄弄。他猛地把门拉开，说道："你在干什么？"颇有道理的怒火把他燎得发昏，所以没怎么注意姑娘那吁吁娇喘，那靠在墙上的瘫软身影。西尔维娅奔过他身边，一个字没说就消失了。

他走到动物塑像前，看到每个像的头上有一小枝茉莉花，是西尔维娅放上的。唉！真是傻！鸟兽头上放花！起先他只觉得这事很可笑。随后感动起来，因为这包含着强烈愿望，想做点美好事情让他高兴！现在他明白了，这是在装点他的生日。仅仅一秒钟，他已为刚才的举动感到震惊。小西尔维娅多可怜！自己多蛮横！她把攀在她窗外的茉莉花都采来了，要够到这些花，还得冒摔下去的危险！她一早醒来，就穿着晨衣下楼，为了做这桩她以为能让他喜欢的事！糟透了——自己竟这种态度！现在他清楚想起姑娘吓得煞白的脸、哆嗦的嘴唇和缩在墙边的模样。可惜太晚了。她穿着晨衣，头发四下披着，多么好看，却给吓成那样！这事真不像人干的！现在他愿用任何方式向西尔维娅赎罪。他总是隐隐有种想法，要照看这姑娘——要保护她不受想象中那些公牛惊扰——毫无疑问，那时这样做的时候就有此想法。他感到姑娘对他一直亲切得体；再加上其他什么感情——所有这一切陡然强烈透顶。一句话，他必须作出弥补！

他奔回屋子，偷偷上楼。在西尔维娅门外屏息谛听，却什么也听不见；他一个指甲在门上轻轻弹了弹，又把嘴凑着钥匙孔低声唤道："西尔维娅！"他一遍遍悄声叫唤。他甚至扭了扭门球，想推开一条缝，但门给上了插销。他觉得似乎还听到抽泣声，这更使他惶惶不安。最后他只能作罢；西尔维娅不会来开门，不要听消气和安慰的话。他知道，是自己活该，不过这也够难受的。他垂头丧气上楼进自己房间，拿过一张纸，用心写道：

最亲爱的西尔维娅：

真是多谢你一片美意，把你那些星星放在我动物塑像的头上。在你能做到的事情里，这也许是最美好的。我是个蛮横的家伙，但我当时如果知道你在做什么，当然是会喜欢的。请原谅我；我知道，你生我气是我活该——只不过今天是我生日。

你感到伤心的
马克

他拿了纸条下楼，从西尔维娅的房门下塞进去，又轻轻叩叩门，让她注意到纸条，然后悄悄走开。这让他心头轻松了一些，随后又来到楼下。

回进玻璃暖房，他懊恼地在凳子上一坐，看着那些给戴上小花冠的鸟兽塑像。它们包括一只乌鸦、一只绵羊、一只火鸡、两只鸽子、一匹小种马和几件没完成的东西。在它们头顶上，西尔维娅抹过一点湿泥，粘住小小的茉莉花枝条。很明显，她受惊的时候正把小花枝放进鸽子嘴里，因为这花枝现在让一条细泥吊在鸽子嘴边。马克取下小枝，插在自己上衣纽洞里。可怜的小西尔维娅！她对事情真是太耿耿于怀了。可得尽量待她好，要永远对她好。马克在凳子上摇来摆去，盯视着西尔维娅刚才靠着的墙。眼下他的回忆里，似乎只见到这姑娘柔和的下巴与喉部的线条。真是怪了，现在他怎么别的都看不到，只见如此白皙又柔和的喉头在颤动，在吞咽。是他造成那样的后果！看来早餐前的这段时光真难熬。

时间越来越近，他不时去门厅转悠，但愿西尔维娅第一个下楼。他终于听见脚步声，便躲在阒无一人的餐厅门后，免得西尔维娅一见他就转身上楼。他已练过自己要做的事——俯下身子吻吻西尔维娅的手，并说："托波索的杜尔西妮亚①是世上最美丽的小姐，而我是人间最不幸的骑士。"——他这心爱的句子出自他心爱的《堂吉诃德》。这一来，西尔维娅准会原谅他，他的心也不难受了。如果西尔维娅知道他这份感情，绝不会让他这么痛苦下去！西尔维娅宽厚温柔，肯定不会那样。唉！来的不是西尔维娅，是安娜——睡过一觉的她容光焕发，眼睛冰一般绿莹莹，头发光亮。真怪，马克突然对那生气勃勃的强健身影反感起来，竟然默默无语。在他过去无数次想象中，他俩第一次单独相处的时刻，他总是在安娜紧紧搂着的臂膀中度过；现在却连吻也没有一个就过去了，因为其他人很快就一一来到。至于西尔维娅，只有都恩太太带来的消息，说是头疼没起床。西尔维娅送的礼物在餐具柜上，这本书名为《成衣匠的改制》②，题词为"给马克——西尔维娅赠，一八八〇年八月一日"。同书放在一起的还有高蒂给的支票、都恩太太送的珍珠饰针、老嘀咕送的人造宝石，另外还有薄纱纸裹着的小包——是四条手织丝领带，颜色有绿、有红、有蓝，有的色泽不同——靠织针嘀嘀嗒嗒织出这礼物，得花掉多少个钟点，但边织边想他将会系在颈子上，时间就似乎变短了。表面的一套感谢当然少不了，但领带里还织着什么他是否领会？这时

---

① 杜尔西妮亚是堂吉诃德心目中的情人。
② 该书为英国散文家、历史学家托马斯·卡莱尔（1795—1881）于1833—1834年所著，假托是一位德国哲学家的生活与见解，实则有自传性质。

还没有。

生日就像圣诞节,是用来让人脱离幻想的。总是那种为让人作乐而安排的假作乐——总像一支枪对着脑袋说:"混蛋!作乐呀!"想到自己的蛮横,害得西尔维娅病倒在屋里,马克哪能乐得起来!西尔维娅一动一动的喉咙,咽下委屈和难受的情景,宛若温柔的白色小幽灵,时时浮现在眼前;无论是去远远的禁猎沼地途中,或在荒原的野餐中,还是在驱车回家的路上,这幽灵始终跟着他,就连安娜碰碰他或盯他一眼,他也没心思回答,甚至根本没心思同她单独待一会儿,倒相反还有几分害怕。

他们终于回了家,安娜悄声问他:

"怎么回事?是我做错了什么?"

他只能嗫嚅道:

"没有!什么也没做错!只不过我不是个东西!"

听了这谜样的回答,安娜少不得要细看他的脸。

"是我丈夫的缘故吗?"

这问题他无论如何能回答。

"哦,不是的!"

"那么,什么缘故呢?告诉我。"

他们站在大门里面,装作在细看祖传的海图——图上各处画有一些海豚,还有装备齐全的西班牙老帆船正在进港——这东西总挂在那里。

"告诉我,马克;我可不愿意憋着难受!"

马克能说什么呢?他自己也弄不明白,结巴着想说话,却一点也说不出来。

"是那姑娘的缘故吗?"

他吃了一惊,移开了眼光说道:

"当然不是。"

安娜哼嗉一下,往屋里走去。

马克呆在原处,眼睛盯着那图,心里搅动着使他害怕的感觉——既有害臊和恼恨,又有怜悯、急躁、恐惧,全都混在了一起。他做了什么事?说了什么话?丢失了什么?这感觉叫人生厌,就好像他既不亲切又无信义,而如果更无信义,反倒能亲切一些。唉,事情乱成了一团!他感到一片萧索凄凉,恍若顷刻间失去了所有人的爱。这时他感到导师在身旁。

"啊!我的朋友莱恩南——眼下不够罗曼蒂克,就深入研究往事啦?那些古老海图是好东西。这些海豚有趣极了。"

这时候,要记住别有失礼仪很困难。为什么斯道默这样打趣。他对付着答道:

"是啊,先生。我巴不得现在有它几条。"

"我们还巴不得有好多月亮呢,莱恩南,但一个也没滚下来。"

这话音还算诚心诚意,小伙子的不满也就没了。他感到难过起来,但不懂是何缘故。

他听得导师在说:"现在我们去换衣服进晚餐吧。"

他下楼来到客厅时,身穿月灰色连衫裙的安娜正在沙发上说话——在对西尔维娅说话。他没去她们那边;她们俩都不可能需要他！他对女人家的事所知有限，但看着奇怪：安娜现在竟谈得这么开心，可仅仅半小时以前还在问："是那姑娘的缘故吗？"

晚餐时，他坐在安娜旁边。又叫人费解了：高蒂那些小故事居然使安娜开怀大笑。那么，门廊里那些悄悄话都是瞎说？西尔维娅没正眼看他；但他敢肯定，只是因为人家知道他会朝那方向看，才故意眼望别处。这让他产生苦涩的感觉——这天晚上，每件事看来都使他感到委屈；他被抛弃了，但说不出缘故。他从来没想伤她们两人的感情！为什么她们要这样伤他心呢？他很快就感到不必在乎：随便她们怎么对他！除了爱，世界上还有别的东西！如果她们不需要他——他也不需要她们！年轻人心一横，什么都不管了——他郁郁不乐地抱定宗旨：毫不在乎，毫不顾忌。

但是，即便生日也有结束之时。那些看来真实透顶的心境和感情，终于在非现实的睡梦中消失了。

一六

对马克来说，如果这次生日是迷惘和幻灭，那么对安娜来说，就是不折不扣的慢性折磨。她告诉自己，生活中除了爱还有别的；但没用，宽慰不了自己。第二天早晨就会带来自我调整，就会感到昨天做过了头，又重新燃起希望。短短两个星期，她原先那么有把握的难道就丧失了，不可能！她所需要的只是决心。只要把属于她的牢牢抓在手里。空度了这么些岁月，难道她不该享有自己的欢乐时刻？眼看这欢乐给文静的高个子姑娘抢走，她能温顺地坐视不动吗？一千个不行！于是她等待机会。

中午时她看见马克拿着钓鱼竿去河边。她还得等一会儿，因为高蒂和管家正在草地网球场左近，不过他们很快走开了。于是她出了屋子，朝园林大门跑去。过了那里，她感到放心了。因为她知道丈夫正在屋里忙着；姑娘没露面，准是在别处什么地方；年老的家庭女教师正在做家务；都恩太太在写信。她觉得满是希望和勇气。

这年代久远的园林她还没来看过，这里草木丛杂，却显得很美——加上长绿苔的树、大石头和高高的欧蕨，真是男女神仙幽期密约的好去处。小河边有一道墙,她贴着墙根过去,但一直没见到园门。她担心起来,怕走错了路。她听见墙那边河水在流淌,于是想找个地方爬上去,看看自己身在何处。有棵老桦树对她挺有诱惑力。她爬上树丫,正好能看到墙外。小河离她不到二十码,暗幽幽的清澈河水在繁枝密叶下流淌。河岸上,一块巨石叠在一块更大的石头上。小伙子正背朝巨石站着,钓鱼竿靠在身旁。他面前的地上坐着那姑娘,两臂支在膝头上,双手托着下巴,正仰脸看着。现在那小伙子的眼神多么殷切——同昨天那阴沉沉眼色多么不同!

"你看,这就是全部实情。你是能原谅我的,西尔维娅!"

在安娜眼中,这两张年轻的脸刹那间恍若真的合二为一,成了青春之脸。

她若待在那里一直看下去,心头上也不能刻下更难磨灭的景象。那是春的景象,体现着永远离她而去的一切!她从老桦树的丫杈处缩回身,犹如受伤的动物慌忙逃走,一路上在大石块和欧蕨间磕磕撞撞。这样跑了约四百多码,她两臂一扬摔倒在蕨草丛中,扑面躺在了那里。起先她的心疼得厉害,也就只感到这肉体上的痛楚。要是她刚才死了多好!但她明白那不过是一时气绝而已。现在她已苏醒,继之而来的是另一种感觉;她用胸口硬抵着地面,用力硬拽着蕨草,想驱除这种痛苦,这种太可怕的空寂感!年轻人总向着年轻人!马克离她而去——她又将孤寂下去!她没有哭。哭有什么用?但是猛烈的羞辱感一阵阵掠过心头;羞辱和愤慨。她就这么不值一顾!

她躺在跌倒之处,在这纷繁杂乱的蕨草丛里,太阳热辣辣晒着背脊,她感到虚弱又难受。迄今为止她还不太清楚,对马克的这份痴情意味着什么;她的自信中有多大部分与此紧密相连?又有多大部分同她的年轻程度密切有关?多么惨痛!一个白皙的软绵绵细挑个儿——只不过年轻——自己就变得微不足道了!不过,事情真是这样吗?那小妞还不解风情,事到如今,难道凭这个不能把马克抢回来?没问题!对,绝无问题!她能让小伙子销魂蚀魄,只要给尝尝滋味!——想到这里,她松开了手,不再拽住蕨草,就像周围那些石头静静躺着。

她不能那么做吗?她不该那么做吗?事到如今还不行?现在除了还有点哆嗦,所有的感觉已离她而去——似乎灵魂出了窍。为什么要让这姑娘呢?有什么好犹豫的?是自己在先!当初在山里,马克是她的。现在她对马克仍有吸引力。这里第一顿晚餐时,她就吸引了马克的目光,把那目光从姑娘那里,从青春那里,拉向了自己——就像磁石吸引钢铁。无论如何,她仍然有能耐把马克拴住一会儿,叫他舍不得挣脱!拴住他?这话多难听!那就说拿下马克?任其去渴望她已给不出的黛绿年华、纯洁无邪、融融阳春?这很不光彩,很不光彩!她从蕨草丛里一跃而起,沿着山坡没头没脑跑去,在丛杂的草木中磕磕绊绊,在巨石之间穿进穿出,最后又跑得喘不过气,瘫在石头地上。

这一带正巧没有树木,她看得到河谷对面,远远的嶙峋石山上覆盖着落叶松。天宇澄澈，阳光灿烂。一只鹰在那山头上方盘旋；高高地，同蓝天很近！很不光彩！她不能那么干！不能利用马克的感官，不能利用他最谈不上高尚的一切来迷住他、拴住他；因为自己还怀有母亲般心愿，希望马克获得人生中所有最美好的事物。她不能那样干。那是邪恶的！在她承受这强烈精神痛苦的时刻里，阳光下那灰岩绿水旁的两个人似乎受到了保护，不会受她侵犯了。姑娘花朵般的白净脸蛋颤颤抬起，小伙子凝注的目光一闪而下！真是奇怪，有如此感受的心灵，竟然可以同时痛恨花朵般脸蛋，还要用热吻去烧掉小伙子眼中的殷切。

心中这暴风骤雨慢慢过去。她只是祈求一无感觉。她失去了欢愉时刻，这很自然！她的饥渴得不到满足，她的热情没开花结果，这很自然；年轻人自然应该向着年轻人，马克自然应该归于他那一类，这是——爱的法则。山谷里的微风吹拂着安娜面颊，给她隐隐带来解脱之感。高尚情操！这仅仅是个词呢，还是人们奉献出幸福后的崇高感？

她在园林里踯躅良久，直到日之将暮才再次通过园林大门——进园时就走这道门，那时她满怀希望。她没碰到任何人，就回到自己房间；这时为保险起见，她睡到床上作为掩饰。她只担心一件事，生怕神疲力殚之感弃她而去。在离开这里以前，她不希望精神饱满、体力充沛。她要不吃不喝；如果办得到，她要的只是睡觉。明天要是有早班火车，她就可不必再见什么人，一走了之。这事得丈夫安排。至于丈夫会怎么想，她该怎么说，反正还有足够的时间考虑。再说，这还有什么关系呢？眼下最要紧的，是不能再看见马克，因为这样一连几小时的内心挣扎，她可再也受不了。她打铃叫来吃了一惊的女仆，差她去叫丈夫。在等待丈夫到来的时间里，她的自尊心开始按捺不住。她决计不让丈夫看到如此光景。这样就太糟糕了。于是她一骨碌起了床，拿出手绢洒上科隆香水往脑门上一扎。丈夫几乎转眼就来，进门时照旧又快又无声息，进来后就站在那里看着她。他没问妻子出了什么事，只是等待着。过去，安娜从没这样深切体会到：丈夫开始的地方，在某种程度上总是她停下之处；在丈夫开始的那个层面，本能和感情已被仔仔细细地排除，似乎这两者是大不敬的东西。安娜鼓足勇气说："我去了园林里；准是那会儿阳光太热。要是你不反对，我想明天就回家。在人家屋里头疼脑热的，我可受不了。"

她觉得丈夫脸上掠过一丝笑意；接着脸色严肃起来。

"啊！"他说，"是日射病，这会拖上几天。不过，你这情形能上路吗？"

安娜顿时确信：丈夫对这事完全明白了，但是——对这事越明白，就越感到他自己尴尬可笑——他有能耐叫自己相信什么也不知道。这是他的妙处还是讨厌之处？

安娜闭上眼睛说："我头疼，但明天会行的。只是我不愿弄得大惊小怪。能不能乘早车走，在他们下楼以前？"

她听得丈夫说：

"行。这样办有其好处。"

现在一点声音都没了，但丈夫当然还在那里。她未来的岁月，就在这种缺言少语、静止不动的环境里了。对，这就是她的未来——既无感觉也无行动的存在。想到这一点，她感到害怕又好奇，很想看看。她睁眼一瞧，只见丈夫仍那样站在原处，直瞪瞪看着她。但他一只手仿佛同这画面不相干，有点神经质，把上衣口袋的袋盖翻进又翻出。安娜忽然间心生怜悯。倒不是为自己的未来——这已免不了是那格局了；而是为丈夫。变成了这个样子多可怕，所有的情感都给排除了——多可怕！于是她柔声说道：

"我很抱歉，哈罗尔德。"

丈夫好像听到让人吃惊的稀奇话，眼睛睁得怪大的，那只神经质的手往口袋里一插，转身走出了房间。

一七

在那处会摇动的叠石旁，小伙子马克碰见了西尔维娅。要不是先前看见她去，知道她在那里，就会更加惊奇了。现在只见她俯身坐着，闷闷不乐地看着河水，宽边的遮阳帽挂在颈后；缠住过马克司命星的头发沐浴在阳光里，闪出浅浅的金黄。马克轻轻穿过草丛朝她走去，离她还有一点距离时，觉得先停下为好。如果让她受惊了，她可能跑开的。跟在她后面追可没这勇气。她在默默沉思中出了神，就这样一动不动！如果能看见她的脸就好了。最后马克细声慢气说道：

"西尔维娅！……你不见怪吧？"

见她毫无动静，马克朝她走去。可以肯定，西尔维娅不可能还在生他气！

"非常感谢你送我那本书——它看来真棒！"

西尔维娅没有应声。马克叹口气，把钓鱼竿往石头上一靠。西尔维娅这么一声不吭似乎不应该。这样做是想要他说什么呢？要他干什么呢？人生中如果样样事情都这么叫人憋气，就没什么值得留恋了。

"我从来没想伤你感情。我最恨伤害人家。只是我那些动物塑像很差——给人家看见了,我就无地自容——尤其是你——我希望让你高兴——真的是这样。你看,这就是全部实情。你是能原谅我的,西尔维娅!"

围墙另一面传来一阵窸窣声,一阵蕨草上的杂沓声——是鹿!准是的。他又急忙说起话来,柔声细语的:

"你能够对我好的,西尔维娅;你真的能够。"

姑娘很快把头扭开,说道:

"现在不是为这事。是为了——是为了别的事。"

"别的什么事呢?"

"没什么——反正,我是不要紧的——现在——"

马克在她身旁俯下,一个膝盖支在地上。她是什么意思?但马克知道得很清楚。

"你当然最要紧!要紧得不得了!哦,别不开心!我不要人家不开心。西尔维娅,别不开心了!"他开始轻轻拍姑娘手臂。他心里充满陌生感和困惑感;只有一件事很清楚——决不能承认任何事!西尔维娅似乎看出他心思,那双蓝眼睛顿时朝他看着,仿佛在搜索他内心。随后姑娘拔了几茎草编编弄弄起来。

"她要紧。"

啊!马克可不会说:她不要紧!那样说就太下贱了。即使她真的不要紧——她还要紧吗?——那样说也是卑鄙下流的。这时候马克眼中那神色,导师就曾注意到,并把他比作碰上麻烦的幼狮。

西尔维娅碰碰他胳臂。

"马克!"

"嗯。"

"别这样!"

他站起身来,拿了钓鱼竿。有什么用呢?既然他不能——既然一定不能说,就不能同西尔维娅一起待在那里。

"你要走了吗?"

"对。"

"你生气了吧?请别生我的气。"

马克觉得喉咙哽住了,他俯向姑娘的手,吻了吻;随后肩上搁着钓鱼竿大步走开。他回头看过一次,见西尔维娅仍坐在大石头旁边,可怜巴巴地望着他。这时他觉得自己无处可去,除非待在鸟兽草木之间;哪怕你心里乱成一团、糟糕透顶,它们也不在乎。他躺在河边草地上,能看见小鳟鱼围着石头游啊游;燕子低低地飞啊飞,在他四周来去去;还有只大黄蜂,也来陪伴他一会儿。但什么也不能引起他兴趣;他的心灵就像被禁锢起来。真的,能变成河水就好了,流啊流的,永远不死待在一处;要不,变成风也好,吹拂着每件东西,却永远不给逮住。没法做不伤害到别人的事——这最最讨厌。如果人就像一株花多好,活着只管长啊长,自生自灭。但他现在不管做什么、说什么,若不像撒谎骗人,便像心肠挺狠。唯一能做的就是同人疏远。然而,对自己请来的客人又怎么疏远呢?

他回屋去午餐,可两位客人都不在,看来也没人知道在哪里。他感到不是滋味，又觉得惶惑不解，整个下午坐立不安地转来转去。快要开晚饭了，他才听说斯道默太太身子不适，他们夫妇准备第二天离开。来了三天就走！这让他更深地沉浸于又怨又乱的思绪，变得心事重重，一声不吭。他知道这情形很引人注意，但是没办法解决。晚餐时，他几次看见高蒂注视他；那半开半闭的浮肿眼皮下，射来憋着猜疑的目光。但他就是没法说——他想到的每种说法都像是假话。唉！真是可悲的夜晚——能隐约看到别人的心灵创痛，能在惶惑迷乱中感到事情被毁、信仰给背弃的钻心之苦；而且总是让人困惑地自问——"我有办法让事情不这样吗？"还有西尔维娅脸上总是那期待的神情，尽管他尽力不看。

他悄悄溜出屋外，让高蒂和导师两人继续边喝酒边谈。他在园林里徘徊很久，郁郁寡欢地听着猫头鹰的叫声。能上楼回房间真是福分，虽说他肯定睡不着。

可他到底睡着了，一整夜做了好多梦。最后一个梦里，他躺在山坡上，安娜俯身看着他眼睛，脸越凑越近，嘴唇刚一碰上他，他就醒了。他还没从这扰人的梦境中挣脱出来，就听到石子路上的车轮声和马蹄声，连忙跳下床来。只见轻便马车正在出大门；老高登驾着车，身旁堆着行李，斯道默夫妇面对面坐在车里。就这么走了，连再会都没说！

一时间，他像无意中杀了人的家伙必然感到的那样——惊呆了，难过极了。他赶忙套上衣服。可不能让安娜这样就走！他要——他非得——再见见她不可！他干了什么，让安娜要这么走呢？

他奔下楼梯。门厅里阒无一人；七点四十一分！火车八点钟离站。给波莱罗上鞍来得及吗？他冲进马厩；但那马出去换掌了。他必须及时赶到。好歹也算向安娜表明自己不是无赖。他一走到车道拐弯处，就开始快跑。跑了才四五百码，他感到舒坦一些，不那么难过和内疚了。这就像你感到手头上有件难办的事，所有你得干的事很明确——得考虑不浪费力气，挑最好的走法，避开阳光，上坡时别太喘，下坡时要飞奔。现在还凉快，露水还没干，所以没有飞扬的尘土；路上没车辆来往，也难得有人回头看他，或张口结舌地看他跑过。如果能及时赶到那里，他要做什么呢——狂奔三英里的路，他作何解释呢——他没有想过。他跑过一户农家，知道正好跑了一半的路。他没有带表。是啊，只穿上裤子、衬衫和猎装；没系领带，没戴帽子，网球鞋里连袜子也没穿；长发飘在脑后，热得像团火——任谁遇上了，都会觉得十足是个怪小子。现在他丧失了一切感觉，只有去车站的意愿。

一群绵羊从田野走上那狭路。他东让西闪从中穿过，毕竟给耽搁了几秒钟。还有一英里多；他喘着粗气，两腿也开始不太得力！虽说下坡时它们会自动跨出，但最后的一段路还很长，幸而还平坦。现在他听得见火车声音，正呼哧呼哧慢慢驶过山谷。这时他虽感之乏力，却勇气倍增。他可不愿进车站时累得精疲力竭，弄得人不像人，出丑露乖。跑到了头，他得打起精神，不慌不忙走进站去——就像是为了消遣才来走一趟。但如何办到呢——现在他觉得随时会跌

殷红的花朵 | 109

倒在地，一摔不起！奔跑时，他难得狠命擦擦脸或掸掸衣服。终于看到了车站大门——还有两百码。火车声音这时已听不到，准停在车站里。从他工作过度的肺叶里，透出一声哼哼。

他刚到车站大门，便听见保安员吹响哨子。他不去售票处了，只顾沿木栅栏跑去。栅栏上那通向货棚的入口正开着，他冲了过去，却在金银花丛上仰天一跤。现在火车头正好在一侧。他拉着袖子往脸上一抹，擦掉汗水。眼前一片模糊。他可得看看清楚——他及时赶到绝不是为了什么也看不见！他双手朝前额和头发一抹，昏花的眼睛仔细望着慢慢驶过的火车。安娜在那里，在窗边！正站着朝外看！

他怕摔倒，没敢往前挪，但把手一伸。安娜看见了他。对，看见了他！安娜会不会打个手势？毫无举动？突然他看见安娜在衣服上一拽，扯下个东西扔了过来，落在他脚的近旁。他没有立刻去捡——他要看安娜的脸，直到去远了。那脸上表情很奇妙——非常倨傲又很苍白。她抬手捂在双唇上。可眼前的景象又都模糊了，等他再一次目明神清，火车已看不见了。但他脚旁还留着安娜扔下的东西。

他捡了起来！正是安娜在蒂罗尔给了他，又从他纽洞里悄悄取走的那朵花；完全干瘪了，红得很深很深。

他走过货棚，溜出车站，去田野里躺下，把那朵花贴着他的脸，它虽已枯萎却依然芬芳。……

监护人目光里憋着的猜疑并非无关紧要。马克没再回牛津，而是去了罗马——住在姐姐家，进了雕塑学校，由此开始了一段唯工作为重的光阴。

他给安娜写过两封信,都是回音全无。只收到导师给他的如下短笺:

我亲爱的莱恩南:

就这样撇下我们去搞艺术了?啊!好吧——这是你的月亮,如果我没记错——是你的月亮之一。这月亮很值得——这些日子里有了点尘埃——在她下降中有了点——但对你来说无疑是处女之神,她衣服的折边……

尽管你已背离,我们仍将怀着最友好的感情怀念你。

一度是你导师
如今仍是你朋友的
哈罗尔德·斯道默

那个假期之后,过了很久很久,他才又一次见到西尔维娅。

第二部　夏

ÉTÉ

一

万千灯火；无数或高或低的嗓音、笑声、脚步声；发着咝咝声隆隆声开过的一列又一列火车，载着赌客回尼斯或芒通①。咖啡馆外面，四个皮肤黝黑的白人乐手拉着提琴，那曲调如痴如醉、似泣似诉；天上和地上，那四面八方和远远近近，是幽暗的天空、幽暗的山岭、幽暗的海水——宛若是硕大无朋的深颜色花朵，而那花蕊里偎偎着珠宝的甲虫。这就是蒙特卡洛②，时间是一八八七年五月之夜。

马克·莱恩南坐在大理石台面的小桌前，此时精神亢奋、心醉情迷；别说是灯火和嘈杂，就连这里的美，他也无所感觉。对于同自己心情大异其趣的事物，人们有着本能的反感。所以，看到纹丝不动的马克，他邻座的那些人略一盯视，便转眼他顾，仿佛见到的事荒谬得近乎唐突。

他确实沉迷于对刚才几分钟的回忆。因为，经过这几星期的内心激动，经历了一段古怪的惴惴不安，事情终于发生了。

事情是悄悄到来的，开始于大约一年前的偶然介绍。他在罗马和巴黎生活了六年后，当时刚回伦敦定居。起初是单

殷红的花朵 | 115

纯的友情，因为奥莉芙对他的创作颇有好评；然后是敬慕之情，因为她非常美丽；再后来则是怜悯，因为那样的婚姻生活太不幸了。如果婚姻幸福，马克会避得远远的，而他知道，奥莉芙在认识他之前很久便很不幸，所以良心上没有什么过不去。

终于有个下午奥莉芙说："啊！要是你也去那里多好！"这小小的失言在马克的心中奇妙地捣腾着，竟然像有自己的生命——宛如仙鸟飞进他心中的花园住下，唱着新歌扑翅飞翔，渴望的啼声格外清晰。几天后，在奥莉芙家的伦敦客厅里，当马克说到也将去那里，奥莉芙就像先前说那话的时候一样，也没朝马克看。马克觉得那不是不看，是不能看。真是怪！一切显得很平淡——却改变了整个前景！

就这样，奥莉芙同她的叔叔和婶婶去了；在两老的羽翼下，也许可让人放心：她不会碰上不如意的或出格的事。此后，马克收到她如下短信：

金心饭店
蒙特卡洛

---

① 尼斯是法国东南部滨海阿尔卑斯省省会，距意大利边境32公里，是地中海旅游中心之一，芒通在尼斯和蒙特卡洛东北，为法国地中海沿岸城镇，也是旅游胜地。
② 蒙特卡洛是摩纳哥三个行政区之一，濒地中海，位于尼斯和芒通之间，也是著名游览胜地。1856年起兴建赌场，成为全世界富豪的寻欢作乐之所。

亲爱的马克:

我们已经到了。在这里的阳光下真是太好了。这里的花妙不可言。在你到来之前,我总在高尔比欧①和罗克布吕恩②。

你的朋友
奥莉芙·克拉米埃

对于奥莉芙走后和他随后跟去之间的这段时光,他现在还有清晰回忆的,唯有这封信。他下午收到这信;当时正坐在庭院的低矮老墙上,春日的阳光穿过苹果树的繁花,照在身上,让他觉得人间企求的一切,都铺展在面前,只要伸出双臂就能得到。

然后是纷乱不宁,所有的事都迷迷糊糊的;直到旅程结束。他在波利欧③走下火车,心头狂跳着。为什么?因为可以肯定,他不曾指望奥莉芙从蒙特卡洛来接他!

一个星期过去了。对他来说,这段时间是漫长的努力:既要同奥莉芙一起,又要让人觉得他并非巴望如此。同她单独去了两次音乐会,散了两次步;那时他所说的一切似乎什么也没说,而奥莉芙的全部话语,同他希望听到的相比,只是虚幻的影子。一个星期的白天黑夜,他心醉神迷,直到几

---

① 高尔比欧是法国滨海阿尔卑斯省的小镇,属于尼斯芒通西县。
② 罗克布吕恩是法国滨海阿尔卑斯省市镇,在摩纳哥与芒通之间。
③ "波利欧"在法语中意为"美丽的地方",法国有很多地方以此命名。这里的"波利欧"也在摩纳哥和尼斯之间,也是滨海阿尔卑斯省的小镇。

殷红的花朵

分钟前,奥莉芙的手帕从手套里落下,掉在满是尘土的路上,他拾起手帕往嘴上一按。奥莉芙当时看着他,他怎么也忘不掉那眼神,再也没什么能把奥莉芙同他彻底分开了。奥莉芙的眼光里,招认了那种让人担心又困惑的情意,而这正是他自己体验的。奥莉芙没说话,双唇略略分开,胸脯起起伏伏。马克也没说话。言词还有何用呢?

他在上衣口袋里摸着,手指触及的是上等细麻纱花边手帕——软软的,有点生命似的;他悄悄把它取出。手帕同脸一碰,奥莉芙整个的人和香味似乎直扑而来,只是手帕边沿上绣着白色小星星,在脸上略有粗糙之感。他更小心地把手帕偷偷放回口袋;这时才扭头四顾。这些人哪!他们属于他离开的世界。就刚才,奥莉芙的叔叔婶婶随侄女进了旅馆,同他道了晚安。眼前这些人给他的感觉,就同这对老夫妻当时给他的感觉一样。那位好上校!他那位好妻子,埃尔考特太太!他们可代表英国的价值观,可代表他们成长其中的世界;是人类健康和理智的典型形象,走的总是笔直的路,但那个当口,他看来已同这背道而驰。侧面看去,上校晒黑的脸盘上透出红润,灰白的小胡子上绝没有抹蜡,声音显得很高兴,调门也挺高:"晚安,小后生莱恩南!"他妻子笑容可掬,平稳悦耳的话音里含着信任——突然间他们变得多陌生、多遥远!还有在这里喝酒谈天的人们——多么怪、多么远!要不,只是他自己怪、自己远离着他们?

他离桌而起,在那些黑黝黝白人提琴手跟前走过,出门来到广场上。

二

他顺着小马路走去，来到奥莉芙下榻的旅馆后面，在花园的围栏边站停了——这种旅馆花园只出现在广告里：种着几棵懒洋洋的棕榈，树木间有显眼的白色小径，小径边上是蒙着尘土的紫丁香和含羞草。

这时他有个最稀奇的感觉——似乎他来过这地方，曾透过花丛凝望那些显眼的小径和带百叶窗的窗户。空中飘着木柴的烟味，微风起处，任凭多轻多弱，也有干燥的枝叶发出幽幽的窸窣声！对这夜晚和花园，有什么回忆呢？这是隐隐约约的甜美，虽然看不见，但感受其存在就叫人喜不自胜，激起无法平息的渴望。

他继续走去。一幢幢房子，一幢幢房子！最后他远离了广厦小屋，独自走在大路上，越过了摩纳哥的国界①。就这样在夜色中走着走着，他有了个想法，觉得在他之前还没人有这想法。奥莉芙爱着他！得知这点以后，万事万物就显得神圣而需要负责。无论做什么事，他决不能使奥莉芙受到损害。妇女太无助了！

虽说在罗马和巴黎学艺六年，他对妇女仍保持着谨小慎微的尊敬。奥莉芙若是爱丈夫,那么在马克跟前完全不用担心;但她嫁人是违心的,受这种婚姻的约束——这在马克看来异常恶劣,甚至爱上奥莉芙之前就这样认为。任何丈夫哪能有这种要求?这么缺乏自尊——缺乏同情?这种事不能宽恕!这种婚姻里,还有什么可尊重的?只不过决不能让奥莉芙受到损害!可现在她眼光里道明了"我爱你"——下面怎么办?在这温暖的南国之夜,在满天的星斗之下,在花木祭起的清香之中,能知道这个简直是奇迹!

他登上了路边的高处,躺了下来。要是奥莉芙在身边该有多好!还没凉下来的大地散发出芳香,轻轻拂向他的脸;一时间,他恍若觉得奥莉芙真的来了。要是能把她永远留在拥抱中该有多好,留在这不是拥抱的拥抱中——销魂蚀魄地躺在这芬芳的荒僻地方,这床上还没有任何情侣来睡过,只除了爬来爬去的小东西和花朵,只除了阳光、月光和它们造成的影子;而风儿正亲吻着地面!……

随后,奥莉芙消失了。马克双手抚摩的只是松针的碎屑,是野生麝香草的花——坠入长眠的花。

他站在小山崖的边沿,下面是黑魆魆大山间的道路,是因为水深而显得黑油油的海。夜已深,不会有人经过了;同人们思想、言词、行为的距离,就像同窸窣声中温暖夜色的距离。他回忆奥莉芙面容,尽量想得清晰——那双离得颇开

---

① 摩纳哥南临地中海,三面被法国国土包围。面积仅 1.9 平方公里,因此可很快走出其边界。

的清澈棕眼睛,那闭合着的甜美的嘴,那一头乌发,那整个都可爱的飞扬神采。

　　这时他跳到路上,奔跑起来——能感受到没人感受过的奇迹,感受到爱的奇迹,谁还会慢慢走呢?

三

金心饭店早经过改建和易名,声誉极佳。埃尔考特太太躺在旅馆的铜床上,凭着星光瞧着另一张铜床上的上校。她很当心,不让耳朵再压着枕头,因为她觉得听到一只蚊子。丈夫对这些恶毒的小东西极为注意,因为它们曾把他的生活搅得像发高烧一样;作为他三十年的伴侣,埃尔考特太太对这些小东西绝无好感。在这方面,她的想象力或许强于常识。因为事实上那里没有蚊子,也不可能有蚊子,因为上校到任何地方,只要是在北纬46度以南,他做的第一件事便是让窗户洞开,用许多小图钉把一方蚊帐纱沿窗框钉上,蒙住那片送风换气的空间——妻子则紧紧拉住他上衣后摆。尽管人家的窗户上没有此类防范设施,上校却不为所动;他是真正的英格兰人,做事情爱自行其是,想问题却人云亦云。

做好了这事,他们就等待夜晚到来,点起特殊的小灯散发一点异味,然后在煤气灯的强光下,提着拖鞋站上椅子,眼睛盯着实实在在或想象中的小飞虫。随着一阵不响的劈啪之声,墙上留下一摊摊小污迹,同时还响起轻轻的欢呼或哀叫:"我把这只干掉了!""唉,约翰,我没打着它!"

在房间中央，上校穿着睡衣、戴着眼镜——眼镜只是在形势非常严峻时才戴，低低地搁在鼻子上——慢慢转着身子，东张西望地扫视每一寸墙面和天花板，眼中是死神见了也怕的神情，而这勇气是他早就养成的。这样弄到最后，他会说："好了，道莉，就打这些！"对此，妻子往往会说："吻我一下吧，亲爱的！"于是上校吻了她，上了自己的床。

当时确实没有蚊子了；要是有，也只是妻子忠心耿耿，心中还滞留着蚊子的幻影。丈夫仰卧着，妻子勉强能辨出其侧影。她本想问："约翰，你醒着吧？"却憋住没说。轻轻的呼噜声从那鼻腔中发出——这鼻子原本很挺，但长期的军旅生涯使之略呈弯曲，在灰白眉毛下半英寸的地方微微翘起，似乎对下面发出的声音感到惊奇。她没怎么看清丈夫，却不由想道："他长得多帅！"事实上他长得是帅，一脸的正气，不可能使坏；睡着的时候，他满脸光明磊落，显得童心未泯——这样的人质朴单纯，从不知道如何寻求心灵探险，却总让血肉之躯去冒险。不知怎的，妻子说起话来：

"约翰，你睡着了吗？"

上校马上就醒——就像往时受到了攻击——回答道：

"没错。"

"那个可怜小伙子！"

"哪一个？"

"马克·莱恩南。你没看出来？"

"看什么？"

"亲爱的，这事发生在你鼻尖底下。可你对这类事一向视而不见！"

上校慢慢转过头来。妻子是个想象力丰富的女人！向来如此。上校隐隐约约意识到：妻子快要讲罗曼蒂克的东西了。但上校年轻时毕竟能将人砍头斩臂，这类男子汉的温和语气几乎也有其职业特点。他问道：

"哪类事情？"

"马克捡起了她的手绢儿。"

"谁的？"

"奥莉芙的。马克捡起来放在自己口袋里。我看得清清楚楚。"

沉默了一会儿，随后又响起太太的嗓音，听来是泛泛而言，不针对某个人。

"年轻人常让我惊讶：他们总以为人家没看见——真是些可怜的人儿！"

上校还是没做声。

"约翰！你在想事情吧？"

现在上校处传来的，不只是一点呼噜声，而是颇堪注意的呼吸声——对妻子来说，这是个明确信号。

上校确实在想。道莉这女人想象丰富，但从某些迹象看，在眼前这件事上，妻子也许还不至于捕风捉影。

埃尔考特太太抬起身子。丈夫的模样比先前更好了；扬起的眉毛微微皱起，同横贯额头的几道皱纹扭结在一起，显得有点困惑。

"我非常喜欢奥莉芙。"他说。

埃尔考特太太往枕头上一靠。这正是她心头的小小痛处。自己五十开外,而丈夫有个侄女,对这样的女人来说这很自然。

"那当然。"她嘟哝道。

上校的内心深处莫名地捣腾起来;他伸出手去。在两张床之间的黑洞洞空间,这手碰上另一只手,被紧紧握住。

他说:"听我说,我的老姑娘!"说着却又不吭声了。

现在轮到埃尔考特太太想事情了。她的思绪同她嗓音一样既平又快,但带有好心女人思前想后时难免的情绪。可怜的小伙子!还有可怜的奥莉芙!但如此俊俏的女子,难道还需要同情!再说,她到底还有个一表人才的丈夫,既在议会里颇露头角,又非常喜欢妻子——这可都是明确无误的。他们伦敦那栋小房子,离威斯敏斯特那么近,是难得的安乐窝;他们河边的可爱小别墅也无与伦比。那么,奥莉芙还应该得到同情吗?但是——她并不幸福。她装出幸福的样子,却没用。讲起来,这等事谁都有能力做,但只要你看看小说,就知道不是那回事,有种情况叫作合不拢。对啦!还有一点,就是他俩年龄上的差异!奥莉芙二十六岁,罗伯特·克拉米埃四十二了。如今,这年轻的马克·莱恩南爱上了奥莉芙。万一奥莉芙也爱上他,怎么办!约翰也许能理解:年轻人心向年轻人。因为男人都很怪——哪怕是她丈夫这样最出类拔萃的!而她对自己娘家的几个侄儿侄女,做梦也不会同情,不会像约翰明显地同情奥莉芙。

上校的说话声打断了她的思绪。

"是个好小伙子——这莱恩南！太遗憾了！最好能掉头而去——要是他正在——"

埃尔考特太太陡然应道：

"要是他办不到呢？"

"办不到？"

"你从没听说过'痴情'①这词？"

上校用胳膊肘支起身子。这是又一次碰上那种场合，让他观察妻子看待事物的古怪方式。他在马德拉斯和在上缅甸②服役的后几年里，道莉健康状况不佳，受不了那酷热，随后在伦敦就开始以这种方式看待事物——似乎对这些事——对它们是是非非——的看法同他自己的想法总是不同。他自言自语把那两个法语字重复了一遍，加上这样两句话：

"这不正是我刚才说的？他越早让开越好。"

埃尔考特太太也坐了起来。

"可是要通情达理啊。"她说。

上校这时的感受，就像突然得知自己消化不了食物。小莱恩南有危险，可能陷于不光彩的窘境，人家却叫他通情达理！道莉真是——！忽然间，道莉白乎乎的新睡帽刺激了上校的神经。道莉肯定还没变得——非英国化！她毕竟也这个岁数啦！

---

① 原文为法语。
② 1886 到 1933 年间，英国殖民者把缅甸划为印度一个省。马德拉斯为印度东南沿海的大城市，上缅甸指缅甸北部内地的广大地区，是缅甸的心脏。

"我正想着奥莉芙,"上校说,"不希望她为那类事烦恼。"

"也许奥莉芙自己能处理。如今可不兴干涉人家恋爱。"

"恋爱!"上校嘟囔了一声,"嘘!"

要是妻子把这事——把这类事情——称作恋爱,那么他在酷热天气里熬了那些年,为什么没有对妻子不忠的事呢?他一向认定了某些词的固有含义,就按理行事;现在,费了好心却吃亏的感觉开始抬头,要全面推翻他原先的认识。这种愤愤不平之感让他感到陌生又不快。恋爱!这个词不能这样滥用!恋爱是走向结婚;可眼下这事情并不如此,除非先经过——离婚法庭。顿时,上校仿佛看见去世的哥哥林赛,奥莉芙的父亲,见他站在黑暗中,象牙般苍白的脸上轮廓分明,神情严肃;一头乌发据认为得自法兰西女先辈,她在圣巴托罗缪惨案①中幸免于难。林赛为人一向刚正,甚至没受任主教前就这样!奥莉芙竟是他女儿,这有点怪。倒不是说奥莉芙不正经;决非如此。但她不够坚强!林赛就不同!莱恩南把奥莉芙的手绢放进口袋,可以想象,这样的事要是让林赛看见,会有何种反应。但小伙子真做了这件事吗?道莉富于想象!很可能小伙子误以为是自己的手帕;要是他凑巧要擤擤鼻子,那么早就会发现了。因为,上校既有儿童般的

---

① 这是 16 世纪法国基督教新教胡格诺派遭到大规模屠杀的著名事件,是当时激烈的权力斗争在政治、宗教问题上的反映。1572 年 8 月,国王查理九世的母亲卡特琳(属美第奇家族)为摆脱谋刺胡格诺派的海军上将科利尼未遂的被动处境,力促国王处死胡格诺派首脑。8 月 24 日圣巴托罗缪节清晨,暴徒在巴黎首先发难,屠杀了几乎全部新教贵族。据现代史家估计,仅巴黎一地死者即达 3000 人。

殷红的花朵 | 127

坦诚之心，又有处理事情的真正本领，真切感受到实践的价值；对他而言，一盎司的实例永远抵得过一磅的理论！道莉总爱扯到理论上去。谢天谢地！她总算从来没按那套东西行事！

他温和地说：

"我亲爱的！莱恩南这小伙子虽说是艺术家什么的，可他是绅士！我认识他的监护人老赫泽利。哦，还是我本人把他介绍给奥莉芙的！"

"那件事跟这个有什么关系？他是爱上了奥莉芙。"

无数人按表面价值而持有某种信念，对其根源和理由却做梦也想不到去探究。上校正是这种人，现在他动摇起来。像久居孤岛的土著，面对周围的惊涛骇浪，一辈子都轻蔑而敬畏地看着，却从未置身其中；一旦要他离岸入水，自然很狼狈。何况是妻子要他这样做！

其实埃尔考特太太没想走这么远；但是她心思比丈夫活跃，而作为这样的妇女，她心里总有东西在撩拨，逼着她走得比原先想的要远。她感到后悔起来，因为听见上校在说：

"我得起床喝点水。"

妻子即刻起床。"没滚过的水别喝！"

这么说来，丈夫被搅得心神不宁了！现在睡不着了——血液很快流向他大脑。他会静静躺在那里，虽然醒着却尽量不妨碍妻子。丈夫不愿妨碍她，倒使她觉得受不了。这似乎太自私了！她早就该知道：夜里谈这样的话题风险太大。

她感到丈夫正站在她后面；薄薄睡衣里的身影看来很瘦

削，脸也很憔悴。

"我很难过，你把那想法塞进我脑袋！"丈夫说，"我喜欢奥莉芙。"

埃尔考特太太再次感到被妒忌扎了一下，但出于无子女妇人对丈夫特有的母性感情，这感觉很快烟消云散。决不能搅得丈夫心乱！不该搅得丈夫心乱。于是她说：

"水滚了！慢慢呷一杯再上床；要不，我给你看看体温！"

上校很顺从，从她手里接过杯子，慢慢喝着；妻子则抬手摸摸他额头。

四

在他们底下那间屋子里,这番讨论里的中心人物正躺着——虽然躺着,却毫无睡意。她知道自己暴露了心思,而这份心思,至今就连对自己都没承认过,却让马克·莱恩南看得一清二楚。但当时就算要了自己的命,也无法不流露那爱恋的目光;然而流露后接踵而来的却是"有失身份"之感。因为她此前严格地区分妇女世界:一类是干这种事的,另一类是不干这种事的。现在她很害怕,拿不准自己属于哪一半。但是思虑有何用?害怕有何用?——这不可能导致任何结果。昨天她不知道会发生此事;现在她无法预测明天!今夜就够了!洋溢着柔情蜜意的今夜就够了!只要去体验!去爱,去接受爱!

她有了全新的感受。做姑娘的时候,人家来求爱或后来结婚都曾让她激动,但比起这一次,犹如黑暗之于光明。因为她从没真正恋爱过,甚至同丈夫也如此。现在她懂了。在她原以为没有阳光的世界里,太阳正照耀着。不可能有任何结果。但是太阳正照耀着;她得在那阳光里暖和一会儿。

她倒也干脆,开始计划自己和马克将做些什么。还剩六天。他们还没去过高尔比欧,没去过卡斯特拉尔①——没有骑牲口或步行去那里远足,而原本就打算去看那些美景。明天他会早来吗?他们能在一起做点什么呢?绝不让任何人知道这六天对自己意味着什么——连马克也不让他知道。反正就同他一起,端详他的脸,听着他说话,时不时碰碰他!奥莉芙觉得信得过自己,不会在任何人跟前流露出什么。然后,就让这件事过去!当然,回到伦敦后还会见面。

她躺在夜色里,想着他们初次在海德公园相遇。那是星期天上午,虔诚的上校照例要参加军人去教堂做礼拜的行列,为了把侄女带去,甚至从他靠近骑士桥的公寓出发,一路来到威斯敏斯特。②奥莉芙记得,他们正慢步走着,叔叔突然停下,站在一位面孔黄胖、眼睛半睁半闭的老绅士跟前。

"啊!赫泽利先生——从德文郡来?你那外甥——那个——呃——那雕塑家怎么样?"

在奥莉芙看来,在那顶灰色大礼帽下,老绅士的双眼在眼皮后略略一睁,回答道:"是埃尔考特上校吧?这里就是那家伙本人——马克!"只见那年轻人脱帽致意。起先,奥莉芙只注意到这人一头黑发,不很长却很浓密;只注意到他双眼深陷在眼眶里。接着看到他微微一笑,脸上显得热切又

---

① 卡斯特拉尔也是滨海阿尔卑斯省一地名。
② 骑士桥是一地区名,在海德公园紧南面,东端接海德公园角,而威斯敏斯特在骑士桥以东,上校由骑士桥到威斯敏斯特,再到海德公园,实际上绕了圈子。

殷红的花朵 | 131

腼腆；这时她认定这人不错。不久，她随埃尔考特夫妇去看莱恩南的"东西"；当然，结识雕塑家并非寻常事情，尤其在那个时代——就如同你园子里养了斑马。上校看了很高兴，而且那些"东西"几乎全是鸟兽塑像，让他略略放了心。对上校来说，这些都"非常有趣"，因为年轻时捕杀过许多鸟兽，肚子里尽是有关的稀奇故事，而到头来，却发现自己莫名其妙地痛恨杀生——只是从没这么说过。

第一次参观他的工作室以后，他们很快就相熟起来。这回轮到奥莉芙稍稍放心了；因为马克·莱恩南可说全心全意致力于鸟兽雕塑，不搞所谓神妙的人体雕塑。是啊！——那样的话，她会难受的；如今爱上了马克，她明白了这点。无论如何，她可以细细地看其作品，以同情的态度为之出力。那可错不了。……

她终于睡着了，梦见她独自在乡间别墅附近的河上，小船载着她，周围的花又长又尖，像是常春花，她就在这花丛里漂过，而四周有鸟雀在飞在啼唱。她的脸和四肢无法动弹，但没有不舒适的感觉。后来她感到正渐渐漂近一处地方，这里非水非岸，不明不暗，只有说不出的感觉。这时她才看见：从岸边的灯芯草上探出一个巨大的公牛头，朝她盯视着。她动，公牛头也跟着动——虽然头始终就一个，却在她左侧和右侧。她想抬手捂住眼睛，但办不到——于是抽泣着哭醒了。……原来天色已亮。

已经快六点了！那场梦使她不愿再把自己交托给睡神。现在睡神是强盗——抢走这区区几天里的分分秒秒！她起床朝屋外一看。是个晴朗的早晨，空气里已有暖意，露莹莹的让人惬意，还有香水草固着在她窗外的墙上。她得做的只是打开百叶窗，只是走进阳光里。她穿好衣服，拿上阳伞，悄悄关上百叶窗，便无声无息地出了门。她没走饭店的花园，免得大清早出现在那里显得蹊跷，暴露出她的精神状态；而是直穿到通向那家卡西诺①的路上。说不定她还没意识到：她现在去的正是昨天下午的去处，那时她同莱恩南一起，坐在那里听小乐队演奏。现在街上已略有行人，都是穿蓝罩衫去干体力活的。她没戴帽子，只撑着阳伞，却激起了这些鉴赏家的欣羡，而那种质朴的欣赏使她很快乐。因为这一回，她真正认识到自己肢体的匀称优美，切实体验到自己脸蛋的温柔而有朝气，还有她几乎乌黑的头发和眼睛，凝脂般的皮肤——这种稀奇的感觉让人欣慰！

在卡西诺的花园里，她走得更慢了，因为要欣赏种种香树，又时时停下脚步俯身看花；随后，在昨天同马克坐过的位子上坐下。几步开外，是通向下面火车站的台阶；每天每夜，多少人满怀热望走上来，又有多少人轻松地或懊丧地走下去。在她上方有两棵松树，还有一株木兰树和棕榈交枝叠叶，构成一片树荫——在这个奇异地方，树木间和灵魂间的交叠多妙！她收拢阳伞，靠在椅背上；随意而友好的目光朝一根接一根树枝看去。现在还没热气和尘埃来袭，这些树枝衬着明净的天空，线条分明，显得超脱凡尘。她从木兰树上

---

① 卡西诺为意大利语，原意为"小房子"，后指有表演和舞池等等的大赌场。

殷红的花朵

摘下一串粉红色浆果，两手挤压着揉搓着，要闻那香味。她为得到了爱而欢乐，所有这些美丽可爱的事物，看来都是她欢乐的一部分，如今突然来到她心中，成了这炎炎夏情的一部分。那天空，那鲜花，那绿翡翠、蓝宝石般的海，那鲜艳的金合欢，都只是世上的爱。

寥寥几个人走过，看到她静静坐在木兰树下，肯定感到奇怪：这位太太怎么起得这么早，穿戴又这么齐整。

五

半夜一二点钟，上校醒了——许多人还宁可更早一些——因为眼前呈现出那个手绢事件。他不怎么喜欢侄女婿——那家伙沉默寡言，骨子里也许还有点残忍，反正要把人家踩在脚下。不过，自己天生就拘泥细节，既然和道莉受托照看奥莉芙，那么，想到莱恩南竟在他俩眼皮下爱上奥莉芙，不免感到恐慌。于是，在他再次睡着以前，在天已大亮的早晨醒来以后，想出了补救办法。一定要让奥莉芙分分心！道莉和他过去太放松了，对这奇特地方和奇特人群太感兴趣了！却疏忽了奥莉芙，让她去……嘻，年轻的男男女女！——自己真该时刻记住。幸好还不算太晚。她是老林赛的女儿，不会忘记自己是谁的。可怜的老林赛——好样的；也许他性格里多了点——胡格诺气质！这些返祖现象真稀奇！时不时倒在马的身上发现过——尾巴处长白毛，头的姿态——隔了好几代还突然出现。奥莉芙的样子有几分像她父亲——象牙白的皮肤，眼珠和头发的颜色也一样！只是她并不严峻，不太像她父亲！于是上校又隐隐担心起来，似乎怕没有恪尽受托人之责。但洗澡的时候这担心消

殷红的花朵

失了。

八点钟不到，上校出了门。他身影瘦削而笔直，头戴硬挺的草帽，身穿灰色法兰绒衣服，走路姿势很难描述，有英国军人那种随便又沉稳的派头，不同于法国人、德国人和不管哪国人，又因为经过操练，肩膀总要显示穿制服的权利；而且虽明知这一点，表现得却极为平和谦逊；但不管怎么说，衣着和迈腿只有一种方式。

他边走边捋搭拉着的灰白小胡子，考虑着让侄女分心如何最妥帖。他沿平台走着，站停了一会儿，俯视着飞靶射击场以外的海面。随后他又开步走，沿卡西诺下方的环道进了后面的大花园。好一处美妙地方！这里的树木花草照管得美妙极了！这让他有点想起了图夏沃尔①；他那里的土邦主老朋友——这个宝货老无赖！——宫中有个大花园，同此处这个很相像。他又踱到前面。那下面是海，清晨时分这里真好，真安静，没有人一心要赢别人。但有些家伙就是要欺瞒人，这样才高兴。他认识一些人，敢于朝魔鬼那里直冲，为从朋友那里骗得几英镑为荣！

这个"蒙特"②真是怪地方——就像伊甸园中了邪。这美好的花园，唤醒了他对大自然的所有挚爱，这种爱难以言传，却曾经帮助上校穿越沙漠和丛林，乘船漂洋过海，在大山中宿营。他亲爱的母亲！九岁那年，在老家威瑟斯

---

① 疑为当时印度一地名。
② 指蒙特卡洛。

诺顿，母亲指着透过山丘灌木林的夕照，对他说："那很美，杰克！你觉得吗，宝贝？"当时他并不觉得——那么个愣头愣脑、东窜西跑的小家伙，才不会呢！甚至第一次前往印度时，他也没欣赏日落景象。但如今成长的一代就不同了。比如木兰树下那对年轻人吧，他们一言不发地坐在那里，只是朝树木凝望着。他纳闷起来：他们那样坐了多久？

上校的心突地一跳；钢铁色眼睛呈现的神情足可吓退死神。他憋下咳嗽，掉过脸去，走到先前站过的地方，那下面是飞靶射击场。……竟然是奥莉芙和那年轻人！是约会！在早上这个时候！一阵天旋地转。他哥哥的孩子——他心爱的侄女！这是最受他赞美的女子——对这个女子，他心肠最软。他趴着石砌护墙，再也看不见射击场的溜平绿茵，看不见更远的溜平碧波，只觉得说不出的心烦意乱。在早餐之前！最坏的就是这点！可说是招认了一切。而且，他还看见他俩的手在座位上互相摩挲着。

血涌上了他的脸。他看到了、窥探了不是给他看的事。这个位置真好！昨天晚上，道莉也看见了。可是那情况不同。妇女有可能看到——她们有这本事原在情理之中。但作为男人——作为——堂堂正正的男子汉！渐渐地，他的尴尬处境展现出全貌。他的手是受束缚的。他是不是还能同道莉商量呢？他有一种被隔绝的感觉，感到孤立无助。没有人——世上没有任何人——能理解他深藏内心的强烈不安。作为奥莉芙血缘最近的亲属、长辈和——那叫什么来着——

对,监护人①,他得采取一个立场;但是凭什么呢?凭这样了解到的情况?——尽管他并非有意这样!在部队里的那些岁月中,也碰上许多影响声誉的微妙事情,却从没处理过这样的事。可怜的孩子!不过他不能如此顾念她。确实如此!她的所作所为——已不像——想到这里,他莫名其妙地打住了,竟然就不能谴责她。说不定他们已站起身子往这里走来呢!

他从石砌护墙上松开手,朝下榻的旅馆走去。他刚才狠劲抓着护墙,现在手掌煞白。他一边走一边自语:"我得心平气和地考虑这问题;一定要想出个办法。"这一来他如释重负。不管怎么说,对于莱恩南这小伙子,他是有理由生气的。但即便是这点,他也惊愕地发现尚无定论。这情况太不寻常,使他苦恼至极。小伙子刚才坐在奥莉芙身旁,一直那样安静,那样怯生生的——这里有某些东西打动了他。这可不好,天哪——太不好了!他们这两个人,不知怎的,倒合成挺好的一对!该死!这不行!

这时,当地那英国小教堂的牧师走过,招呼道:"早上好,埃尔考特上校。"上校行个礼却没答话。在他看来,这种时候向人问好没意思。任何早晨发现这种事,就好不了。他走进旅馆,到餐厅里坐下。那里没有人。他们都在楼上用早餐,连道莉也是。每当他吃英国式早餐,只有奥莉芙

---

① 按当时西方习惯,有身份的未婚姑娘或年轻女子出入公共场合时,需陪有已婚妇女或有年长女子作监护人。也指在年轻人社交场合出现的年长监护者。

还有支持他的习惯。突然,他感到已面对糟糕的局面。没等奥莉芙来就吃早餐,不像平时那样等她——这看来过于露骨。现在她随时会来。要等她来了再吃,不露一点声色——他怎么能做到这点呢?

他听到背后有轻微的窸窣声。奥莉芙来了,可他主意还没定。在一阵没治的心慌意乱中,上校只能完全凭本能行事:他离座而起,拍拍奥莉芙面颊,给她放好椅子。

"哦,亲爱的,"他说道,"你饿吗?"

她这时的模样特别秀丽,特别温柔。奶油色衣服更衬托出她的黑发和黑眼睛,不知怎么的,那眼睛仿佛要飞往别处似的——是啊,这很怪,但是也只能这么形容。看着奥莉芙,他看不出可让他宽心和安慰的迹象。他进早餐一向以香蕉开局,现在正慢慢地剥着香蕉皮。就算他办得到,要指望他在爱惜名誉方面责备奥莉芙,倒不妨要他射杀家鸽或撕碎一朵好花。于是他想用说话来掩饰一下:

"出去过了?"话刚一说出口,他就恨不得咬断舌头。要是奥莉芙回答"没出去",怎么办?

幸而奥莉芙没有回答。她面颊泛起了红晕,可她点点头说:"这天气真好!"

她说这话时模样多俊!现在,上校得让自己出局了——再不能对她说方才看见的情景,那一来似乎先前的话是故意设下的圈套;于是就问道:

"今天有什么计划?"

她毫不畏缩地回答说:

殷红的花朵 | 139

"马克·莱恩南和我准备去远足,从芒通骑骡子去高尔比欧。"

奥莉芙的从容使上校颇为惊异——就他记忆所及,为维护不容于世俗的恋情,能防卫得如此面面俱到的女人,他还不曾见过。怎么说得清她那微笑下是什么呢!乱成一团的感受几乎使他痛苦,却听得奥莉芙在说:

"你和道莉婶娘愿意一起去吗?"

他有受托人的责任感,却不愿破坏这次活动;知道奥莉芙面临的危险,见她在面前却又是怜惜又是赞赏;他不赞成那桩暗中进行的非法勾当(说到底,不是这个又是什么?),却依稀觉得这其中有些事他捉摸不透——除了两个当事人,也许没有人能解决——在这些截然相反的想法里,他莫知所从。他结巴着回答道:

"我得问问你婶婶;她——她骑骡子不大在行。"

接着,纯粹出于钟爱之情的冲动,他突然做出令人吃惊的事,因为他问道:"亲爱的,我常常想问你:你的家庭生活幸福吗?"

"家庭生活?"

奥莉芙把话重复了一遍,口气里有着某种不祥,仿佛对"家庭"这词很陌生。她呷了一口咖啡,站了起来。看她那么站着,上校感到有点担心——怕她会说出什么话来。上校的脸这时已涨得通红。但情况比什么都糟,奥莉芙一言不发,只是耸了耸肩膀,而那淡淡一笑却扎进上校的心。

六

　　高尔比欧村倚山而筑，在那山岩下的橄榄树荫影里，他俩吃罢午饭，坐在野生的麝香草上，谛听着杜鹃声声，他们的骡子在不远处啃草。早晨在花园里的巧遇真不可思议；他们坐在那里，手互相摩挲着，都为自己的幸运感到惊异和鼓舞，所以不必多说他俩的感受；那种因相互倾心而带来的销魂感——多么羞涩腼腆，多么不顾一切，多像是没有现实感——不要让言辞去破坏。他们一如讲究口腹之乐的人，拿着满杯的陈年美酒，对于其香醇和预想中的魔力毫无倦意。

　　所以他们讲的并不是情话；倒是像一对不走运的情人那样，哀哀切切地谈着彼此喜爱的事物——却都把对方漏了。

　　奥莉芙说起自己的梦，这就让马克终于把话掏了出来；可奥莉芙退缩了，回答说：

　　"这不行——决不能这样！"

　　这一来，马克只能攥着她的手；不一会儿，见她眼中泪汪汪的，便鼓足勇气吻了她脸颊。

　　他们相爱的最初阶段中，战战兢兢又躲躲闪闪。马克既没有征服异性的雄心，奥莉芙也没有常见的狐媚。

后来他们骑上骡子，表面上很沉静，下了嶙峋山坡，回到芒通。

但在满是尘土的灰色火车上，奥莉芙离开后，他竟像用过了麻醉药，直瞪瞪望着对面奥莉芙坐过的地方。

两小时后，在奥莉芙下榻旅馆的餐桌上，马克一边是奥莉芙，一边是埃尔考特太太，对面是上校。这时他才明白面对着什么。得留神心中闪过的每个念头，免得小小的破绽暴露出秘密；要管制对奥莉芙的目光和说话；一秒钟也不能忘记：那另外两人既非虚设又相当危险，不是无足轻重的怪影。也许自己对奥莉芙的爱，永远只能以不爱的面目出现。他不敢梦想自己的感情会得到满足。他将是奥莉芙的朋友，想方设法要其幸福——心里火一般想望着奥莉芙，却不能企盼回报。这种叫他受不了的痴情，他还是头一回体验——青春之恋就太不一样！——而他仍怀着全部的天真无邪，带着英国青年的动人品质——他们的潜在本能，就是在爱情的终极含义前退缩，甚至不敢承认有此特性。他俩注定了要相爱，却——不是相爱！他第一次有点明白其意义了。除了偷偷寻找点滴的时间表达爱慕之情，其他时候面对的世界则必须蒙骗。

上校衣着整洁，脸色黝黑，目光专注却视而不见。马克对他几乎已怀有敌意。对那平淡的太太也一样；这位好太太在晚餐中谈笑风生，但马克不知所云，又不得不回答。他心中一震，明白了一点：他已被剥夺了人生的所有乐趣，只剩下一种——而且，除非同奥莉芙有关联，连创作也失去意义。在这次出门的前一天，埃尔考特太太怀着崇敬心情参观了皇家艺术院，眼下正称赞着几幅蹩脚绘画，但马克听了没有冒火。晚餐没完没了地进行着，看到笑吟吟的奥莉芙竟能这样愉快、平静，他简直快感到伤心和惊奇。因为他觉得这局面无法忍受，连交换爱慕的眼色也不可能；奥莉芙却能无动于衷。奥莉芙是不是真正爱他——能不能既爱他，又不露一丝痕迹？突然他感到奥莉芙的脚碰碰他的脚。这侧面的一碰极短促、极轻巧，却含有央求意味："我知道你受着怎样的折磨；我也在受折磨！"这是普通情人间的原始小花招！他从自己的个性出发，觉得这肯定使奥莉芙付出很大代价。于是这一碰唤醒了他的骑士精神。与其让奥莉芙为他的不快而痛苦，他宁可永远受火刑煎熬。

晚餐后，他们坐到外面露台上。星斗在棕榈树上放光；有只青蛙在鸣叫。他设法挪动椅子，以便看奥莉芙的时候不被察觉。有一秒钟时间，奥莉芙的眼光停留在他眼睛上，那黑眼珠多柔和，多深邃！一只蛾子飞落在她膝头上——这种小生物很狡猾，兜帽般的头部带有触角，面部很像猫头鹰，小眼睛是两条细缝！除了奥莉芙，这蛾子还会把自己交托给谁呢？上校以前收集蛾子，知道这东西名称，说这个种类的很普通。对这东西的兴趣过去了；可莱恩南仍俯着身子，看着那绸衣下的膝头。

埃尔考特太太说话了，声气比平时刺耳：

"我亲爱的孩子，罗伯特要你哪天回去？"

马克硬是让自己照旧盯视着蛾子，甚至还把它轻轻从膝

头上抬起来,一边却听着奥莉芙平静的回答:

"我记得是星期二。"

这时马克站起来,让蛾子飞进夜色;他的手和嘴唇哆嗦着,他担心不转身就会被看出来。这种猛烈的难受感觉,他过去从没经历过,做梦也没想到过。那汉子竟能这样硬要她回家!可怕得岂有此理,难以置信,然而——很真实!下星期二,奥莉芙将离开他踏上归程,然后只能再听凭命运摆布。想到这点,他痛苦得狠狠抓住栏杆,咬紧牙关,免得哭出来。这时另一种想法油然而生:今后我无论去哪里,无论白天黑夜,我将摆脱不掉这种感觉,还不能有所表露。

他们在互道晚安了。他得假笑和微笑,装出——尤其对奥莉芙——高兴的样子;但他看得出来,奥莉芙知道他在作假。

现在他独自一人,感到刚一出手就有负于奥莉芙;他一边为突然出现的局面惊恐,一边则力图不惜代价回到奥莉芙跟前,这把他的心都撕碎了。……这一天,他第一次吻了奥莉芙,觉得奥莉芙已经完全属于他;而所有这一切,都发生在这一天。

在正对卡西诺的长椅上,他坐了下来。变幻的灯光,进进出出的人,甚至吉卜赛琴手们的乐曲,都不能把他的思路岔开一秒钟。在不到三十码远的地方,他捡起了奥莉芙的手绢;离现在还不满二十四小时,这可能吗?在这二十四小时里,他似乎经历了男人能感受的一切情感。而现在世界上已没有一个人,他可以对之倾吐衷曲——即使对奥莉芙也不行，因为无论花什么代价，首先就不能让她知道自己的苦楚。所以这就是——所谓的不正当恋爱！孤独又难熬！但绝不妒忌——因为奥莉芙的心属于他；只觉得惊愕、不平、恐惧。独自受无穷无尽的罪！就算有谁知道，也不会对他怀有丝毫的顾念或怜悯！

那么，是不是像古人想的那样，果真有个恶魔在耍弄人——正像人们喜欢拨弄小蜈蚣，把它翻来翻去，最后踩上一脚呢？

他站起来朝火车站走去。那里有条长椅；早上就是在这长椅上，他看见奥莉芙坐着。当时，他俩的司命星在运行，似乎在为各自的星主而奋斗；但他不再清楚，那奋斗是不是为了他俩的欢快。奥莉芙捏碎的木兰果仍在座位上。他也摘下了一簇，把果子揉碎。那香味是幽灵，让他回到先前那神圣的时刻，因为当时奥莉芙的手紧贴他的手。司命星在运行——为了欢快或忧愁！

七

上校和埃尔考特太太也不得安宁了。他们觉得自己从没搞阴谋的习惯，这回却都成了同谋。他们为碰巧看到的情景忧心，但人家不知道，他们又不便点破，这可怎么办呢？不准备给人看到或听见的，都是不存在的——没一条行为准则比这条更神圣。如果容许利用偶然得知的情况，那就像为私拆别人信件辩护。迄今为止，传统观念，或者说个性，使这对老夫妻有着同样感受并随意策划。然而在较深的层面上，他们有着分歧。是啊，埃尔考特太太说过，这里面有某种难以控制的东西；而上校只是感到这一点——这有很大不同！虽说在道理上很难容忍，上校心里却有所触动；埃尔考特太太在道理上几乎是赞成的——她看过危险的女作家乔治·艾略特[①]作品——心中对丈夫的侄女又很冷淡。正是这些原因，事实上他们密谋来、策划去，到头来仍不免突然来一句："算了吧，谈这事没什么意思！"而几乎同时，又重新谈起这事。

在建议妻子骑骡远足时，上校没有时间，或者说对自己的行动方针没有足够的信心，所以没有当下就对妻子解释清楚：让她骑骡远征有着新的必要性。说来也怪，妻子的拒绝让他却有如释重负之感。而在奥莉芙撇下他俩管自出发后，他才把目睹两人在花园相会的事告诉妻子。埃尔考特太太马上就说：要是她早知道这样，那么不管骑什么去，她都会将就。倒不是她赞成干预，而是因为他们得为罗伯特着想！上校接口说："该死的家伙！"事态的发展在这当口暂停了片刻，因为两人都有点疑惑：给他骂该死的是哪个家伙？这倒确实是麻烦之所在。

上校若不是这么喜爱侄女，不是这么讨厌克拉米埃先生，而是颇为喜欢；埃尔考特太太若没有发觉马克·莱恩南是"好小伙子"，也没暗自感到丈夫的侄女危及自己的内心安宁；总之，倘若三个人是法律操纵的木偶，那么对有关各方来说，问题简单多了。上校发现，这类事情中并非只有简单的比例运算法[②]，而是各人自有算法。这使他心乱如麻，几乎要生气；也几乎使埃尔考特太太默默无言。……这两个好人撞上的难题，把世人从出生起就一分为二。事情该由是非曲直判断呢，还是按刻板的成规决定？

尽管，上校的面部表情和出言吐语更一本正经，但是在

[①] 乔治·艾略特（1819—1880）为英国维多利亚时代杰出小说家玛丽·安·埃文斯的笔名。她出身农家，长期与才华横溢而家庭生活不幸的记者刘易斯公开同居。她开创了心理分析的创作方法，作品有：《吉尔菲尔先生的爱情故事》、《珍妮特的悔悟》、《亚当·比德》、《弗洛斯河上的磨坊》、《织工马南》等，作品中常有涉及伦理道德问题的爱情故事。

[②] 比例运算法指已知三项后，即可根据两内项的积等于两外项的积从而求出第四项。这里意为：用简单的推论可由此及彼推得他人想法。

殷红的花朵

内心，他对权威经典和行为准则的忠诚，却真正动摇起来。他无法从脑海中抹掉的，是那两个年轻人并肩而坐的情景，是他问了那让他后悔的问题后，奥莉芙重复"家庭生活"时的语气。

这件事若在人情上没这么多牵扯，那就好啦！奥莉芙若是别人的侄女，那么事情很清楚：她有义务继续过不幸的生活。于是上校越想就越不明白该想什么。在银行里，他向来没有值得一提的结余，而由于萍踪不定的生活，他对固定的社会身份也没有超常的感情——反倒是觉得社会很讨厌——所以这种暧昧关系对世道人心的危险，他没有看得过分严重。他私下里称克拉米埃为"黑大汉子"，要是奥莉芙没法继续忠实于这位丈夫，他根本就不相信侄女将在永恒的烈火里受苦。他只是感到：这是很糟糕的憾事；尽管不乐意也只能承认，这样的事情可不像他们家女人所为；他去世的哥哥在墓中也不会安宁；总之一句话，这种事"为社会所不容"。

然而他的为人决不像有些人：一边给妇女此种自由，一边鞭挞自己家中运用这自由的妇女。正好相反，他认为妇女在世人面前应当白璧无瑕，但对于自己深知又喜爱的个别女子，却倾向于网开一面。他向来疑心克拉米埃的出身，觉得并不"正宗"；这疑心使他不知不觉受点影响。他确实听说，罗伯特甚至无权姓克拉米埃，只是无子女的先生收养了他，把他抚养成人并留给他大笔钱财。对于无子无女的上校，这件事不合他脾性。他从没收养过谁，也从不曾被人收养。被收养的人总有所欠缺，因为没有合理的保证——就像不标明年份的葡萄酒，或报不出谱系的马。因为他血脉里没有那传统，对他可能做的事就不大能完全信赖。再加他的外貌和举止，也让这种不信任显得有道理，说不定还有点黑人血统。而且这家伙为人固执，不声不响，爱出风头。奥莉芙怎么竟嫁给了他！

不过女人也很任性，也真是可怜！至于身穿法衣的老林赛，虽然大讲服从，但作为父亲，也准是火爆脾气，可怜的老兄！再说克拉米埃吧，毫无疑问，多数的女人会认为他英俊；比这个安静的雕塑家引人注目多了——虽说莱恩南这小伙子的相貌也讨人喜欢，总带着和蔼的微笑——这样的小伙子谁见了也没法不喜欢，而且一看就知道，他连只苍蝇也永远不会伤害！上校突然冒出个念头：为什么不径自去找莱恩南，把话直接向这小伙子挑明呢？问他是不是爱上了奥莉芙。不太妥当——但是会想出办法的。上校把这想法琢磨很久，第二天早晨刮脸时对妻子讲了。她那声回答："我亲爱的约翰，别瞎扯啦！"扫除了他最后的疑惑。

他用过早餐便出门，也没说去哪里——却登上去波利欧的列车。一到小伙子下榻的旅馆，他拿出名片递过去，但回答是：这位先生已经出去，白天不在。他直扑炮口的决心受到了阻遏，闷闷不乐又心乱如麻。尽管人家说这是正在崛起的地方，他却没在波利欧观光，直接就上了一道斜坡。整个的山坡覆盖着大片蔷薇。万千花朵星星点点密布在离地不高的空间，凋落的褐色花瓣撒满了松软砂土。上校凑上鼻子闻闻这朵，嗅嗅那朵，但都没什么香气，似乎花儿也知道季节已过。几个穿蓝罩衫的农民在花丛里忙碌。突然他碰见小伙子莱恩南：正坐在石头上，手指在一团湿黏黏的东西上拍拍弄弄。上校犹豫了。除了尴尬这一明显的理由，他对艺术的看法，也和其他许多同类人一样。当然，这不是工作，但非常优雅——这对他来说是个谜：怎么有这种本事！莱恩南一见他便站了起来，把手帕一撂，盖住他正塑着的东西——但上校已大概有了印象，觉得这个挺眼熟。小伙子的脸涨得绯红——上校也是，顿时感到天气很热。他伸出手去。

"好清静啊，这地方，"他结巴着说道，"以前还从没见过。我去旅馆里找过你。"

现在机会是有了，他却完全不知所措。看到那团湿黏黏的东西显现的脸相，他勇气全没了。小伙子独自在这高处塑着像，只因为他离开那原型才一二个小时——想到这一点，他颇为感动。他原先要来说的话究竟怎么说呢？这情景同他先前想的完全两样。他心里闪过一个念头——道莉没错！她一向错不了——真见鬼！

"你忙着呢，"他说，"我可不该打扰你。"

"没这回事，先生。劳你来看我，真是太客气了。"

上校注目而视。莱恩南这年轻人的神情里，有着他以前没注意到的某些东西；似乎在说"别同我随随便便的！"这神情使事情变得困难了。但上校没有离开；他若有所思地望着小伙子，见对方正彬彬有礼地站着等他说话。这时，他忽然想出个万无一失的问题："欸！你什么时候回英国？我们将在星期二走。"

他正说着话，来了一阵风，把手帕从那塑出的脸上掀起。小伙子会重新盖好手帕吗？他没这么做。于是上校想道：

"那样就失礼了。他知道我不会利用这一点。是啊！他是个绅士！"

他抬手打个招呼说："哦，我可得回去了。说不定晚餐时能再见，是吗？"随后便转过身，大步走去。

回旅馆的路上，刚才上坡后在路边看到的那团湿黏黏的东西，那东西上呈现的脸，一直萦回脑际。这不好——情况严重了！他觉得自己在这事件中无能为力，而且这感觉越来越清楚。他没告诉任何人他去了哪里。……

上校礼数周到地掉头走开后，莱恩南又在那平整石头上坐下。他拿起那团湿黏黏的东西，一下子把上面那形象抹掉。他静静坐了好长时间，看他的神态，是在注视那些蓝色小蝴蝶，看它们绕着红色和黄褐色蔷薇嬉戏。接着，他的手指开始工作，狂热地塑着头像；不是男人的，不是兽类的，但这个长有双角的头像显然兼有两者的特征。他短短的手指，圆滚滚的指尖忙个不停，动作中有股狂乱劲，似乎在掐死塑出来的东西。

殷红的花朵

八

那时候，凡是为国家服过役的人，旅行时乘一般头等车——这倒很适合斯巴达人。在拉罗什或某个发音挺怪的地方，早晨醒来后，吃的是淡咖啡和颜色泛白的奶油蛋卷。上校夫妇和他们的侄女碰上的就是这情形。陪伴他们的，是他们不看的书、不吃的食品和一位从东方回来的爱尔兰瞌睡虫。大家的腿如何安置，这一向是难题；虽说没人真正喜欢把腿搁上来，可除了奥莉芙，到头来大家还是这么干了。

那天夜里，躺在座上的上校醒了不止一次，都看见对面的奥莉芙缩在角落里，睁眼坐着。他望着颇受他赞赏的小巧头颅，戴着深色的无檐草帽，挺直地贴在靠垫上一动不动。每次见到，他都是睡意顿消；顾不得脚会轻轻碰上爱尔兰人，还是把腿伸了下去，在黑暗中向奥莉芙凑过去，在紫罗兰般的幽香中，压低了沙哑的嗓音问道："要我为你做点什么吗，亲爱的？"奥莉芙微笑着摇摇头，上校便退回去，屏着气看看道莉是否在熟睡，然后擦着爱尔兰人把脚放回原处。

这样远征一次，他总有整整十分钟睡不着，老在琢磨：

奥莉芙这么纹丝不动的怎么不累？可奥莉芙呢，这一夜过得也恍恍惚惚，总觉得莱恩南在她身边，攥着她的手。在她露掌手套下的小片掌心上，她似乎确实感到有马克的手指贴着。在这疾驶的幽暗夜色中，如此奇妙的交流太好了——她是无论如何不愿睡的！她从没感到同马克这么亲近，就连那次在橄榄树下被亲吻，也没有这种亲近感；昨天音乐会上，两人的胳臂相挨，也没这感觉；她还听着马克的轻言细语，听得这样如饥似渴。那两个星期的黄金般时光，在她心中一遍又一遍不断重现。这些回忆像花朵，其中有着如许的馨香、温暖和色彩；也许在所有这一切之中，印象最深的就是对离别时分的回忆。当时，在他们车门前，马克的说话声太低，她只听见一句："再见，我最亲爱的！"他还从没这样叫过自己呢。这简短字眼比橄榄树下那亲吻还珍贵。夜色里，一小时接着一小时，这句话响在她耳中，盖过了列车的呼啸和轰隆之声，盖过了爱尔兰人的鼾声。说来也许并不奇怪：整整一夜，她对未来根本没正视过一次——既没作任何打算，也没估量自己的处境；只是不由自主地回忆着，沉醉于马克就在身畔的梦幻般感觉中。不管今后可能发生什么事，今夜她都是马克的人。正是这出神状态使她显得异样的温柔，使她总那么纹丝不动却不感到累，让她叔叔每回醒来总要心疼一番。

到了巴黎，他们坐车驰过一站又一站；这车载三个人嫌小，照上校的说法，都没法"舒展舒展腿儿"。他看到侄女毫无情绪低落的迹象，毫无懊丧的神情，就精神振奋起来。

在北火车站的餐室里，他见奥莉芙去了盥洗室，便向妻子吐露想法：看奥莉芙在途中的表现，他认为毕竟没什么了不起的事。

但是埃尔考特太太回答说：

"难道你一直没有注意？——奥莉芙不想显露的东西，她是从不显露的。她可不是白长那样一双眼睛的。"

"怎样的一双眼睛？"

"这眼睛看东西无所不见，而看上去却似乎什么也没看见。"

上校觉得有什么事伤着了妻子，想去握她手。

但埃尔考特太太霍地离座而起，走向上校没法跟去的地方。

上校给这样突然撇下了，手指头笃笃笃笃叩着小桌子，闷闷地沉思起来。现在怎么办！道莉不公平！可怜的道莉！当然了，自己是再喜欢道莉不过的！但奥莉芙年轻——漂亮，他有什么办法！他有什么办法不照管奥莉芙，把她从这尴尬事情中救出来！上校坐在那里，这样思忖着，为女人的不可理喻而丧气。他偏偏没有想到，埃尔考特太太同他侄女一样，几乎整夜都没睡。她眼睛看来合着，却看到上校的每一次小小远征，心里直嘀咕："啊！他倒不在乎我一路上怎样！"

埃尔考特太太回来的时候，已把"悲伤"藏进心中，神态很平静。很快，他们又在朝英国飞驰了。

现在奥莉芙开始感到未来的压力；过去虽使她入魔，现在魔力已减退；随着每分钟的流逝，往事如梦的感觉越来越强烈。再过几小时，她将要来到古老的雷恩①教堂的阴影里，重回紧靠教堂边上的小屋。不知怎的，这教堂使她想起童年，想起严厉的父亲和他轮廓分明的脸。还要同丈夫见面！怎么对付过去！而且就在今夜！但她不愿细想今夜的事。也不愿细想明天和明天以后，在所有那些明天里，没一桩她非做不可的事她有理由抱怨；而她能做的每件事又总让她感到自己是囚犯，感到生活中已全然失去友谊、热情和色彩。她觉得自己将从梦中出来，滑回到那些明天之中；也许没挣扎一下就完了。那就避开，住到河滨别墅去，丈夫只有周末才去那里，那是避难所。只是在那里就没法见马克了——除非——！她随即想到，以后有时还会、还一定要见到马克的，这一来事情又变得依稀而有魅力。只要见到马克，其他还有什么要紧？再也不会像以前那样了。

上校把奥莉芙的手提包递下来；兴致勃勃说了句："看来这天气还有点风浪呢！"这话使她回过神来。她本就喜欢独自待着，这会儿也够累了，所以找了妇女专用舱，在渡海时完全睡着了。最后是上年纪的女乘务员唤醒了她："你这觉睡得真香。我们已靠上码头了，小姐。"啊，只要马克那样就好了！刚才奥莉芙做了梦：自己坐在繁花似锦的田野上，马克握着她双手拉她起来，说道："我们到了这里，我

---

① 指克里斯托弗·雷恩爵士（1632—1723），他是英国天文学家、几何学家、物理学家和杰出的建筑师。曾在伦敦大火（1666年）后设计了许多教堂，其中最杰出的是伦敦这座圣保罗大教堂。

殷红的花朵 | 155

最亲爱的。"

甲板上，上校带着几个包，转脸在找奥莉芙，一边想同妻子保持点距离。他用下巴示意。奥莉芙穿过人群朝他走去，无意间抬头一看，见丈夫在上面码头的栏杆边。他倚在那里专注地望着下面；那高大的身躯使两旁的人显得无足轻重。他的四方脸刮得干干净净，狠巴巴的眼睛几乎像癫痫病人的，加上沉静专注的目光，使附近的脸似乎消失殆尽。奥莉芙看得十分清楚，甚至注意到他草帽下两鬓黑发中的几绺白发；还注意到他穿着合身蓝套装，显得太高太大。丈夫的脸放松了，一只手稍稍动了动。奥莉芙忽然有个想法：要是让马克遂了愿，同他们一起回国，那会怎样呢？从今以后，那个正低头朝她微笑的黑大汉子，将永远永远是她的敌人；她得尽可能躲开此人，防着此人；她所有的真实思想和愿望，无论如何都不能流露出来！她本可能感到周身不适，叫出声来；但她使劲捏住旅行包的提手，微笑起来。

奥莉芙有本领摸清丈夫的喜怒哀乐，但在问好的话语里，在自己双肩被猛力一搂中，她感到丈夫郁结在心的感情，却不大了解这感情的性质。他嗓音里的真心实意叫人讨厌："真高兴，你回来了——还以为你永远不回来了！"

事情都交给丈夫后，她顿时感到筋疲力尽，差点到不了丈夫预定的车厢。在她看来，尽管有所预感，但直到眼下，才对自己的前景有了点模糊概念；她听到丈夫在嘀咕："还得让那对老古董进来吗？"她回头望望，看到她叔叔婶婶确实跟在后面。为免得说不必要的话，她假装旅途上没有休息好，只管闭了眼睛靠在角落里。要是她睁开眼睛，看到的不是这方下巴汉子，不是这种占有者的专注眼光，而是那另一个人，那种仰慕她的殷切眼神，那该多好！没完没了的旅途结束得真够快的。在查令十字街①的月台上，她紧拉着上校的手，颇为绝望。一旦看不见叔叔慈祥的脸，她就真的完了！接着，在闷气的马车里，她听到丈夫说："你不吻吻我吗？"就随丈夫去搂着。

她努力在想："这有什么关系？这不是我本人，不是我的灵魂和心灵——只是我的嘴唇倒霉！"她听见丈夫说："看到我，你似乎不太高兴！"过后又说："我听说，你在那里有莱恩南陪伴。他去干什么？"

她突然感到害怕，心里很乱；她担心这会流露出来，但仅仅一秒钟，这担心就消失在异常的警觉中；她随即答道："哦！只是度假罢了。"

过了几秒钟，丈夫说："你几次来信中都没提到他。"

她冷冷答道："没有吗？我们经常看到他的。"

她知道丈夫正在看着她——这查询般的目光里含有威胁意味。为什么——是啊，为什么！——她不能当下就大声疾呼："我爱他——你听见没有——我爱他！"用这些半真半假的话来否认自己爱他，显得多么糟糕！就算她以前想到过这种情况，但如今看来，事情还要讨厌得多，没治得多。现

---

① 查令十字街在伦敦中心地区。1649年，英王查理一世在此被处死。现属大伦敦威斯敏斯特市。

殷红的花朵 | 157

在根本不能想象：她竟把自己的一生交托给了此人！要是能撇下他，管自回自己房间去仔细想想，去谋划谋划，该有多好！因为此人的眼光始终没离开她，那种阴郁又贪婪、审视又含威胁的目光搜索着她；最后说道，"好吧，这对你没造成任何损害。你看上去很好。"奥莉芙虽强自忍耐，可是同丈夫肌肤相触仍使她忍受不了；她往后缩着，仿佛挨了丈夫打。

"怎么回事？我碰痛了你？"

听来丈夫在讲笑话——随即清楚理会到并非如此。躲让此人之举对她很危险，说不定对马克也危险！她充分意识到这点，这有力的打击使她变得可怜巴巴。她痛苦地作出努力，朝丈夫的胳臂下插过手去，说道："我累极了。你吓了我一跳。"

可丈夫把她的手挪开，转脸凝视着窗外。他们就这样到了家。

丈夫离开她以后，她独自站在原处，不动弹又无声无息地待在大衣橱边寻思："我怎么办呢？我将如何生活下去？"

九

马克·莱恩南从波利欧动身,结束了整个旅程,回到位于切尔西①的寓所,马上查看积成堆的来信。他一封一封地搜寻两遍,最后呆立在那里,一动不动,昏昏沉沉,只觉得懊丧。她答应写封短信的,为什么没寄呢?现在他明白了——虽说还没有完全明白——爱上有夫之妇意味着什么。他至少得这样给吊上十八个钟头,才可以登门拜访;才可弄清什么事阻碍了奥莉芙,才可听她亲口说仍然爱着他。名正言顺的恋人哪怕最冷冰冰,也有办法见到自己的心上人;但他必须按捺住着火的灵魂,要命地耐心等待着,就怕有不利于奥莉芙的举动。打电报吗?他不敢。写信吗?明天头一班邮递就能送到;但万一克拉米埃碰巧看见呢?写什么能没有风险呢?登门拜访吗?这更加不可能,最早也得等到明天三点钟。

他怔怔的目光在这工作室里飘移着。这众多的家神,他所有这些作品,真的还同他二十天前离去时一样吗?现在看来,这些东西之所以存在,只因为奥莉芙有可能来瞧瞧——来坐在这把椅子里,端起这杯子喝茶,让自己把这靠垫放在她背后，把那脚凳给她搁腿。马克觉得，自己看见了奥莉芙靠在椅背上，眼光直勾勾地看着他。这情景鲜明至极，他几乎难以相信：奥莉芙还从没坐在那里。

如今真是怪了——既没做任何决定，也没承认他们的爱不能停留在精神上，他们的关系更没什么改变，只除了畏畏缩缩的一吻和几句低声话语——然而事情全变了。大约一个月前，只要他想去奥莉芙家，就会心安理得立刻就去。在当时，这看来无妨又自然。而现在，只要不容于刻板的习俗，哪怕极小的事也不能公开去做。人们迟早会发现他践踏了习俗，把他当成他还没有当成的角色——真正的情人！一个真正的情人！他在那空椅子前跪下，伸出双臂。但是空空如也——没有体温——没有馨香——什么也没有！一腔渴望付于虚空，犹如风掠过草丛。

他走近小圆窗，俯看泰晤士河。这是五月最后一个傍晚；河面上一片苍茫，树木中栖着暮色，空气里充满暖意！还是出去为好，去夜色里东走西荡，去外面沉浮不息的万事之中，去那些心头跳荡的人们中间；强似待在这个地方——没有奥莉芙，这里就没有意义，就冷清而凄凉。

无数的灯——这是城市的激情之果——由苍白变为橘红，星星出现在天空。九点半！他要在十点钟走过奥莉芙的房子，不要再早。虽说是灵机一动想出这主意，而且不会有

---

① 切尔西是伦敦西南部地区名，艺术家与作家多居住在这里，该地区在海德公园和骑士桥以南，沿泰晤士河北岸。

任何结果，设下这目标却颇有帮助。但星期六的夜晚，议院中决不开会。克拉米埃可能在家，也可能两人都出去；再不然，或许都去他们那河边别墅。克拉米埃！在这残忍恶魔的主宰下，奥莉芙的生活给糟蹋了！为什么他以前没遇上奥莉芙？而遇上时，她已被那人束缚起来！那家伙要不是过于迟钝，看不出婚姻的失败，就是缺乏骑士精神，不肯让这失败的婚姻尽量别卡住妻子。对这种丈夫，他颇为蔑视。这种负面的蔑视现在已变成忌恨，恰似对怪物的忌恨。只有面对面同克拉米埃你死我活的搏斗，才能解心头之恨。……然而他却是生性温和的小伙子！

他的心猛地乱跳起来，因为他已走近那条街——这种小街很古老很美，属于已成过去的伦敦风貌。这街非常狭窄，没法藏身匿影；他慌乱地思忖起来：这僻静的所在不通向任何地方，万一在这里给人家遇上，说什么好呢？毫无疑问，只能撒谎了。如今撒谎将成为他每天的功课。谎言和怨恨是生活中很过分的事，但他过分的爱情将使之显得自然。

在那座古老教堂的围栏边，他站停了一会儿，踌躇着。黑魆魆的教堂有着白色条纹，那顶部在朦胧幽暗中影影绰绰，整座建筑有如硕大的幻象，似乎是谜的体现。他转身走到对街，紧靠着屋子快步走去。奥莉芙屋里的灯还亮着！这么说，她没外出！饭厅的灯很暗，上面房间里也有灯——准是她卧室。难道没法让奥莉芙到窗口来？难道自己的灵魂没法爬上去，把她的灵魂招引过来？也许她不在那里，也许只是仆人送热水上去。

殷红的花朵 | 161

现在他走到街的尽头，但是必须走回头路，不再经过一次就不可能离开。这回他走得很慢，似乎在人行道上跨一步也舍不得。他低着头，装得心不在焉，却时时刻刻偷偷在看，在打量那帘子后透出灯光的窗子。什么也没有！

他又走近了教堂围栏，再一次感到没法让自己掉头而去。这冷落的断头小路上行人绝迹，连猫、狗都没有；除了许多防范周密、亮着灯的窗户，看不到有点生气的东西。而那些窗户宛如蒙着面纱的脸，既不透露感情，又似乎在察看他的犹豫不决。他心下自忖："唉，算了吧！可能很多人同我一样。很多人就这样咫尺天涯！很多人得忍受痛苦。"但是，若能撩开那些窗帘，还有什么代价他不愿付呢？这时，他突然被走近的人影吓一跳，这才掉头走开。

一〇

第二天三点钟,他登门拜访了。

奥莉芙的白色客厅里,一面墙上全是花格窗,客厅中央有张小桌子,桌上的银罐里插满早开的燕草花,显然来自她河边那花园。莱恩南等候着;他凝目看着花:它们多像蓝色小蝴蝶,多像颜色奇特的蛐蛐,都拴在浅绿色花梗上。就在这屋子里,奥莉芙打发着日子,在人家守护下使他难以亲近。每星期最多只能来一次——每次一两个小时,而一星期的一百六十八个钟点里,他都盼望同奥莉芙待在一起,突然他感到奥莉芙来了。她进来时绝无声息,眼下正站在钢琴旁。她非常苍白,又穿着奶白色衣服,眼睛更显得犹如黑玉。这张脸宛若寒气里合拢的花,马克都快认不出了。

那家伙干了什么?这五天里发生了什么事,竟让眼前的奥莉芙变成这模样?他握住那双手刚想吻,奥莉芙急忙说"他在家!"马克听了便一言不发站住,细细端详那张脸,那脸上的表情僵冷沉着得可怕;看来,自己的生命还有赖于打破这僵冷沉着。他终于说道:

"怎么回事?这么说,你对我不屑一顾?"

但是话刚说完,他已明白问得多余,便张开双臂搂住她。她不顾一切紧紧抱住,可随即挣脱身子,说道:

"不不;我们安安静静坐下吧!"

马克顺从了;出奇的冷漠和不顾一切的拥抱,出于什么样的原因,他半是猜想半是否定地承认下来:这是已婚妇女,是在丈夫的屋里第一次同情人相会;是她一切自怨、自怜、羞耻、愤怒、渴望的总和。

现在奥莉芙说的和做的,似乎想让马克忘掉她先前的古怪举止,恢复前两个星期里阳光下的形象。可是,她突然只是翕动着嘴唇说:

"快!什么时候再见面?我去你那里用茶点——明天。"
随她的眼风望去,马克看到房门一开,克拉米埃走了进来。他在低低的屋里更显高大,脸上一无笑意地走到两人跟前,朝莱恩南伸出手去;然后拖过一把低低的椅子,放在他们两把椅子中间,坐了下去。

"哦,你回来了,"他说,"玩得痛快吗?"

"谢谢你;不错,很痛快。"

"是奥莉芙运气,有你在那里;那都是乏味的小地方。"

"是我有幸了。"

"没错。"他边说边转脸对着妻子;两个胳膊肘搁在椅子扶手上,两只手掌朝上紧握着;似乎他觉得抓着他们俩,一手捏一个。

"我感到纳闷,"他慢声慢气说,"你们这样的人在世上无牵无挂,却在伦敦这种地方待得下。依我想,罗马或巴黎才是你们的猎场。"

他眼中有点血丝，眼光中显露威势；他说话的声气和整个态度里，有着隐而未发的威胁和轻蔑，似乎他在想："敢踩进我地界，就把你捏得粉碎。"

而莱恩南在想：

"我得在这里坐多久呢？"这时，隔着坐定在他们两人之间的身影，他看到奥莉芙投来的眼光，这眼光投得又快又稳，时间上把握得极妙——而且一投再投——似乎被眼前这危险逼的。奥莉芙使的这些眼色中，有一次准是——准是被克拉米埃看见了。有没有必要为飞掠的燕子担心，怕它撞在下面的墙上？可是莱恩南再也受不了，他离座而起。

"要走啦？"这文雅的一声中，含着学也学不像的轻慢无礼。

他几乎看不见自己与克拉米埃大拳头相触的手。随后他明白了，奥莉芙那么站着，为的是在作必不可少的道别时，克拉米埃看不见他俩的脸。她含笑的双眼带着央求；她的嘴唇作出"明天！"的样子。马克横下心把她的手紧紧一握，出门而去。

他做梦也想不到，在那个丈夫跟前，同奥莉芙相见是这等可怕。一时间，马克感到不得不停止追求，追求这样的爱情会把人逼疯。

他登上驶向西区的公共马车。又一轮二十四小时的饥渴开始了。这段时间里干什么呢？这完全无关紧要。这么多钟点，就有这么多痛苦非得熬过去——这么多痛苦。可到头来是什么慰藉呢？同她待一二个小时，还得拼命抑制住自己。

同多数艺术家和少数英国人一样，他生活中依靠的与其说是事实，不如说是情感；所以，没法凭明确的决断来自我宽慰。可是他也作出不少决断——要么停止追求奥莉芙；要么忠于理想，只讲奉献而不求报答；要么求她离开丈夫而投入自己怀抱——每种决定，马克都作了好多遍。

他在海德公园角①下车，走进公园，觉得走走路对他有好处。

公园里坐着很多人，或各行其是，或寻求不为他人所知的安慰。为避开他们，马克沿围栏走去，却差一点撞在埃尔考特上校和太太的胳臂上。他俩正从骑士桥方向过来，先前在某将军的府邸进了午餐，谈了一阵蒙特卡洛，现在脸上略略泛红。

两人惊异地同马克招呼，那神情就像彼此多次说过："这小伙子准会跑回来！"他们说，碰上他真是太好了。什么时候到的？他们还当他一路去了意大利——他看上去相当疲劳。他们没问他是否已同奥莉芙见过面——这出于厚道，也可能怕他回答"见过了"，那岂不尴尬；而更尴尬的是：他倒回答"没见过"，但他们发现他本该说"见过了"。他愿不愿意同他们一块儿去小坐片刻？——他们就要去探望奥莉芙。莱恩南听出来，他们是在告诫他。于是他硬是让自己直

---

① 海德公园角位于海德公园东南，在皮卡迪利大街及骑士桥结合部。东面为格林公园，东南面为白金汉宫。

视着对方，说道："我刚去过。"

当天晚上，埃尔考特太太说出她的印象："这可怜的小伙子样子很狼狈！我担心那里会出大乱子。你可注意，他离开我们时跑得多快？而且人也很瘦；要不是皮肤晒黑了，就真是一副病容。小伙子的眼神很忧郁，而以前却总那么笑眯眯的。"

上校正在替妻子扣上搭扣，这需要注意力集中，这时就停了下来。

"他呀，"上校嘟囔道，"千不该、万不该，不该没工作。那种捏弄烂泥之类的事根本就没好处。"好不容易扣上了一个搭扣，却弄开了好几个。埃尔考特太太又说了：

"我观察过奥莉芙，当时她没想到我在看她；她简直像脱下了面具。不过罗伯特·克拉米埃决不会容忍。他还爱着奥莉芙；我观察过这人。我说约翰，这是悲剧。"

上校的双手从那些搭扣上落下，说道：

"要是我这么认为，我会有所举动。"

"要是你能有所举动，那就不会是悲剧了。"

上校瞠目而视。总可以有所举动的。

"你小说看得太多了。"他无精打采地说。

埃尔考特太太微微一笑，不置一词；这中伤话她从前听到过。

殷红的花朵 | 167

一一

　　碰见埃尔考特夫妇以后，莱恩南回到寓所，发现信箱里一张来访卡："都恩太太"，"西尔维娅·都恩小姐"，卡上还有铅笔字："在我们去海尔之前，请过来看看我们——西尔维娅。"这圆滚滚的字迹非常熟悉，他愣愣地看得出了神。

　　西尔维娅！也许没任何事能这样清楚地表明：在他这阵激情旋风中，世上的人都给吹得没了影踪。西尔维娅！他几乎忘了有这姑娘。去年在伦敦定居后，曾见到西尔维娅，甚至又对她怀有好感——她很可爱，有着淡淡的金头发和真挚的神情。随后她们母女去阿尔及尔过冬，因为那母亲健康情况不佳。

　　她们回国后，他已避免同西尔维娅见面了。那时奥莉芙还没去蒙特卡洛，而马克还没承认自己的感情。打那以后——他竟然从没想到西尔维娅。一次也没有！这世上的人确实都消失了。"请过来看看我们——西尔维娅。"想到这里就心烦意乱。那样的难过又焦躁，叫人不得安宁。

　　随后他有个主意：与其空等到明天见面，何不在河上划过奥莉芙家别墅？这不就打发掉那些钟点了？还有一班火车他能赶得上。

天黑以后,他来到那村子,在小旅店过了夜。第二天他一早起来,借了小船顺流划去。对面陡峭的河岸上高树成林,柔和的阳光照在树叶上。微风过处,明晃晃河面皱起了涟漪,芦苇被吹得弯下了,水上的花朵也悠悠摇曳。蔚蓝的空中,风把云吹成细细的一条白线。他把两根短桨收进船里,任船漂去,一边听斑尾林鸽的叫声,一边看燕子在你追我赶。要是奥莉芙在身边多好!就这样顺流而下消磨一整天!能这样聊慰相思多好!他知道,奥莉芙的别墅坐落在村子同一侧,过一个小岛就是。奥莉芙对他说过,那里有一道紫杉树篱,还有个白色鸽棚几乎就在河边。他来到小岛,让船漂进那里的死水。这里到处长满了柳树和杨树,虽说朝阳灿烂,这里却很幽暗,也静得出奇。在这里已没法下桨再划,他拿起带钩的篙子准备把船撑过去,可是绿油油的水很深,水里多的是缠来绕去的大树根,所以他只得用篙上的钩子钩着树枝前进。鸟雀似乎全躲开这幽暗之处,但偏有一只喜鹊掠过小片晴空,低低地飞向柳树后面。这里的枝枝叶叶过于繁密,连空气也带上幽幽清香和泥土气息;一切的光明似乎都给埋藏了。

他穿过一棵大白杨底下,高兴地重见晨光,进了一片金辉银彩。那碧绿草地旁的紫杉树篱,他可说一眼就看到,还有漆成奶白色的鸽棚安在高柱上,周围有斑尾林鸽和白鸽或栖或飞。在草地另一头,他看见低低的房屋和黑乎乎的游廊,布满其上的紫藤刚刚开过花。一阵风过,送来迟开的紫丁香和新割草地的清香，还有割草机的声响和蜜蜂的嗡嗡声。这里的美，尽管给人安恬之感，却也让他觉得带有奥莉芙的神采——他最爱那脸上的意态，那头发的飘逸，那眼波倏忽一转的神情——要不，那只是因为紫杉的葱郁、鸽棚的洁白和飞翔的鸽子本身？

老花匠正推着割草机，在草地上有条有理地来来去去；马克在河岸旁安静地躺了好长时间，免得引起注意。这时他多需要奥莉芙在身边！真不可思议，生活中竟然有这样的美，有这样疯狂的柔情，让心儿因欣喜而隐隐作痛；而就在这生活中，还有灰暗的习俗和难以通融的障碍——却都是幸福的坟墓！对于爱情和欢乐，那些门居然一扇扇都关上！而世上的爱情和欢乐本来就不多！夏日像飘飞的仙女，奥莉芙是这夏日的精灵，却过早在凄凄愁苦中进入了寒冬。这想法中包含的不智令人厌恶，这看来严酷强暴，死气沉沉，偏狭放肆！要是奥莉芙得不到幸福，这能达到什么目的呢！就算他没爱上奥莉芙，同样会痛恨那种命运——即使在童年时代，一听到故事中把活生生的东西关起来，他就会生气。

一朵朵轻柔白云——这些小河上的光明天使，永远不会长久远离——现在开始把翅膀覆上树林；风停歇下来，于是，夏日那催人入睡的热气和营营之声聚在一起，充满了河面。老花匠割草完毕，拿起一小篮鸟食走来喂鸽子。莱恩南看着鸽子迎向花匠，而斑尾林鸽挑剔又任性，管自待着不肯过去。这时他看到的不是那老汉，却真的是奥莉芙，是她亲手在喂那些爱神之鸟。鸽群在她四周栖着、飞着，他能塑一组怎样的群像！要是奥莉芙是他的人，他还有什么做不到的——他可以使奥莉芙不朽——就像古代的意大利人，他们的作品使情人没有被时间卷走！……

他回到伦敦寓所，盼着奥莉芙到来，但至少还得两小时。他是独居的；每天只有上午来人打扫，一两个小时就走，所以没什么要担心。他买了花，买了他们准不会吃的水果和糕点——他布置好吃茶点的桌子，前前后后至少转了二十圈，这才拿起一本书来到小小圆窗前，要守在那里看到她来。他安分地坐着，一个字也读不进，却时不时舔舔干燥的嘴唇，时不时叹叹气，缓解一下心里的紧张。

总算看到她来了。她走路时离屋前栅栏很近，毫无左顾右盼之态。她身穿细麻布衣裳，戴着极淡极淡的咖啡色草帽，帽上有黑丝绒细飘带。她横过小街，停了一秒钟，眼睛飞快地朝四围一扫，又坚定地走来。是什么让他这么爱奥莉芙？她的魅力有什么秘诀？这种吸引力肯定不是有意识的。为了能迷人，谁都是不遗余力的。可他想不出奥莉芙做过任何有意吸引他的事，连这样的小事都没有。也许，她的吸引力正在于她的被动态度？在于她不亢不卑的天生自尊，她的淡泊秉性？也许，正在于这一切和某种神秘魅力，而这中间关系之密切犹如花香之于花朵。

他等候着，听见她脚步声到了门前，才把门一开。奥莉芙一言不发走了进来，对马克甚至看都不看。马克也一样，不出一声关了门，让她要跑也跑不了。这时两人转身相对而立。她胸脯在那薄薄上衣下微微起伏，但仍比马克显得平静——在一切爱情交流中,美女都有这种镇定自若的奇妙天赋,似乎在说:这是我天生的神态!

他们站在那里对看着,似乎永远也看不够。后来还是马克开了口:

"我真以为等不到这一刻就要死了。每分钟我对你都在穷思极想,想得我差点活不成。"

"你以为我不想你吗?"

"那就来吧!"

奥莉芙面露忧色看着他,摇摇头。

哦,他知道奥莉芙不会的。还没有赢得她呢。现在有什么权利要求她对抗整个世俗,置一切于不顾,就这么信赖他?马克不想强人所难,他开始懂得一条使他动弹不得的真理:现在不再能决定这个或那个;他爱得如此之深,就不再是有独立意志的单身汉。他同奥莉芙千丝万缕地联结在一起,只有他俩的意志完全一致,他才能行动。他永远也不能对奥莉芙说:"你非得这样!"他太爱奥莉芙了。这一点奥莉芙也知道。所以,除了忘记痛苦别无他法,还是快乐地享用这段时间。但还有一条真理——恋爱中没有停顿,没有歇息——那又怎么说呢?……只要浇水,不管浇得多么少,花儿总可长到能摘下为止。……在这片沙漠绿洲——这同她单独相处的区区几分钟,炽热的风一遍又一遍扫过。近一点!怎么不那样试试?只是吻过她的手,怎么不渴望吻她嘴唇?想到她很快就要离开,回到另一个人跟前,她虽讨厌那人,那人却能任意看她、随时碰她——想到这个,真像中了毒!

现在她靠着椅背坐着，马克曾在想象中见她坐在那里，但眼下只敢坐在她脚旁仰视着。一个星期前，这会使他大喜过望，如今却几乎像给他上刑，因为离他的渴望太远。而且，奥莉芙的说话声冷静甜美，马克要让嗓音同那话声协调也像在受刑。他怀着怨气想道："她怎能光坐在那里，对我一无所求；而我却这么需要她？"这时，那纤纤手指抚着他头发，他失去自制，吻了奥莉芙嘴唇。奥莉芙对他的屈从只维持了一秒钟。

"别，别——你千万别这样！"

这又痛苦又吃惊的话立刻使他冷静下来。

他起身站得远远的，请求原谅。

奥莉芙离去后，马克坐在她刚坐过的椅子上。对她的那一搂、那一吻，求她忘掉的那一吻——忘掉！——怎么也忘不了。他做错了事，使她受了惊，够不上骑士标准！然而——他嘴边居然挂着幸福的微笑。他要求高而想象力丰富，已几乎认为这就是他需要的一切。此刻他体验着大功半成的满足，要是在这感觉消失前闭上眼死去，那该多好！

他唇边仍挂着微笑躺在那里，看小飞虫在吊灯周围匆匆翻飞。一共十六只，匆匆翻飞着——始终不停！

一二

离开了莱恩南的工作室,奥莉芙步行回家,走进幽暗的小门厅,到了挂衣帽的凹室,她首先瞟一眼活动帽架。克拉米埃的帽子全在——大礼帽、圆顶硬礼帽、草帽!这么说,他回来了!每顶帽子下,她恍若都看见丈夫的脑袋——脸扭向别处,不朝她看——形象非常清晰,似乎能看清皮革般脸皮和颈皮。她寻思:"求老天让他死吧!这心思很歹毒,可我还是求老天让他死!"接着,为不让丈夫听见,她轻轻上楼去卧室。通丈夫更衣室的门开着,她走过去想把门关上,可丈夫就站在那里的窗前。

"啊!你回来啦!到过什么地方吗?"

"去了国立美术馆。"

这是她第一次不折不扣对丈夫撒谎,她自己也惊奇,居然没感到羞耻,也没觉得担心,倒还为挫败了丈夫有点高兴。这男人是她对头,是她双料的对头,因为她还在同自己搏斗,怪的是,她竟站在对头立场上跟自己斗。

"独自去的?"

"对。"

"很枯燥，是吗？依我想，该请年轻的莱恩南带你去。"

"为什么？"

凭着本能，她一下抓住这极其大胆的回答；而从她脸上却什么也看不出来。如果说丈夫比她强大有力，那么在机智敏捷上比不上她。

丈夫眼睛望着地，说道：

"他的本行么，你说呢？"

她耸耸肩膀，转身走去把门关上。她在床沿坐下，一动不动。她赢了这场小小的唇枪舌剑；她可以在很多这类交锋中获胜。但事情的可怕已完全展示在面前。撒谎，撒谎！这将是她的生活！要么就这样；要么就告别她现在牵挂的一切，不仅让自己也让她情人绝望——为了什么呢？为了让身体继续任隔壁那男人摆布，而心灵已永远离开了他。两者必居其一，除非"那就来吧"不单单是句话。这句话该变成行动吗？能吗？这倒是巨大的幸福，只要——只要马克对她的爱不是轻飘飘的夏日之恋？但究竟是不是呢？那么她对马克的爱怎样呢？她的爱——他俩的爱——不仅是逢场作戏的夏日之恋吧？这如何知道？既然不知道，怎么使每个人都这样痛苦？她原以为根本不会背弃结婚誓言，现在怎么想背弃了？还有，她成长其中的那些传统和信仰，又怎么决绝地一刀两断！但情爱的本质容不得逭下勉为其难的决心。……她忽而又想："如果我们的爱不能维持现状，如果我还不能永远投身于他，是不是还有什么其他的办法呢？"

她站起来换衣裳，准备去晚餐。站在镜子前一看，自

殷红的花朵

己也觉得奇怪：虽然担心和疑虑如今伴随着她，脸上却没有显示出任何痕迹。是不是因为：不管发生什么事，她已经爱定了，也被人爱定了！她疑惑起来，先前马克那么热情地亲吻，不知道自己脸上当时什么表情：在泼他冷水前，有没有流露出高兴的样子？

她河边的园子里有几种花，尽管照管得很好，却总是长得太繁杂，而且花色也不对——因为需要的土壤不一样。那么，是不是她同这些花相像呢？啊，只要给合适的土壤，她会长得够正够直的！

这时她看到丈夫在门口。在今天以前，她还从来没恨他；但现在恨他了，感到一种真正莫名的强烈憎恶。丈夫要拿她怎样？那样站在那里，眼睛死死盯着她——锋芒毕露的眼睛里带了点血丝，看上去既含威胁，又在巴望和恳求！她把宽松长衣的两肩往里拉了拉。刚这么一拉，丈夫已来到跟前说道：

"看着我，奥莉芙！"

她违背了自己的本能和意愿，照办了；丈夫说了下去：

"当心点！我说，当心点！"

他随即抓住妻子两肩，把她拎向自己。奥莉芙不知所措，站在那里没有反抗。

"我需要你，"丈夫说，"我决心保住你。"

说着，他陡地放开妻子，两手捂住眼睛。妻子大为吃惊——因为这太不像她丈夫所为。奥莉芙到了现在才明白：她在怎样可怕的力量之间平衡着。她没有说话，但脸色苍白起来。丈夫在那双手后面发出的声音,已不大像人类所发;他猛一转身,走出了房间。奥莉芙颓然坐进梳妆镜前的椅子,从未有过的奇异感觉压倒了她;似乎她失去了一切,甚至失去了对莱恩南的爱,失去了对莱恩南爱情的渴望。这一切有什么意思?在这样的世界上,还有什么事有意思呢?一切都可厌,她自己也可厌!万事皆空!可恨,可恨,可恨!就像连心都没有了!那天晚上,丈夫去了议会,她给莱恩南写道:

> 我们的爱情决不能变得粗俗,而今天下午却几乎变得这样。万事一片黑暗,毫无希望。他已在疑心。让你来这里已不可能,而且我俩都将过于担惊受怕。我无权要求你放弃正大光明;想到你这样,我就受不了;也受不了自己这样。我不知道该做什么、该说什么。目前别想方设法来看我。得给我时间,我得想想。

一三

埃尔考特上校并不是赛马迷，但是和同胞一样，对德比马赛①抱有宗教般的感情。他对这事的回忆可以追溯到童年时代，因为他出生和成长的地方，离通向埃普瑟姆的驿道非常近，几乎听得见驿道上来来往往的声音。每逢德比和欧克斯赛马日②，他就骑上自己的矮种马出门看热闹，来来往往的既有戴着高礼帽、插着羽饰的公侯命妇，也有戴着硬顶礼帽、插着羽饰的凡夫俗女；然后，他就在宅旁田野里同老兄林赛比赛骑马；让母牛充裁判，而一捧香蒲便算是大看台了。

但由于这样那样的原因，他从来没亲眼看过这种大赛，于是现在就认为，看这种赛马对他来说是义不容辞的。他畏畏葸葸地向太太提了这事。妻子读过这么多书——丈夫就弄不清她会不会赞同。一听妻子赞同了，他有意无意添了句：

"我们倒可以带上奥莉芙。"

妻子干巴巴回了一句：

"你知不知道，下院有个假日？"

上校嘟哝着说：

"哦！我可不要那个家伙！"

"也许，"埃尔考特太太说，"你倒是喜欢马克·莱恩南吧。"

上校满腹狐疑地看着妻子。这在道莉嘴里竟像是悲剧了，而且——而且既然说过是痴情，居然还提那么个建议！于是他的皱纹开始慢慢松动，搂了搂妻子的腰。

对于这种待遇，埃尔考特太太并不抗拒。

"单单带上奥莉芙吧，"她说，"我真的不爱去。"

上校去接侄女，发现她已准备好了，便有口无心地问起克拉米埃。看来，奥莉芙还没告诉他呢。

虽说心是放下了，却总觉得有点尴尬，他咕哝着说道：

"我想，他不会在乎去不去吧？"

"他去，我就不去。"

听到这平静的回答，上校所有的担心又一拥而来。他放下那顶白色大家伙，握住了奥莉芙的手。

"我的好侄女，"他说，"我不想干预你感情上的事；但是——但是有什么要我做的吗？看到有些事情让你不高兴，让人非常难受！"他感到自己的手被抬高了，被奥莉芙的脸贴着。他猛地一阵心疼，伸出戴着光亮新手套的另一只手，

---

① 德比马赛为英国传统马赛之一，始于1780年，以创办人第十二世德比伯爵得名。马赛于每年6月的第一个星期三在萨里郡的埃普瑟姆唐斯举行。赛道长1.5英里，后来，"德比"可泛指各种类型马赛。
② 欧克斯赛与德比赛都是英国传统五大马赛之一，与德比赛同用一个场地，赛程也为1.5英里。

抚着侄女手臂。"我们今天好好乐一乐，亲爱的，"他说，"把这事忘得干干净净。"

奥莉芙吻了吻叔叔的手便转到一旁去了。上校暗暗发誓：决不能让她不幸福——她这么个可人儿，穿着珍珠色衣裳，多么娇好、端庄、雅致。他定了定神，使劲用袖子擦着那顶白色大家伙，忘了这种帽子根本没有绒毛。

所以，在去赛马场的路上，他是体贴到了家：满足奥莉芙本人还没想到的一切需要，告诉她印度人生活中的种种趣事，仔细征询她在哪匹马上押注的意见。公爵那匹是当然的，但另一匹马对他吸引力也很大。他的朋友泰勃尔曾给他提供内部消息——泰勃尔这人，全印度的阿拉伯好马中，就数他的最好——他要的代价也公道。

上校实际上从不赌博，但乐于认为：他的爱好会带来某种切实的东西——这是指如果赢的话；虽说也有可能输，但这种想法从没使他真正烦心。不管怎么说，他们会在赛马场的围场①里见到这马，可以自己判断。围场这地方没有飞扬的尘土和喧闹——奥莉芙会喜欢围场的！

一到赛马场，他们没管头场比赛；因为上校觉得，更要紧的是先去进午餐。要在奥莉芙脸上多见到一点红润，要看到她开怀大笑。上校以前所属的团队办了酒会请他参加，那里的酒肯定不错。而且他很为侄女自豪——虽说带妇女去参加实际上违反了规定，可他不愿放弃机会，就是要看看年轻

---

① 围场是赛马场上一处围起来的场地，参赛的马匹赛前在此集中并上鞍。

伙计们对奥莉芙的五体投地。所以，只是在第二场比赛快要开始了，他们才来到围场。

参加德比大赛的马来了，一匹匹郑重其事地牵进这里，每匹马边上聚着小小一堆人。他们从马腿往上瞅，从马的两肋朝下瞧，看看这些马值不值得投注，另有几个人却喜欢看整匹的马。很快，向上校推荐的那匹栗色马来了；这叔侄俩看到它额前一块白斑，正在远处角落里慢慢遛着。上校是真正的爱马人，对这匹大为赞赏。他喜欢它的脑袋，喜欢它的脚弯；而最喜欢的，得数它的眼睛。是匹好马，周身是灵性和活力——只是肩胛处也许直了点，对下坡不利！

就在仔细察看中，他发现自己对侄女注视起来。这孩子一双弯弯娥眉，一对小小耳朵，两个相距甚近的细巧鼻孔，显示出多好的教养，还有她的动作——多么稳当妥帖又轻快利落。她长得这么标致，不该受苦！真不像话！要是她没这么标致，那小伙子不会爱上她。要是她没这么标致，她那个丈夫就不会——！上校为这偶然的发现吃了一惊，垂下了目光。她没这么标致就好了！难道这就是整个事情的关键所在？这玩世不恭的想法击中了他的要害；但心底里似乎在支持这想法。那怎么办？难道就因为奥莉芙这么标致，让那两个人把她拉来扯去，一撕两半毁了她？不知怎的，他的这一发现——这强烈感情出自对美和热情、外形和色彩的崇拜——使他方寸大乱，因为他看问题的习惯并不理性。他觉得上述想法粗暴得出奇，甚至可说不道德。奥莉芙竟处于两种贪婪欲望之间——这样简直是两只鹰抢夺一只鸟，两张嘴争咬一只水果！这种观察事物的方式，他从前还不曾有过。想到那丈夫紧紧抓住妻子，想到那斯文的小伙子朝他侄女飞扑下来；想到奥莉芙有朝一日年老色衰，玉容憔悴，离世而去，那时他们的，实际上也是一切男人的，贪婪之心才会死灭——所有这些可怕的想法，可说倏忽间一拥而来，更使他感到痛心。

真是一出悲剧！道莉就这么说过。又怪又干脆——这就是女人！但他立刻想起原先要乐一天的决心，连忙再仔细看他中意的那匹马。也许他们该在它身上押十个英镑。他们最好还是回到看台上！往那里走的时候，上校看见不远的树下站着个小伙子；他敢起誓，这人准是莱恩南。搞艺术的人居然到这地方来，不大可能！但千真万确，是那个小伙子莱恩南，穿得齐齐整整，戴着大礼帽。幸好他的脸没朝着他们俩。上校什么也没对奥莉芙说，因为他不想负这种责任——尤其在那些令人不快的念头之后。他一边庆幸自己眼睛尖，一边带着侄女走向门口。在那里的拥挤人群里，奥莉芙同他分开了一会儿，可不久回到他身旁；上校更是庆幸起来：总算没发生让侄女心烦的事，没毁了这一天。现在侄女脸上神采飞扬，一双黑眼睛闪闪有光。奥莉芙准是想着接下来的赛马，想着为她押下十镑大票而激动呢。

事后，他把事情给埃尔考特太太细说了。"泰勃尔劝我押的栗色马结果一事无成——下坡时不行——见到它的时候，我就看出这点。但是那孩子过得很快活。可惜你没去，亲爱的!"他没提脑海深处的那些想法,也没提瞥见莱恩南的事,因为在回家的路上,有个讨厌的猜疑袭上心头。那小伙子到底有没有看见奥莉芙?在围场门口的拥挤人群里,他到底有没有设法接近奥莉芙?

一四

奥莉芙的信扇动着莱恩南的恋火；还从没什么把他扇动得如此厉害。不能变得粗俗！他这样的爱情算粗俗吗？如果算，那么除了这粗俗，世上其他的一切他都不要。读信时的震惊让他破釜沉舟，越过了最后一道界线。那种骑士的献身精神，不再像幽魂出现在心中。现在他知道，不能在半路上戛然而止。既然奥莉芙要求了，目前当然决不能设法见她。可一旦去见，他就得死拼一场了。想到奥莉芙的意思或许是要避开他，他觉得实在受不了。但奥莉芙决不会存这种心思！她永远不会这么狠心！啊！到头来，奥莉芙会——肯定会投入他怀抱！为了她的爱，丢了世界和生命也值！

这么一打定主意，他甚至能重新工作了。那是星期二，他整天塑着公牛般的怪物——上校在波利欧山坡上离开后，他这构思就已形成，但现在塑的大得多。这东西他塑得很高兴，仿佛在出怨气。他要把那种占有欲塑进这怪物，因为这让他没法同奥莉芙一起。他手指捏着泥，觉得似乎掐住了克拉米埃的脖子。但既然下决心要尽力夺走奥莉芙，对此人的恨也就不一样了。这人毕竟也爱着奥莉芙，奥莉芙要讨厌他，他也没办法；他占有奥莉芙，占有她的肉体和灵魂，本也是没办法的事！

六月份到了，天空一片蔚蓝，即使伦敦的炫目阳光和蒙蒙尘土，也不能使之苍白。每个广场中，每处花园内，每片青草地上，空气里满是盎然生意，晃荡的小枝梢上满是鸟雀歌声。街道上摆弄手摇风琴的不再想着南方；情侣们已坐在树荫下。

不干活的时候还待在屋里，这可是十足的折磨；因为他既看不进书，对构成人们正常生活的小刺激、小娱乐、小消遣，也都丧失了兴趣。在他看来，每一件外界事物都在凋落、枯萎，只给他留下一种精神状态，一种心情。

躺在那里睡不着，他会想过去的事情，而结果都毫无意义——都被他这种炽热感情融化了、驱散了。是啊，他的孤独感极为强烈，甚至让他难以相信，他竟然亲自体验过记忆中的历历往事。他成了火样的情绪——仅此而已，别无其他。

只有出去，尤其是去树林里，才是唯一的安慰。

那天傍晚，在俯瞰塞本泰恩河①的小丘上，他在大椴树下面坐了好长时间。风微而又微，只能保持窸窣之声。男男女女，经历过疾风狂飙般生活，要是变成树呢！要是现在覆盖着他的宁谧枝叶——这星光下蓝莹莹、黑黝黝树荫——本是受恋情之火煎熬的人，那又会怎样？或许，星星本就是痴

---

① 塞本泰恩河是伦敦海德公园南部人工开挖的水道，水源来自泰晤士河。

殷红的花朵 | 185

男怨女的灵魂,已永远逃离了爱恋和相思之苦?他从椴树上折下一根细枝,在脸上慢慢移过。这枝条上还没开花,但即使在伦敦这地方,闻上去仍有柠檬般清香。要是他能撇下自己的心,去同树木和星星一起歇会儿,该有多好!

第二天上午,不见奥莉芙再有信来,他的工作劲头马上一泄无余。这正是德比大赛的日子。他决定去走一趟。说不定奥莉芙会在那里。就算她不在,自己也可在人群和马匹中略遣愁怀。早在好眼力的上校发现他以前,他已看到奥莉芙在围场里;随后跟着如涌的人潮,设法在拥挤的门口碰碰她的手,悄声说道:"明天,国立美术馆,四点钟——在《巴克斯和阿里阿德涅》①那里。看在老天分上!"奥莉芙戴手套的手紧紧一握他的手;随即离他而去。他依然待在围场里,快活得差点喘不过气。……

第二天,他等在这幅画前,眼睛看着画,心里感到惊奇。因为在他看来,自己的热恋已经升华,化为日落星出、渐渐暗淡的天空,变成那位蹦跳天神的眼神。在精神上,他不就一向是这样追着奥莉芙?几分钟过去了,她还没来。要是奥莉芙失约,怎么办?那他准死无疑。死于失望和绝望。……迄今为止,对于人心之顽强,他还很难说有足够的经验;生活把心儿如此揉搓,可它依然跳动。……这时,他看见奥莉芙走来,从意想不到的方向走来。

---

① 这是威尼斯画家提香(1485?—1576)青年时代名作。巴克斯为罗马神话中的酒神和狂欢之神,在希腊神话中又称狄俄尼索斯。据一种传说,他娶了帕西淮和克里特王弥诺斯的女儿阿里阿德涅。

他们默默走向几间安静的展厅,那里挂着透纳①的水彩画。除了两名法国人和一位馆中老职员,没人看他们慢慢走过那些小幅画;最后来到尽头的一堵墙,现在只有奥莉芙能看见他、听见他,他可以开始了!

他仔细准备好的理由竟然全忘了,剩下的只是前言不搭后语的央求。生活中没有了奥莉芙,就算不上生活,而他们能献给爱情的人生只有一次——人生只有一次盛夏。没有奥莉芙的地方,就一片黑暗——连太阳本身也黯淡无光。与其彼此分离,过着如此虚假而破碎的生活,还不如去死。与其活着彼此割舍不下,你想我、我想你,看着彼此痛苦,还不如立刻就死。所有这一切又为了什么?他知道奥莉芙满心讨厌那男人,想到那男人碰奥莉芙身子,他简直要发疯、要活活气死。这让天下的男人丢脸;帮助这情况继续存在,不可能有任何好处。誓言的精神荡然无存之时,死守誓言就只是迷信;为此还浪费人生更是邪恶。社会——奥莉芙知道,她一定知道——关心的只是体统,只是事物的表象。社会要怎么想,那有什么关系?它没有灵魂,没有感情,什么也没有。如果说他俩该为别人而牺牲自己,让世上的事美满一些,那么奥莉芙必须知道,只有当爱情轻率而自私,这话才对;但是像他俩这样,这话就不对,因为他俩是真心实意相爱,随时愿为对方付出生命,少了对方就万事没了意义。即

---

① 透纳(1775—1851)是英国浪漫主义画家,风景画大师,临终时将大批作品赠给国家。

殷红的花朵

使他俩扼杀自己的爱情，扼杀生活中的一切欢乐，虽生犹死地活下去，也根本无助于任何人。退一步说，就算是错事一桩，他也宁愿去做并承担责任！何况没有错——他俩既然都有如此感受，那就不可能错！

在倾吐这些求告之词的同时，他的眼睛一遍遍搜索奥莉芙的脸。可是出于奥莉芙之口的只是："我不知道——我说不清——要是我知道就好了！"于是马克不出声了，像心头挨了闷棍；但只要奥莉芙看看他或碰碰他，马上又会开口："你是爱我的——是爱我的；既然如此，其他的事算得了什么？"

在那暑天的下午，在服务于此等分外之事的冷落展厅里，上述情景就这样反反复复继续着——那两名法国人充满同情，那老职员睡意昏沉，都没来打扰。然后，所有的话凝成了一针见血的问题：

"是什么——你害怕什么？"

但是对于这问题，他得到的也只是哀哀切切的回答，那要命的单调叫人动弹不得。

"我不知道——我说不清楚！"

这种阻力神秘阴暗，模模糊糊，要继续这样对它硬干下去太糟了；那些疑虑和担忧并不真实，但正因为默然无声，在他眼里却也变得真实起来。只要奥莉芙能说出怕什么就好了！不可能怕受穷——她不是那样的人——再说，自己有足够的能力维持他们俩。不可能怕丧失社会地位，这只是叫她厌烦！也肯定不是怕有朝一日失去他的爱！到底怕什么呢？

看在老天的分上——怕什么呢?

明天——奥莉芙先前说过——她将独自去河滨别墅。她愿不愿意别去那里,在眼下这样的时刻来找他?这样,他们当晚就出发,回到让他们开出爱情之花的南国。可回答仍是:"我不能!我不知道——得给我时间!"然而她满是爱意的眼中却闪着光芒。她怎么能退缩、犹豫呢?马克已完全精疲力竭,不再央求。听得奥莉芙说:"你现在一定得走了,让我回家去!我会写信的。也许——很快——我会找到答案。"他甚至也没反对,只是恳求着吻了一下;随即经过那老职员,很快踏上梯级走了出去。

一五

他回到寓所，虽然算不得绝望，却感到无精打采。他作了努力，但失败了——然而在他心里，仍有热恋之人掐不断的希望。……与其要扑灭热恋者对圆满结局的信心，倒不如去试试：在盛夏之时叫六月之心停止搏动，不许花朵的色泽渐渐变深，不让飞虫发出催人欲睡的嗡嗡营营。……

他朝卧榻上一倒，额头抵着墙，安安静静躺了很久。现在他的意志开始复苏，准备重作尝试了。谢天谢地，奥莉芙不是去克拉米埃那里，而是去自己想象中见她喂鸽子的地方。任何法律，任何顾虑，哪怕奥莉芙下令，都不能让他停止日思夜想，让他不在想象中把心上人召唤到眼前。只要他闭上眼睛，奥莉芙就出现。

门铃响了，响了好多次，终于把他唤起来去开门。来访者是罗伯特·克拉米埃。无精打采的莱恩南一看是他，顿时感到坚韧起来。他来干什么？他一直在暗中监视妻子吗？同他肉搏一番的愿望又来怂恿他。克拉米埃或许大他十五岁，但身材比他高大结实。所以倒也势均力敌，机会相等！

"请进吧。"他说。

"谢谢。"

这声气同他星期天的声气一样,含有嘲弄味道;莱恩南忽然有个念头:克拉米埃想在这里找到他妻子。如果说真是这样,他却丝毫不露声色,没有东张西望的失礼之举。他不慌不忙走了进来;以这样魁梧的人而言,脚步倒很轻盈平稳。

"哦,"他说道,"这就是你创造杰作的地方啰!回来后有何大作?"

莱恩南把遮着的布掀掉,露出那塑好一半的牛形人像。此举让他出了恶气,大为痛快。这怪兽耳朵像角,额头突出,克拉米埃能从中认出他自己吗?这家伙把奥莉芙的幸福踩在脚下,要是他想来这里笑话人家,那就得让他看看人家怎么笑话他。莱恩南沉默以待。

"看明白了。你给这非人非兽的可怜东西添上两个角呢!"①

要是克拉米埃看明白了,他居然敢加上点含讽带嘲的幽默,而雕塑家本人却从没这么想过。这让年轻人心里有种感觉,像敬佩又像内疚。

"这两个不是角,"他平心静气地说道,"只是两只耳朵。"

克拉米埃抬手摸摸自己耳廓。

"不大像吧,那是——人的耳朵吗?但是我想,你会称

---

① 此话双关。英语中,"给某人添上两个角"意为"叫某人戴绿帽子",也即与某人之妻私通。

殷红的花朵 | 191

之为象征主义。我能问一下:这代表什么呢?"

莱恩南的温情不复存在。

"如果你看不出来,这作品肯定失败了。"

"决非如此。如果我没看错的话,你还需要有点什么给这东西踩在脚下,取得充分的效果,对吗?"

莱恩南摸了摸这尊泥塑的基座。

"这里的弧线断了。"——他突然对这种回避的说辞感到厌恶,顿时默然不语。这人到底来干什么?他一定有目的。这时,就像在回答他的疑问,克拉米埃说道:

"换个话题吧——你常同我妻子会面。我只想告诉你:我不大赞成你这么做。我想,还是坦率些好。"

莱恩南鞠了一躬。

"这事情,"他说,"恐怕还是该由奥莉芙决定吧?"

那副厚实的身影——那双咄咄逼人的眼睛!整个局面就像梦境变成了现实!

"我倒不这么认为。我不是那种放任自流的人。请明白我的意思。你插身在我们之间很危险。"

莱恩南沉默了一会儿,接着平静地说道:

"两个人已没有任何共同的东西,他们之间还能插身进去?"

克拉米埃额角上的青筋暴了出来,面孔和脖子涨得通红。莱恩南莫名其妙地兴奋起来,想道:"现在他要打我了!"他自己的手也差一点熬不住要出击,想先发制人,掐住那粗壮脖子。要是能一把掐住,结果了他,该有多好!

可是，克拉米埃却突然转身。"我警告过你了。"他说完就走了。

莱恩南深深吸了一口气。是这样！事情已过去，他也知道自己到了什么地步。要是克拉米埃动了手，自己准会扼住那脖子不放，直到断气。任凭怎样都不会松手。他在想象中看到，在那对重磅拳头的打击下，他站立不稳、疼得直抽、脚步踉跄，但双手始终卡着那粗脖子，掐到对方断气。他能感觉到，完完全全感觉到，那巨大身躯瘫下时的踉跄趔趄，最后拖着他倒地，仰面躺着不动。他双手捂住了眼睛。……谢天谢地！这家伙没有动武！

他走到门边，开了门，倚在门柱上站着。这段幽静的街上，一切都静悄悄，昏沉沉，看不见一个人影！在伦敦，这真是太静了！只有一些鸟雀。附近谁家的琴室里，有人在弹肖邦的作品。怪了！他几乎忘了世上还有肖邦这件事。是一曲玛祖卡！宛若是什么陀螺，转呀转的——这小曲子真不可思议！……那现在怎么办？只有一件事可以肯定。宁可放弃生命，也决不放弃奥莉芙！宁可死一百次！要么就是爱她，赢得她——要么就放弃一切，沉溺于那一遍又一遍的曲调，那夏日悼歌般的短短舞曲！

一六

在别墅那里,奥莉芙常伫立在河边。

那片白晃晃水面下是什么呢——在风儿吹皱、柳荫遮掩的水面下,漂游在深处的是什么奇异生灵呢?那下面是不是也有着爱?在那幽暗不明的地方,是不是也有通灵性生物间的那种爱?所有的七情六欲是不是都爬上水面,同芦苇一起在风中沙沙作声,或随着水上的花朵在阳光下漂流?那里有色彩吗?或者色彩淹没在水里?没有香味,没有音乐;但那里会有活动,因为暗中摸索的一切都转向这水流——这活动永不静止,就像白杨的树叶,就像朵朵的浮云总在飘飞。倘若说水面下黑暗,那么水面上也是黑暗;心儿在疼,眼睛在寻觅,同样在寻觅没有到来的事物。

就这样注视着不息的河水,看它淌过身旁流向大海;从无回顾,从不东偏西绕,只是一路流去,安静得犹如命运——在朗朗白日金光和熠熠月夜银辉下,这河流或迷人,或幽蒙,而在花园中、田野里、整个河岸上,充满着甜美的生机;纵横阡陌上点缀着野蔷薇,林子里的蕨草已很高。

奥莉芙不是独自在那里,尽管本想如此。她离开伦敦两天后,叔叔和婶婶便来到她身边。他们应克拉米埃之邀而来,尽管邀请者本人还没来。

每天晚上,离开了埃尔考特太太,她就踏着进深小、宽度大的梯级去自己卧室。她常常坐在窗前给莱恩南写信,边上是蜡烛——这淡淡火苗陪伴着她,该是莱恩南的灵魂。每天晚上,奥莉芙向其倾诉情思愁怀,结束语总是:"要有耐心!"她仍在等待着,要有了勇气才往前冲,去克服难以捉摸的疑虑踌躇,去越过黑魆魆屏障;她对这屏障怀有恐惧,对此她甚至自己也说不明白。写完信,她往往探身窗外,向夜色里望去。那边草地上,上校的黑色身影来来回回踱着;他披着抵御露水的斗篷,抽着临睡前的雪茄,那一点火星依稀可辨;再过去,是若隐若现的鸽棚;再往前便是流淌的河水。这时奥莉芙常交叉着双臂紧抱两肩——生怕伸出双臂被叔叔看见。

她天天一大早起床,梳洗后便悄悄溜到村里寄信。河对面的树林里,野鸽子常常在叫唤——犹如爱神每天重新央求她一遍。她回家很早,早餐前有足够时间上楼去卧室,然后再下楼,似乎还没下来过。上校在楼梯上或在门厅里遇见她,总是说:"啊,亲爱的侄女!正好比你早一点,赢了你!睡得好吗?"他让面颊偏到对叔辈们正好的角度,接受了奥莉芙双唇的微微一贴。他做梦也想不到:侄女踏着露水已走了三英里的路。

现在奥莉芙深受彷徨之苦,而抉择的结果不管是此是彼,势必关系重大;她虽处身于感情旋涡,却绝不流露任何蛛丝马迹；不单是上校，就连婶婶也被这假象所迷，觉得总算还好，没出大乱子。真是幸亏他们这么想，因为在蒙特卡洛的时候，他们没怎么好好管事，很难交账。在这些催人入睡的暖洋洋白天，玩玩槌球，在河上划划船，在户外坐一晌，有时上校会高声朗读丁尼生的诗①。所有这些都令人十分惬意。对他来说——即使对埃尔考特太太并非如此——能"在一年里这多事又讨厌的时候"离开伦敦，特别叫人开怀。于是六月初的日子就这么一天天过去，而且一天比一天美。

接着，在一个星期五的傍晚，克拉米埃事先没有通知就来了。伦敦很热⋯⋯会开得挺沉闷。⋯⋯搞"大庆"的活动②把所有的事都搅得七颠八倒。⋯⋯他们能离开伦敦真幸运！

晚餐桌上静悄悄的——就这样！

埃尔考特太太注意到：克拉米埃喝酒像喝水一样，那眼睛似乎没睡过觉，滞重的眼光常盯视妻子的颈子，而不是她的脸，一看就是几分钟。如果像约翰认为的那样，奥莉芙真的不喜欢丈夫，害怕丈夫，那么她把真情实感掩饰得十分高明！

她虽然苍白，但那晚看上去光彩照人。也许是她的脸在阳光里晒过吧。低开领的黑色连衣裙非常合身，米兰出产的

---

① 丁尼生（1809—1892），英国维多利亚时代最杰出的诗人，作品极为普及。他的《悼念》可称那个时代最伟大的代表作。
② 这里的"大庆"当指庆祝英国维多利亚女王（1819—1901，1837年登基）统治五十周年的活动。

针织花边同她的肤色极其相配,胸前佩一朵麝香石竹花,红得极深极深。有时候她眼睛黑得真像丝绒。肤色苍白的女子最好有这种眼睛,要在晚上看去黑成那样!她还说着话儿,笑声也比平时多。人们会说,这是妻子在高兴地欢迎丈夫回家!然而总有点儿什么——那气氛里,那感觉上,总有点儿什么——那丈夫不是正眼的注视,或者——热了这么一阵以后,有雷雨要来!肯定的,这漆黑的夜晚静得不正常,难得有一丝风,外面还有许多飞蛾,在光线里来来去去,恍若一个个小小的幽灵在过河。埃尔考特太太微微一笑,为想到这意象而高兴起来。飞蛾!男人就像是飞蛾;他们总离不开某些女人的身旁。是啊,奥莉芙对男人是有某种吸引力。不是招蜂引蝶、撩人耳目的那种——为她说一句公道话,绝对不是这样;是某种温文尔雅,而且——叫人在劫难逃;就像这蜡烛之火对可怜的飞蛾。

约翰看着奥莉芙的时候,在埃尔考特太太看来,那眼睛总是与平时见到的不同;而罗伯特·克拉米埃——他眼睛里愣愣呆呆的神情多古怪!至于那另一个可怜的年轻人——他们在海德公园里遇上时,那张脸上的神色,她永远也忘不了!

用罢晚餐,他们坐在游廊里,大家很少说话,很少动弹,只是瞧着自己烟卷上直直升起的烟,似乎世界上的风已被收掉。上校以月亮为话题作过两次努力:这时候它该升起了!这回出来的将是一轮圆月了。

过后克拉米埃说道:"奥莉芙,把披巾兜一下,随我去花园里走走。"

现在埃尔考特太太心里承认:约翰说得没错。只见奥莉芙眼光一闪,迅即左右一瞥,活像要找机会逃走的小鸟;可接着站起身,默默随克拉米埃沿着小径走去,直到两个不声不响的身影在视野中消失。

心烦意乱的埃尔考特太太离座而起,走到丈夫椅子前。上校皱着眉头,盯看着自己配晚礼服穿的皮鞋——那脚尖正跷在地上。他抬眼看看妻子,伸出手去。埃尔考特太太紧紧把这手一握;她正需要安慰呢。

上校说道:

"今晚挺闷气,道莉。我不喜欢这感觉。"

一七

克拉米埃和奥莉芙都一言不发，走过了月桂树丛，走过了绣球花丛，来到河岸上；这时克拉米埃拐向右面，沿着鸽棚下的河边走到紫杉树丛。那里的密密的枝叶下漆黑一片，他站停下来。奥莉芙觉得这里静得可怕；哪怕空中有一丝风在吹，水上有一点芦苇的瑟瑟声，有一只鸟在响动也好；但什么都没有，只除了丈夫重浊的呼吸声——这声音忽紧忽慢，还带点颤音。克拉米埃带她来这里干什么？要向她表明：她完全属于这男人？难道带她来了就永远这么不开口？永远不说说他心中想说的话？只求别来碰自己才好！

这时克拉米埃动了一下，一块松动的石头扑通一声掉进河里。奥莉芙不禁微微倒抽一口气。河水显得多黑！但参天白杨的模糊树影后，远处河岸上露出一点幽光，透过了茫茫黑暗——现在她能看见月亮的上缘缓缓升起，像一枚厚厚的金币，升到树林之上。那温暖的光辉使她心向往之。不管怎么说，这一片黑暗里还有个友好的存在。

突然她感到，克拉米埃双手抱住她的腰。她没有动弹，心却狂跳起来；一种类似祈祷的东西从心底升起，抖抖瑟瑟

殷红的花朵 | 199

挣扎到了嘴边。那双抱着她腰的粗重大手，竟然有这等令人颤栗的力量！

克拉米埃的嗓音听来古怪又极其沙哑："奥莉芙，不能这样下去了。我很痛苦。我的天！我很痛苦！"

奥莉芙心里一阵难受，又带点惊奇。很痛苦！盼他死倒是可能的，但不想要他痛苦——真是天知道！然而，既然被那双手紧紧抱住，她就说不出我很抱歉！

克拉米埃的一声哼唧简直是悲叹，他跪了下来。奥莉芙感到自己给紧紧抱着，使劲把丈夫额头从腰间推开。她觉得这额头烫得像火，还听得他喃喃说道："请发发慈悲！爱我一点吧！"但是，隔着她薄绸衣裳的手紧紧抱着，不停地动着，让她差点晕倒。她挣扎着想要脱身，可是没成功；只能照旧站着不动，最后总算能开口说话了：

"慈悲？我能硬叫自己爱吗？自从开始有世界以来，还没人办得到。请你起来吧，求你啦！放我走吧！"

但克拉米埃用力把她朝下一拖，她只得也跪在青草上，同丈夫脸对着脸。只听得丈夫一声低低呜咽。真是糟糕——糟透了！他不住求告，说话颠三倒四，眼睛不看对方。奥莉芙觉得这将永远不会结束，永远没法从那双手里脱身，没法远离那结结巴巴、低声下气的话音。她本能地闭着眼睛，木然不动。随后她感到克拉米埃盯视着她的脸。她明白了：当晚克拉米埃第一次这么做，是因为先前不敢看她睁着的眼睛，生怕看到她眼神中的含意。奥莉芙十分温和地说道：

"请放我走吧。我想，我快晕倒了。"

克拉米埃紧紧搂着的双臂松开了；奥莉芙瘫软下来，僵在那片草上。这样毫不动弹地过了一阵，她不很清楚对方是不是已经走开，只觉得克拉米埃火热的手在她袒露的肩头。难道这一切又得重来一遍？她把身子缩了又缩，一声轻轻的哼唧不由得脱口而出。克拉米埃的手突然抽了回去，奥莉芙最后抬眼一看，他已经离开。

奥莉芙颤栗着站起身，急忙从紫杉树下走出来。她尽力在想——想弄明白这件事对她、对她丈夫、对她情人究竟预兆着什么。但是办不到。她思想中憋着一片闷闷的黑暗，就如同这夜晚笼罩着气闷的黑暗。啊！可是夜有了幽淡的金黄色月亮，她却什么还没得到，连一丝微光也没有；倒不如钻到那黑沉沉水面下试试！

她抹了抹脸，理了理头发，掸了掸衣裳。这件事延续了多长时间？他们在这里待了多久？她开始朝屋子慢慢走去。谢天谢地！总算没有屈从于恐惧和怜悯，没有说假话，没假装还能爱他，没有做违心的事。要是做了那种事，回忆起来真是不好受。

她久久站在那里低头看着，似乎要在朦胧的花坛上看出未来的光景。后来她打点起精神，匆匆回屋。游廊里没人，客厅里也没人。她看了看钟。快十一点了。她打铃叫仆人关好窗，便悄悄上楼回房。她丈夫是不是走了——是不是同来时一样，突然走了？要是没走，她是不是马上又要面临那可怕局面？丈夫在家，她就怕黑夜；现在这心理一直使她痛苦。她决定不上床；就把长椅拉到窗前，裹上睡袍在椅子上

殷红的花朵

靠着。

真是奇迹,在幽暗的草地上挨过那些时间,胸襟上的花竟然没有揉坏!她把花插在窗边的水缸里——马克有一次说过,他最喜爱这种花;现在闻着它香味,看着它色彩,心里想着马克,这就是安慰。

说也奇怪,她一生中见过那么多脸,认识那么多人,但遇见莱恩南以前没爱上任何人!她甚至认定自己永远不会有爱情;不需要爱情——不是很需要;她本已想好:就这样过下去也好——既然从未享受过盛夏时光,也就不怎么想——直到撒手而去。如今,爱神在报复她,因为过去献给她的爱全都遭她冷落,因为今晚跪地以进的爱遭她厌恶。据说,这种情形每个男女总要遇上一次——谁知道,这种着魔的感觉,这种神秘的甜美之感是怎样萌生的?为什么会萌生?以前她不相信,现在她懂了。不管今后可能遭遇到什么,她在这点上不会有所不同。既然世上事物都在变,她必然会变,变得年老色衰,在马克眼中不再漂亮。但她心中这感受不可能变。她对此深信不疑。就如同她听到启示:这是永恒的,超越生,超越死,这是永恒的!马克会化为尘土,你也会化为尘土,但你的爱将获得永生!将会在某个地方——在林子中、在花丛里,在黑沉沉水下,显灵般出现!你只是为了这个才活到如今!……

这时她注意到,有一只银白色翅膀的小东西,同她见过的任何飞蛾都不一样,歇在她颈子旁的睡袍上。这飞虫好像睡着了;它轻灵小巧、睡意昏昏,来自外面沉闷的黑夜,也许误以为洁白的她便是光明。这隐隐勾起她一缕回忆：是同马克有关的，是他做过的什么事——也是在幽暗中，也是在这样的夜晚。哦，对了！是去过高尔比欧之后的那个晚上，一只像猫头鹰的小蛾子停在她膝头上！马克拈起那眼睛像丝绒的小东西，放飞那亲热的白色小蛾时，还碰到了她！

她探出窗外吸了吸空气。是什么样的夜晚啊！——闷热之中，星星都深藏不出，金黄的圆圆小月亮毫无澄澈之感！这样的夜，就像有着金黄小花蕊的漆黑堇菜花。而且静极了！那些树木，夜间总飒飒响个不停，现在连白杨也没了声息。静止的空气挨在她面颊上，给了她梦幻般恒久之感。在那无边寂静中，有着怎样的感受力，怎样的风月情——这正同她心中的一样！她能不能把马克从那些林子里，从波光幽幽的河上引到她身旁？能不能把他从花木丛中，从弥漫空中的风月情里引来？——引到了这里，自己就不必等待，不再受相思之苦，让自己同他、同夜色结合在一起！她不由得让垂下的头搁在双手上。

她整整一夜待在窗边。有时在长椅上打盹；有一回却陡然惊醒，以为丈夫正朝她俯下身来。是不是他已来过——又悄悄走了？曙光来了；灰灰的像露水，迷迷糊糊的像郁郁薄雾，交织在一棵棵黑幽幽的树和白蒙蒙鸽棚周围，又像长围巾落在河水上。树叶还看不见，鸟雀却在枝叶中唧唧喳喳起来。

这时，她睡着了。

一八

她微笑着醒来的时候,天已大亮。克拉米埃正站在长椅边,阴沉的脸上露出满腹怨气,那呆板的样子似乎累透了。

"哦!"他说道,"你这睡法不会搅了好梦。别让我来搅你的梦吧。现在我马上去城里。"

奥莉芙像受惊的鸟,一动不动待在那里,直勾勾望着那倚在窗前的背影,直到丈夫转回身来对她说:"但是记住这点:凡是我得不到的,人家谁也别想得到!你明白吗?谁也别想!"他弯下腰,凑近奥莉芙重复了一遍:"你明白吗——你这坏老婆!"

四年来屈从于叫她畏缩的亲近,还一直努力着不再畏缩!坏老婆!哪怕现在杀了她,她也决不回答了!

"你听见了没有?"他又开口说话,"你对此作个思想准备。我说到做到。"

他抓住妻子坐椅的两个扶手,直抓得奥莉芙感到身下的椅子在颤动。她努力让脸上保持笑容,但这脸上会不会挨拳头呢?她看着丈夫的眼睛,那眼色里有她看不懂的东西。

"好吧,你已经知道了!"他说着,便脚步沉重地朝门口走去。

丈夫刚一走开，她便一跃而起：对，她是坏老婆！是忍无可忍的老婆。是没有爱只有恨的老婆。是牢笼里的老婆！坏老婆！她心中的信仰已烟消云散，再为那信仰献身就只能是愚不可及。如果丈夫觉得她又坏又不忠实，那就不再有理由假装又好又忠实。用一支老歌的歌词来说，她将不再"边坐着叹息，边扯着蕨草，扯着蕨草"[①]。她不会再为缺了爱而感到饥渴，不会再像昨夜那样，怀着无法宽慰的恋情，望着夜色而心头阵阵作痛。

更衣的时候，她奇怪起来：自己怎么没有倦容呢？快出去吧！立刻给情人发信，让他趁这安全的当口快来——她要告诉情人：她将冲出牢笼，投入他怀抱！她要给马克发电报，让他当晚划小船来那高高白杨树对面。她本当同叔叔婶婶一起去教区长家晚餐，但要在最后一刻推说头疼。等埃尔考特夫妇一离开，她将溜出来，同马克把船划到对面的林子，幸福地一起过上两小时。他们还得订个明确计划——因为明天起，他们将开始共同生活。可是在那村子里发电报不保险；她得再往前走，过了桥去对岸那邮局，那里的人不认识她。现在离早餐时间已近，要去就太晚了。还是早餐后去的好。那时，看准丈夫走了，她就悄然出门。那时发电报也不晚——她的信总是中午那班邮递员送的，所以莱恩南午前从不外出。

---

① 这是一首中世纪诗歌《仙女的情歌》的开始部分。

换好衣服，也梳洗好了，她知道不能流露半点兴奋，便安安静静坐了几分钟，硬是让自己显得无精打采的。随后她下楼。丈夫用过早餐已经走了。现在，奥莉芙想着自己做的每件事、说的每句话，都不免略感惊异而嫣然一笑，如同在看娱乐性自我表演，而那个自我已像旧衣裳被她扔掉。她也想到，她即将做的事会让好上校十分痛苦；但即使想到也毫无自责之感。上校是她亲人——但这没有关系。所有这一切，她全置于度外。什么都没有关系——世上没一件事有关系！想到昨晚她在黑洞洞花园里随丈夫走去，今天有气无力、消消停停的样子，她相信叔叔婶婶肯定会误解，不免觉得好笑。

过后，她一见机会便溜出门去，在紫杉树丛的庇荫下悄悄走向小河。走过丈夫拉她对跪的那处草丛，她感到有点惊奇：当时竟吓成那样！这家伙是什么人？都过去了——无所谓了！她一路如飞而去。走近了那棵高高的白杨，她细细观察了对面的河岸。从这里走下河岸登上小船很方便。但他们别待在那黑暗的死水里。他们要去对岸，去昨晚月亮由之升起的远处林子里，从这满是夏日风情的林子里，每天早晨总有鸽子来取笑她。回来时，没人会看见她上岸，因为那时这片死水将漆黑漆黑。

她一边急急赶路，一边回头细看：流来的河水打哪里开始不闪闪发光。一只蜻蜓擦过她脸颊；她瞧着它消失在阳光照不到的荫处。它飞得高高兴兴的，却给黑咕隆咚的浓荫吞没，多么突然！就像烛焰给吹灭一样。那里的树长得太过茂密——树桩和残干奇形怪状，看来像可怕的怪兽，似乎一只只眼睛盯着你瞅。奥莉芙哆嗦起来。她曾在哪里见过这些盯视的怪兽。啊！是在蒙特卡洛的那个梦中：那时她漂在水中，没法叫唤，而两岸有牛头人面在盯着她看。不行！这处死水不是好地方——他们在这里一分钟也不能待。

她沿小路飞快而去，比先前更快。不久过了桥，她发了电报就往回走。但是，到晚上八点还有十个小时，所以她并不匆忙。她要独自消磨夏季中的这一天，在马克没来以前，这是充满梦想的一天；她迄今为止的人生塑造着她，为的就是这一天——这意笃情深的日子。命运奇妙透了！要是她恋爱过，要是她在婚姻中有过欢乐——就绝不会有她目前的感受，而且她也清楚，这种感受今后不会再有。

她穿越一片刚收割的牧草地，看到一条还没割的田垄，便在草上仰面一躺。远远的，在牧草地另一头，人们正在收割。这里的一切非常美——轻柔的云在飘荡，三叶草的梗子顶着她手掌，高高的茅草茎凉丝丝贴着她的脸，蓝蝴蝶小小的，云雀在啼却看不见，成熟牧草的清香，还有照在她脸上和四肢上的阳光，像一支支神奇的小小金箭。生呀长呀，生长到夏日来临；万物都得这样！这就是生命的涵义！

她的疑虑和担心不复存在。对于她即将做的事，她不再感到害怕和苦涩，不再自责。她要这样做，因为她必须这样。……正像牧草要长到成熟，就是为日后被割倒！现在她感觉不同了，似乎受到了祝福，受到了提升。不管是哪位神创造了她的心，都在她心里埋下了这种爱。无论这是什么爱，无论是哪位神，都不可能生她的气！

一只野蜂在她胳臂上歇下，她抬臂把它托在自己和太阳之间，这样就能欣赏这黑黝黝的迷人东西了。这东西不会蜇她——今天决不会！那些小小的蓝蝴蝶也一样，老在她躺着不动的身上停落。再有，斑尾林鸽的恋歌始终没有停歇，镰刀割草的沙沙声也不绝如缕。

她终于起身返家了。回电已来，简洁得只有一个字："行。"她看着电报不动声色，又做出无精打采的样子。快到吃茶点的时候，她说头疼，要躺下歇息。到了楼上的自己房间，她把剩下的三个小时都用来写信——尽力写出她抉择前的思考全过程，写出全部的感情经历。她觉得需要向情人说明：她从没想到要走的这一步，到底是怎么走过来的。她把写好的东西装进信封后封好。她要把信交给马克，让他读后明白：把一切向他和盘托出的人多么爱他。这封信将帮他消磨时间，消磨到明天——到他们去过共同的新生活。因为今夜他们将筹划一番，明天就开始。

七点半的时候，她让人捎话说头疼得厉害，不能出门了。这么一说，埃尔考特太太来看她了，说是上校和她都十分难过，不过奥莉芙决定休息还是很明智！接着，伤感的上校亲自在门外说话：身体欠佳不能去吧？缺了她就没乐趣！不过她无论如何也别累着自己！千万，千万！

听了这些话，她心里一阵难受。叔叔对她总是这样爱护。

最后，她从走廊里看着他们在门前出发，沿着车道渐渐远去——上校居前一点，拿着妻子配晚礼服穿的鞋。他看上去多帅——黝黑的脸，灰白的小胡子；身材笔挺，而且很为手里的东西操心！

现在，她的无精打采一扫而空。她本来穿着一身白，这会儿取出带兜帽的蓝缎子斗篷。真是奇迹，过了昨儿一夜的花居然完好无损！她把花别在胸前。然后，看准了周围没有仆人，便悄悄下楼溜了出去。眼下正是八点钟，鸽棚上还闪烁着余晖。她走的时候远离鸽棚，免得鸽群来她身边扑翅翻飞，它们咕咕咕的叫声会把她暴露的。快来到河边那纤夫走的小道时，她吃惊地站停了。肯定有什么东西在动，很沉重的，还有树枝断裂的声音。难道又想起了昨晚的事？要不，那里真有什么人？她往回走了几步。庸人自扰！那边草地上有头牛，正在树篱上挨挨擦擦。

她一路在草丛里悄悄而行，出了草丛走上那条纤路，向那大白杨飞快走去。

一九

不见奥莉芙的这些日子里，莱恩南成百次差点就不顾她嘱咐，前往她住处附近；为的只是经过那屋子，感到同她近在咫尺，或者偶尔能远远见她一眼。若是说莱恩南的身体还出没于伦敦，他的魂早已离开，去他一度漂流过的小河上勘察。已去了成百次——白天在想象中，夜晚在睡梦里——拉着一根根树枝费力前行，偷偷来到那处幽暗的死水，然后，再来到能望见黑魆魆紫杉和白乎乎鸽棚的地方。

他现在一心要实现梦想。奥莉芙在消瘦下去，叫人看了揪心！为什么还让她留在那里？还留在她所讨厌的男人怀里，不就让她和所有女性都受到亵渎吗？

在六月中旬的那天，他收到奥莉芙来电，真像拿到了进天堂的钥匙。

奥莉芙的意思会不会——可能不可能当晚同他一起走？不管怎样，他对此事有所准备。在他的爱情经历中，他经常考虑的，是如何面对此类急转直下的事态，所以现在的问题，只是把仔细想好的办法化为行动。他整理了行装，备足了钱，给监护人写了长信。这会让老人家难过的——高蒂如今七十开外了——但没有办法,只能如此。这信他先放一放,要等他了解清楚后再寄。

讲述了整个事情的经过后,他这样写道:

> 我知道,高蒂,在很多人眼里,也许在你眼里也一样,我的这件事极端错误;但在我看来并非如此。道理很简单。依我看,每个人对这类事都有自己的观点;我可以用名誉担保,高蒂,对于任何并不爱我的女子,我从来不愿把她抓在手里,也从没想过要这样做;即使在将来,也永远不愿以婚姻或非婚姻手段占有她。如今,有一位夫人我愿意随时为她而死,愿意带她离开如此不幸的生活;我认为这并非出自虚情假意,因为我也讨厌人家对我虚情假意。我这话的意思,不是说这里有丝毫的怜悯因素——起先我倒是这样想的,但现在我明白,这怜悯之情已完全被淹没了,淹没在我最强烈的感情中,而将来也永远如此。我一点也不怕良心谴责。要是上帝代表普天下的真情,他就不可能责怪我们,只因为我们忠实于自己的感情。至于对世人,我们只管昂起头来;我认为,在通常情况下,你对自己如何估价,他们也就这样估量你。但无论怎么说,社会毕竟无关紧要。哪些人不需要我们,我们也将不需要他们——请你相信我的话。我希望她丈夫很快同她离婚——除了你和西丝,任何人不会为此有多伤心;但如果丈夫不离——那就没办法了。我想她不会有什么财产;但凭我有六百

殷红的花朵 | 211

镑的进项，加上我还能挣一点，即使我们得在国外生活，在银钱上也将没什么问题。你一向对我极好，高蒂。如今使你伤心，我很难过；要是你认为我忘恩负义，那我就更加懊丧。但是，任何人只要与我有同样感受——在肉体、灵魂和精神上——那就不会有任何疑问；哪怕死神挡路也不会有疑问。一旦你收到这信，我们就已经一起走了。今后，不管我们的帐篷支在哪里，我都会给你写信；当然，也要给西塞莉写信。烦请你转告都恩太太和西尔维娅，而且，如果她们不嫌弃，也请为我向她们致以亲切问候。再见了，亲爱的高蒂。我深信，如果你是我，你也会这么做。永远对你怀有爱的——马克。

那区区几小时的每一分钟，他都很亢奋，但始终有条有理做着各种准备，什么都没遗忘。出门前他做了最后一件事：把牛头人面像上的湿布拿掉。这怪物的脸上新近添上了如饥似渴的巴望神情。他有着艺术家的本能，能在不知不觉中公正地对待作品，虽然违背本意却塑出了真实。他拿不准这像今后是否还会加工，就重新把布弄湿，仔细把像包起来。

他没直接去奥莉芙那个村子，却去了在其下游五六英里的地方——去这个村子比较保险，而且划船能帮他定下心来。他租了小艇，向上游划去。他在远远的河岸下划着；为了消磨时间，他划得很慢。手虽然在划，心里却紧张得火燎似的。他是真的在划向奥莉芙呢，还只是命运之神跟他开天大的玩笑？或者只是一个梦，醒后就发现自己仍在孤衾独眠？他终于划过鸽棚。再往前一点便拐进死水，然后在浓荫下悄悄靠近白杨树。他到了，离八点还差几分钟；他把小船掉好头，贴紧在河岸下等候着。他拉着树枝站在那里，为了能看见那条小路。要是说渴望和焦心真能让人死去，那么莱恩南准已死去！

风完全停了。白天成了静得出奇的傍晚。太阳低垂，黑幽幽水面上有几道稀疏的斜晖，其中蚊蚋飞舞。已没有人干活的田野里，飘来干草的气息和牧草地的浓重香味；死水散发的麝香味也混在一起，成了弥漫的芬芳。没有人经过。他满怀渴望谛听着，但声音悠远又稀落，因为那里没鸟雀啼唱。这静止的空气多温暖，但似乎在他的两颊震颤，就像马上会冒出火苗。他站着等呀等呀，出现了生动的幻觉——恍若淡红色小小火焰上热气腾腾。现在茂密的芦苇上，一些黑乎乎大飞虫还在慢悠悠觅食；时不时，在离他几码远的地方，水禽会溅出一点水声或发出长唳。奥莉芙来了以后——要是她真的来！——他们就离开，不待在这泥土味的黑沉沉死水里；他要带奥莉芙去对岸，去那边林子里！但一分钟一分钟过去，他的心越来越沉。

接着，他的心猛跳起来。有人在过来——穿着白衣，没戴帽子，胳臂上搭着不知是黑是蓝的东西。是她！别人走路都不是这样！她很快走来。马克注意到她头发飘在额头两旁，她的脸宛若长两个黑翅膀的白鸟，在飞向爱情！现在她

殷红的花朵 | 213

走近了，看得见她略略分开的嘴唇，被爱情点亮的眼睛——除了露重星明的漆黑之夜，世上的一切都无法与之比拟。马克伸起双手，抱她下船；感到有朵什么花贴在脸上，那香味似乎直透肺腑，深入内心，唤醒了已被忘怀的某件往事。他随即拉着一根根树枝，把小艇弄出那处死水，匆忙中噼里啪啦拉断一些树枝，面孔也不时撞上飞舞的蚊蚋。奥莉芙似乎知道这船会载她去哪里，任马克把船划到开阔处，然后划向远远的对岸，一路上两人都默默无言。

他们同那林子之间，只有一片庄稼地——这是一片还在生长的小麦，外面有一道山楂和冬青的树篱。他们紧紧拉着手，贴在树篱边走去。他们现在还没话要说——就像孩子，把话藏到以后再说。现在奥莉芙披上斗篷，遮没了里面的白衣裳；丝斗篷擦着小麦的银白色叶片沙沙有声。她怎么想到穿这件蓝斗篷？蓝色的天空、花朵、鸟羽，还有蒸腾在黑色中的蓝莹莹夜色！这是一切圣洁事物特有的色泽！这夕阳残照多么宁静！飞禽走兽和树木花草都寂然无声，甚至没一只嗡嗡作声的蜜蜂！色彩也不多——只有星星似的白色毒芹和剪秋罗的花，只有最后一道温暖又迷人的夕晖，低低飘荡在麦田上。

二〇

……现在,暮色很快降落于林子间与河面上。先是那些燕子,原本看来好像永不会停止捕食,现在停止了;再就是这世上的光辉,先前似乎稳稳笼罩着,那最后的返照虽然明亮,也已经暗淡下来。

十点钟以前月亮不会出来!万物都在等待。经过悠长而明亮的夏日白昼,夜间活动的生灵不会很快出来,它们都在注视着,等树影在白花花河水里沉得越来越深;等天空白乎乎的脸戴上黑丝绒面罩。就连黑羽毛般的树看来也放心不下,等待那黑夜中的葡萄花。现在,万物都注目而视,但在逝去的白天时刻里,它们全懒洋洋的,眼光中是不幸和期待。在那时刻里,魔力死沉沉的,世界也似乎失去了意义。但不久,凭着黑夜的翅膀,它偷偷回来了;倒不是那失去意义中的精髓,而是女巫般的弥漫精魂——躲在黑压压林中、藏在长矛般暗幽幽菖蒲间、隐伏在河边龇牙咧嘴的残株里。这时猫头鹰出来了,夜空中翻飞的东西出来了。于是树林里开始了鸟雀间的残酷悲剧——在蕨丛上方蒙蒙亮的空中,展开了阴森森的追逐;传来了钻人心肺的惨厉尖啼,这是利爪越来越深地扎进血肉；混在这声音里的，还有得意的粗厉呼号。这种夜晚的嘈声杂音持续了好多分钟，这是大自然的声音，象征其心中的所有残忍；最后，死亡平息了那场残杀。这时，任何身在野外的生灵，若对逃命的怀有恻隐之心，就能止住泪水，再次倾听。……

一只夜莺开始歌唱，那清脆的咯咯声悠长不绝；尚未成熟的小麦里，一只秧鸡也颤声啼了起来，这时，在毫无声响的树梢，在更加寂静的河水深处，夜再度深沉起来。要隔很长时间，才会有一声轻叹或哀吟，一阵逃窜的窸窸窣窣，一次溅水声，一只猫头鹰捕猎的呼啸。夜的气息依然热乎乎的，味儿依然浓重，因为还没有降下露水。……

二一

他俩从林子里出来的时候，已经过了十点。奥莉芙要等月亮升起后再出来；跟昨晚金币般的月亮不同，今夜的月亮象牙般白苍苍，淡淡的光贴着地面照来，落在蕨丛上，笼罩着低低的枝叶，似乎是一溜儿白花。

在月白色麦田边，他俩再次走过树篱上那道小门；同仅仅一个半小时前走过时相比，这麦田恍若成了另一个世界。

莱恩南心里有种感受，这对男子的心来说，一生中只可能体验到一次——那是怎样的赞美、仰慕和感恩之情！奥莉芙把一切都赐给了他。今后给奥莉芙的只应是欢乐——就像刚才那一小时里的欢乐。决不能让她的幸福有丝毫减少！在河沿处，马克在情人跟前跪下，吻着那衣裳，那双手，那双脚；所有这些，从明天起将永远属于他。

接着，他们上了小船。

月光的笑靥一路飘送，落在涟漪上、芦苇上和闭合的睡莲上；也落在奥莉芙脸上，因为她帽兜垂落在蓬松的头发后；月光还落在奥莉芙手上，她一只手拖在水里，另一只手抚摸着胸前那朵花；这时，她几乎有气无声地说：

"快划吧,我心爱的;很晚了!"

双桨起起落落,他把小艇箭也似的划进那一片黑暗的死水。……

这以后发生的事莱恩南就不知道了——在后来的那些年月里,也始终没有弄明白。他只见奥莉芙的白乎乎人影忽地一站,像是被抓住似的向前倾着身子,却又不知道往哪里跳;他只听得哗地猛一撞,头颅就砸在什么坚硬东西上!失去了知觉!随即是在乱根、水草和淤泥里挣命,在漆黑一片中昏天黑地挣扎,在树木的残干断桩间、在无底深渊似的死水下摸索,拼死拼活地苦苦寻觅——一个人是他,另一个人刚才还活像吃人的野兽,驾着船在黑暗中向他们冲来。那场搜寻捞摸是可怕的噩梦,难以用言辞表达。最后,在一摊月光下,他们把奥莉芙放在岸上,虽然作了百般努力,她却不再动弹。……她一身白衣躺在那里;而他们两人一个蹲在她头前,一个蹲在她脚后——像两只黑不溜秋的林中兽或水中鱼,守着被它们捕杀的猎物。

他们没看对方一眼,没说一句话,没停止触碰死者——他们这样待了多久,莱恩南完全记不清了。在那个夏日之夜,月光和树影在他们周围不停颤抖,夜风在芦苇中低声诉说;他们待了很久很久!

后来,感知力中最有耐力的部分开始复苏;于是莱恩南又有了知觉。……这双眼睛曾对他露出爱慕之光,但他永远看不到了!永远也不能吻那两片嘴唇了!僵冷了——僵冷得像地面上的月光,而那朵花依然紧贴在奥莉芙胸前。就这样给抛在河岸上,像一朵摘下的睡莲!死了?不,不!不是死!对莱恩南来说是活着,活在夜色中,活在某个地方!不在这惨淡河岸上,不在这阴森森死水里,不同这毁了她的歹毒哑巴待在一起了!活在那河水上——在他们欢天喜地的那片林子里——准是活在什么地方!……莱恩南摇摇晃晃站起身,走过始终呆愣在那里的克拉米埃,进了自己的小船,犹如神志不清的人打着桨,把船划进河道。

但是刚划到流淌的河水里,他忽地往前一倒,瘫在那两把桨上。……

月光拥着他黑幽幽的小艇向下游漂去。在夺走奥莉芙灵魂的河水上,月光抹平了涟漪。现在,她的灵魂已同白晃晃的美和黑漆漆的影融合,永远是沉寂世界的一部分,是夏夜恋情的一部分;翱翔着、飘荡着,倾听着沙沙的芦苇、飒飒的林木;怀着绵绵无尽的梦——她的灵魂去了,在欢天喜地的时刻去了,而这可能是所有的生者都向往的。

第三部

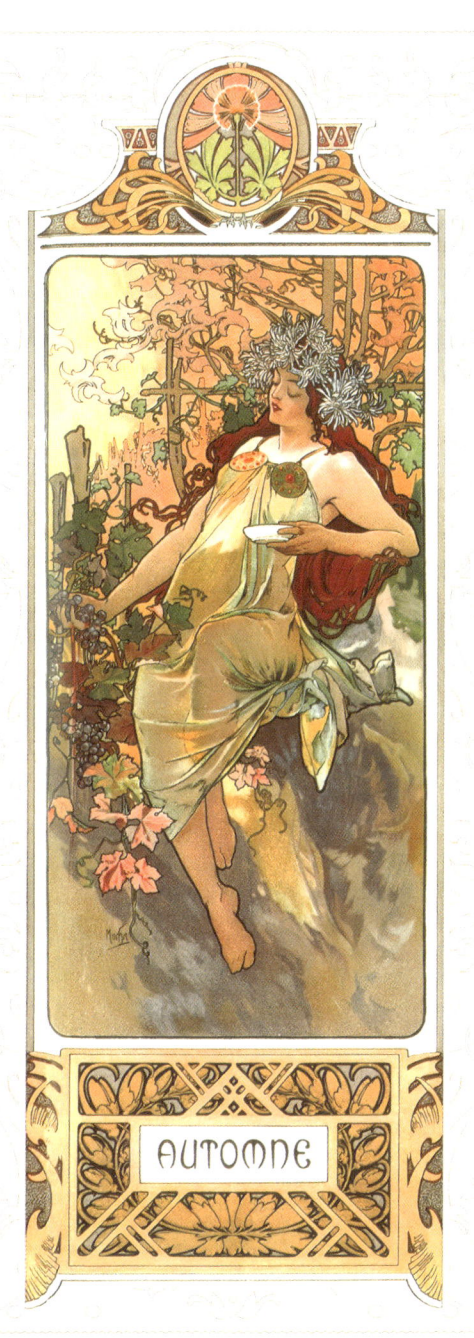

秋

AUTOMNE

一

在那十一月之夜，莱恩南悄悄走到洞开的更衣室门口，站在那里望着睡着了的妻子；此刻，命运之神仍在等待着回答。

壁炉中的火苗不高——火在这样烧的时候，处处都落有淡淡的影子，但时不时又会旺一阵，使有的东西亮一下，使有的形态清楚显现。窗帘没完全拉上；窗外有棵梧桐树，自从他们在这里住下，十五年来始终陪伴着他们，现在它黑黝黝地在风中晃动，一根带叶子的树枝轻轻叩着玻璃窗，仿佛在招呼曾于风中徘徊多时的莱恩南，要求也让它进屋。伦敦的这些梧桐树真是好伙伴，不会有负于人！

莱恩南本不敢指望西尔维娅睡着了。睡着了，是老天的仁慈，不管事情是何结果——那结果太惨了！反正她睡着了就好！她的脸朝着壁炉，一只手垫在面颊下。她经常这样睡。人哪，哪怕生活变了样，变得像在不见陆地的大海上，还是按习惯行事。

可怜的西尔维娅，她心慈肠柔——把事情告诉她以后，这四十八个小时里，她还不曾睡过；真像是过了几年！她一

殷红的花朵 | 223

头淡黄色头发依旧,即使睡着了,那坦诚的模样仍然动人。瞧她躺在那里,还是姑娘家似的;同那个夏天西塞莉在海尔结婚时相比,她并没有多大变化。在这二十八年里,她的脸没有变老;而迄今为止,也没什么特别理由来催她变老。思虑、伤心、受苦,这些都能改变面容。但西尔维娅从不冥思苦索,至今也没受过什么苦。他一直很爱护西尔维娅——总的来说是非常爱护的,尽管男人有其自私之处,尽管对丈夫的灵魂深处,西尔维娅向来不甚了了。如今,在所有的人当中,难道偏是他这当丈夫的如此伤害妻子,在她脸上刻下忧愁,甚或还彻底毁了她?

他蹑手蹑脚朝里走了几步,在壁炉另一边的扶手椅上坐下。炉膛里屑屑粒粒的灰烬、小小叶片似的火苗、无声无息的明明灭灭,这炉火勾起了多少回忆!是怎样的一篇情史!男人的心啊,宛若是一堆火!最初年轻时一下蹿起,突然炽热得压倒一切,平静地稳稳地持久地烧一阵,然后——是最后的火飞焰起,要攫回已逝的青春,要赶在被灰烬送进寂灭之冬以前,让火苗作最终的热烈迸发!

他望着炉火,眼前出现种种景象和往事。一个男人能看到这样的景象和往事,只有经过长时间思想斗争之苦,他的心被剥掉了外面皮肉,任何触碰都会引起颤抖。爱情啊!爱情是奇异而偶然的事——如此交织着喜不自胜和痛苦折磨!真是狡黠,不可靠,不顾一切。这是稍纵即逝的甜蜜,却比世上任何事物来得辛辣,其来龙去脉更隐蔽难明。它无理可喻,不讲前因后果。

男人的爱情生活——在爱河中沉浮的他,对此有什么发言权?无非像候鸟秋徙,飞行中一头扎下,不是在这里就是在那里栖上一会儿。随着生活不断推进,有些爱被留在身后——即使对爱并非朝三暮四之辈也如此!这样的爱,当初他感到若不能在那位夫人心里争个第一,蒂罗尔的天就会塌下来。这样的爱,当时让他司命星缠在西尔维娅头发里——而眼下,西尔维娅正睡在那里。一种所谓的爱——是小小的欢情之宴,有点魅力,又有可怜相,看来青年人无论多敏感,有时因为对爱情的稚嫩轻率不免吞食一番——那段一闪而过的生活,当初看来至关重要,结果并无多大意义,除了给他留下对自己的幻灭感,除了为那对象感到遗恨绵绵。随后的那次恋爱虽然过去了二十年,回想起来仍让他受不了。那吞噬一切的盛夏恋情,在一个夜里赢得了一切,又可怕地丧失一切,在他灵魂上留下了永难愈合的创伤,使他的心灵总有一点孤寂之感,而且常有个想法纠缠着他:不然的话,事情将会怎样?在那个黑夜的悲剧里——在那"河上惨祸"里——他该承担什么责任?这个问题任何人做梦也想不到。以后是长期的绝望,那时看来,这是爱火的最终熄灭;但是也渐渐过去了,后来诞生了另一次爱——或者说,爱重生了:恬淡而清醒,却十分真实。这是久被遗忘的感情获得复苏,是他少年时代那保护者精神的复苏。

他还记得同西尔维娅的那次相遇,记得她脸上的表情。当时他刚结束自我放逐,在东方和罗马待了四年后,回到了伦敦，恰巧在牛津街①同她不期而遇——那表情显得殷切而带点责怪，随即变得超然而带点挖苦，似乎在说："哦，不认识啦！把我忘了四年多——现在哪能认得我！"而在听他的答话时，那脸上的喜悦之色更其动人。随后是举棋不定的几个月，心里总预感到此事的结果；之后就是他俩结婚。也真是够幸福的——西尔维娅温柔而不很活跃，同他在精神上也并非完全相通——对于他的作品，西尔维娅私下里总感到遥而又远，就像从前为了叫马克高兴，在他的动物塑像头上点缀一些茉莉花。但这是和美又成功的结合，然而就其意义而言，他先前以为对他或对妻子并不十分重大——直到四十八小时以前，直到他把事情告诉西尔维娅时，他还这么认为。但妻子听后，人顿时像短了一截，萎靡下去，心神俱裂。那么，他告诉了西尔维娅什么呢？

那件事——是个很长的故事！

他心思不定地坐在炉火旁，能看见这件事从头展现开来，只见由他自己，由他自己的身心激荡，而不是从外界施加的蛊惑里，那狡黠缓慢的魔力，那可恶又微妙的一团乱麻渐渐绞成线索；就像命中注定的力量，长期沉睡后重新发动，绽开成殷红的花朵。……

---

① 牛津街是东西向街道，其西端在海德公园东北角。

二

是啊，一年多以前开始，他有了一种古怪的心神不宁，总感到闷闷不乐，觉得生命在溜走，在身边流逝而去，他却从未伸手阻拦。事情开始于一种长期的渴求，他不知道在渴求什么——这感觉只有在刻苦工作时才平息，而在清风徐来时尤其恼人。

据说对男人而言，四十五岁左右是危险的年龄——特别是艺术家。去年整个秋天里，这种说不清的苦恼让他感到难熬。只有在十二月和正月的大部分时间，这感觉才消失，因为他正在努力塑着一组狮子；但刚一完成，这感觉又牢牢攫住了他。

他记得很清楚，在正月的末了几天，为摆脱这感觉，他一天接一天在公园里走来又走去。天气很温和，风中荡漾着香味！他满怀热望看着嬉戏的儿童，看着矮树丛里早发的蓓蕾：凡年轻的生命，他什么都要看——他也痛苦地意识到：他周围有无数生命在生活着，在爱着；他这局外人无由得知，无法捉摸，无可获取；他生命沙漏里的沙始终在漏着！他有了所要的一切，有了心爱的工作，有了足够的钱，还有西尔维娅这样贤慧的妻子；对他这样的男人来说，那感觉极为荒唐，更毫无道理——四十六岁的英国男人，身心又十分健康，一分钟也不该被这种感觉所困扰。事实上，也决没有英国男人承认有这种感觉——所以，至今也没什么组织来与之对抗，一个也没有。因为他这种心神不宁的感觉，只是一种曾经沧海之感，感到无法再浸入爱河，再体验那激动和战战兢兢的欢乐，只是思慕着已经过去和消失的东西！对于结了婚的男人，有什么比这更应该受到指责呢？

那是在——没错——是在正月的最后一天，他刚结束一次焦躁不安的散步，从海德公园往回走，却遇上了卓莫尔。也真是怪，居然认出了离校后难得一见的同学。但没错，是约翰尼·卓莫尔，沿着格林公园一边的皮卡迪利大街①栏杆，悠悠闲闲地走来。他两条骑手的细腿走路略有摇摇摆摆，一顶花哨的时髦帽子略略歪在一边，一双骨溜溜怪眼像是在打趣，那神情却总像在打赌。没错——正是那个爱开玩笑的约翰尼·卓莫尔，那个一会儿忽忽不乐，一会儿焦躁不安，却总是花样百出的卓莫尔；他有一副好心肠，表面上却显得为那心肠好而羞惭。没错，在中学里共一个寝室，在大学里又做同学——这缘分神奇得难以破除。

---

① 格林公园在海德公园之东，再东面是圣詹姆斯公园，三个公园相距极近，几乎连在一起。皮卡迪利大街在格林公园的西北面，是公园的"边界"。

"马克·莱恩南！老天在上！好久好久不见了。打从你成了大显身手的——你那行当叫什么？遇上你叫我快活透顶，老兄！"

这千真万确就是往事故人了，在思想感情等一切方面早已消失；莱恩南的头脑呼呼地开动起来，想找个彼此感兴趣的话题，同这位又打猎又赛马的社交人物谈下去。

约翰尼·卓莫尔又活生生出现了——他二十二岁时，莱恩南的头脑一针见血地给他打下了印记；在那以后，他的思想和感情原封不动保持下来——在人生哲学方面，约翰尼·卓莫尔始终停留在一个观点；凡是同马、女人、酒、雪茄、玩乐、善心无关，凡是同他那长期打赌无关的一切，都是可疑的、反常的。这约翰尼·卓莫尔的心中，也有个较深的所在，也有一缕饥渴；这就不止是约翰尼·卓莫尔了。

他说话有头没脑的，声音多怪！

"你现在是不是见到老福克斯？去赛过马吗？住在城里？是不是记得老好人布兰克？"随后闭了一会儿嘴，又迸出另外一串话："去过班布利那里吗？从不去赛马？……来吧，到我'窝'里去。反正你没事干。"对约翰尼·卓莫尔真是说不清：他叫不出名称的这个"行当"是有事干的。"来吧，老兄。这一阵子我情绪低落。全怪这该死的东风。"

马克记得很清楚，他们那时在班布利那里合住一屋，约翰尼·卓莫尔在拼命取乐或胡闹一番之后，情绪也会低落一阵。

殷红的花朵 | 229

他们沿着皮卡迪利大街旁的小路走着,来到那二楼上的"窝"。那里有暗暗的小门厅,有范贝尔斯①的绘画,有《名利场》的漫画,有比赛用马的图片,有历史悠久的"睡袍"障碍赛图片;那里有些大交椅,有《赛马指南》推荐的全套装备,还有一些看赛马的小望远镜、狐狸头标本、鹿角和猎鞭。但另外也有些东西,他一看就觉得同整个场景不很协调,甚至格格不入——那是凌乱的一堆书、一只插着不少花的大花瓶,一只灰色小猫。

"坐下吧,老兄。要喝点什么?"

那座椅很奇妙,有两个硕大的茶色皮扶手:他深深陷在椅子里,睡意蒙眬地听着和说着。班布利、牛津、高蒂的几个俱乐部——亲爱的老高蒂呀,现在已经作古!——都是早已过去的事;如今又恍若重现在他四周。但隐隐约约的,弥漫在复苏起来的回忆中,飘荡在他们雪茄的烟雾中,混杂在约翰尼·卓莫尔含糊的谈话里——总有那么点疏离感和隔膜感。会不会因为那乌贼墨的画?——这画挂在远远的墙边,在那橡木餐具柜上,在坦塔罗斯②像的上方——画中那女人的脸朝屋里凝望着。说不定是这缘故。除了这些花,除猫咪顶着他手的毛茸茸小脑袋,这画的情调不像这里的任何东西,但怎么不像却说不明、道不白。也真怪,有时候单单

---

① 范贝尔斯(1852—1927)是出生于比利时诗人家庭的人像画家。
② 坦塔罗斯是希腊神话中主神宙斯的儿子,因触犯天条,受罚在冥界受苦:站在齐颈深的水里,口渴想喝水,水就退去;想吃头旁的果子,风把果子吹开;头上还悬有随时可能砸死他的大石头。

一样东西竟主宰了整间屋子,尽管精神上相去甚远!它像是影子,落在卓莫尔摊手摊脚的身上,落在他大雪茄后鼻子长长的脸上,还落在他眼睛上——那张脸留有风霜痕迹,眼睛里有着古怪、严肃、打趣的神情,而在其深处还有着沉思。

"你有没有情绪低落的时候?糟透了,是吗?变老啦。你瞧,我们都很老啦,莱尼①!"啊!二十年来没人叫过他莱尼。话说得很对,他们是老了,却不大肯说出口。

"你瞧,一个人开始觉得老了,就已经完了——反正也差不离。谁忍心坐下来眼看这样呢。来吧,同我一起去'蒙特'!"

"蒙特!"旧时的创伤从没完全愈合,如今一听这词,那伤口又开始一抽一抽地痛,几乎说不出:"不,我对'蒙特'没兴趣。"

他当即看到卓莫尔的眼睛在打量他,听见他在问:

"你结婚了?"

"对。"

"从没想到你结婚了!"

这么说来,卓莫尔想到过他。怪了!他可从没想到约翰尼·卓莫尔。

"要是不打猎,冬天差劲透了。你变了好多;差点没认出你来。上一回看见你,你刚从罗马或什么别的地方回来。

---

① 莱尼是莱恩南的昵称。

做个——雕塑家是啥滋味?有一次倒是见过你的什么东西。马的雕塑做不做?"

做的;就在去年,他做了几匹小种马的浮雕。

"我想,也做女人的吧?"

"不常做。"

那两个眼珠儿微微一转。真是奇特,竟有那种不登大雅的兴趣!不管生活怎样对待他,约翰尼·卓莫尔永远长不大,以前和现在都像是孩子。当初在班布利的时候,卓莫尔总是想什么就说什么,眼下如果仍这样,他就会说:"那对你很有吸引力;我想,你准是快活透了。"这就是他们之间的情形。虔诚的非利士人①看到艺术,总皱起眉头,说是"对灵魂很危险";卓莫尔对艺术的看法同他们一样,只是表现形式恰恰相反。都是娃娃!对艺术的意义,对艺术的追求和向往,根本就一窍不通!

"你搞这个挣钱吧?"

"哦,挣的。"

那双眼睛又转了转,似乎很欣赏,那模样仿佛在说:"嘿!这玩意儿倒比我想的有花头?"一阵长久的沉默后,窗外已是紫莹莹暮色,他们身前的壁炉里火光闪烁,打呼噜的小灰猫偎着他颈子,还有他们雪茄的袅袅青烟。此刻他有一种奇异的休憩感,仿佛昏昏欲睡,这可是他多天来不曾领略

---

① 非利士人公元前12世纪定居于巴勒斯坦南部沿岸。《圣经》中说他们没有教养,不懂文学艺术。

过的。接着——有什么东西,不,是有人在门口,在那边餐具柜旁边!这时卓莫尔说话了,嗓音挺怪的:

"进来,娜艾尔!你认识我女儿吗?"

一只手握住了莱恩南的手,这只手给人捉摸不定的感觉,那种沉着像老于世故的女人,又似乎有孩子的冲动热情。只听得年轻的嗓音短促而清晰地说:

"你好。我这猫——它很可爱,是吗?"

卓莫尔扭亮了灯。这姑娘身材修长,灰色的骑装裁剪得出色至极;一张脸不像孩儿脸那么圆,也不像成年女人,面色微微泛红又神情自若;雅致的帽子下是浅褐色鬈发,用黑缎带扎在脑后;那眼睛活脱就是庚斯博罗《佩尔蒂塔》[①]的眼睛——灰色的,慢悠悠的,却非常迷人,再加翘翘的长睫毛,总之,这眼睛能吸引万物而又不失其天真。

他刚想说:"我还以为你从那画里出来。"——但是看到了卓莫尔的脸,就没说出口,支吾了一句:

"这么说,这是你的猫咪了?"

"是啊;它同谁都亲。你喜欢波斯猫吗?它真是全身毛茸茸的,你摸!"

他手指伸进猫咪厚厚的毛里,说道:

"没有毛的猫可就怪了。"

"你见过没有毛的猫咪吗?"

[①] 庚斯博罗(1727—1788)是英国画家,代表作有《蓝衣少年》《西顿夫人》等。《佩尔蒂塔》是画名,为意大利文,意为"迷途者"。

殷红的花朵 | 233

"哦,见过!干我这一行就得深入到毛皮底下——我搞的是雕塑。"

"这一定有趣极了。"

这是个什么样的孩子啊,多像懂得人情世故的女人!现在他能看清那乌贼墨的画了,脸上各部分都比较见老——嘴唇不很丰满,神情不很天真,面颊不很圆润,还带点凄凉绝望之感——这是饱经生活沧桑的脸。但有着同样的眼睛——那不堪回首的神情充满幻灭,却有着什么样的魅力!这时莱恩南注意到:那画框上有灰色帘子安在细杆上,眼下正拉在一边。他听见那沉着的年轻嗓音在说:"我给你看我的画,好吗?要是你不见怪,那就太感谢你了。你可以对我评说评说这些画么。"

莱恩南看着姑娘打开了活页夹,有点失望。都是些女学生的画;他一张张细看,觉得姑娘正望着他,那样子就像动物在望着你,在掂量要不要喜欢你;现在姑娘走过来站得很近,胳臂已碰到他胳臂。他一再努力要为这些画找出些优点。但事实上并无优点。在其他事情上,如果说他还能讲几句违心话,免得伤人家感情,那么在艺术问题上,他万万做不到。所以,他只是说道:

"我看,没人教过你画吧。"

"你愿意教我吗?"

他还没有回答,姑娘已变得大人气十足,收回了这个幼稚的问题。

"当然啰,我不该这么提要求。这会使你厌烦透顶。"

在此以后,他只隐约记得卓莫尔说过话,问他是否曾去罗腾路①骑马;只记得姑娘那眼睛跟着他转;还有姑娘的手又孩子气地紧握他一下。再以后,他就走下灯光暗淡的楼梯,经过一长列《名利场》漫画,走进户外的东风里。

---

① 罗腾路是海德公园中一条较长的专用马道,在塞本泰恩河之南,靠近骑士桥。

三

回家途中，在穿过格林公园时，他的焦躁之感是加重了呢，还是减轻了？很难说。肯定有一点受捧的感觉，也有点温暖的感觉；不过也感到心烦，正如接触某些人就会感到的，因为在他们眼里，艺术很有趣却并不现实。想到要教那孩子作画——那个傻姑娘，爱骑马又爱小猫；还有一双《佩尔蒂塔》的眼睛！真怪，这姑娘怎么一下子就同他交上朋友！也许，同姑娘经常接触的人相比，他有点不同吧。这姑娘说话多妙！真是个出奇又逗人的孩子，可以说相当可爱！肯定不超过十七岁——还是——约翰尼·卓莫尔的女儿！

寒风凛冽，裸露的树木间露出明亮的灯光。伦敦的夜晚总是很美，哪怕在正月，哪怕在东风里——这样的美，他永远看不厌。那些轮廓分明的黑魆魆巨大形体，那些忽明忽暗的点点灯火，宛若一群星星飞向地上；还有无数生命在搏动、在活动，温暖着所有这一切——对于这些生命，他时常渴望着想要了解，要成为其中一部分。

他把这次巧遇告诉了西尔维娅。卓莫尔！这个姓氏让她一怔。她记得有一支爱尔兰老歌,叫作《卓莫尔的城堡》①,那里面的副歌很怪,总叫人心里丢不开。

整个星期里天寒地冻,莱恩南开始为他家的两条牧羊犬塑像——塑得同真狗一样大小。然后冰就化了,因为吹了一阵西南风——这种风每年二月里一吹,总给人春意荡漾之感,似乎以后再也感受不到了;这时,人的七情六欲也活动起来,像睡意蒙眬的蜜蜂晒到了阳光,四处漫飞。这唤醒了他心里对生活、对感知、对爱的渴望,而且这感觉比往常猛烈——反正是渴望某种新的感受。当然,让他再去卓莫尔家倒并不是因为这个;哦,不是的!只是出于友谊,因为他还没把住址告诉这位老室友,而且也没对他说:倘若他肯来舍间一叙,内人将很高兴结识他。再说,瞧他那饱经沧桑的神态,约翰尼·卓莫尔的经历决不会一帆风顺。对!再去他那里只是出于友谊。

卓莫尔坐在他那长靠椅上,嘴里噙着雪茄,手里拿着铅笔,膝头上是那本鲁夫氏的《指南》;他边上是一本绿色大书。今天他喜气洋洋,完全不同于上回那种时时发作的阴郁。他没有站起来,只是咕哝说道:

"你好,老兄!——很高兴见到你。坐吧!你瞧!这是'温柔乡'——你说我该把它配——圣迪亚沃罗呢,还是配蓬特·卡内?——它同圣保罗的关系不超过四代。这回要凭'温柔乡'弄匹真正的好马驹子!"

---

① 这是一首催眠歌,又名《十月的风》,因为该歌以"十月的风"开头。

莱恩南从没听到过带"圣"字的马名,回答说:

"哦,配蓬特·卡内,毫无疑问。不过,既然你在工作,我改日再来。"

"天哪!没的事!抽烟吧。我这就查出它们血统,马上结束——抽口烟。"

莱恩南坐定下来,看他在雪茄的青烟中刨根究底,不时听到他喃喃的惊叹或赌咒。这种寻根究底,也像自己以黏土努力搞创作,当然同样神圣,同样专心致志;因为在卓莫尔心目中,有一匹十全十美的赛场好马——他也是在创作。这决不单单是弄钱的法门,这也能叫人肃然起敬,当人们为此搓着两个巴掌,自会感到特有的激动,一种与创作成果俱来的激动。只有一次,卓莫尔停了下来,转脸说道:

"要找到正确的主根难透了!"

是真正的艺术!每件作品的轮廓出来以前,先得找到作品的重心,作品的中枢;每个艺术家都清楚知道,这种寻觅多么艰苦卓绝。……今天他注意到猫咪不在了,花没有了,所有让人感到异样的东西都不在了——就连那幅画也被帘子遮着。难道那姑娘只是一场梦——是他渴望青春而激起的幻觉?

这时他看到,卓莫尔已不看那本绿色大书,正站立在炉火前。"娜艾尔上回挺喜欢你。不过你一向很有女人缘。还记得科斯特那里的姑娘吗?"

那时他只要手里有钱,每个下午都去科斯特茶室,只为了喜欢怯生生看着那张脸。就为了看某种美——仅此而已!

在这个问题上，约翰尼·卓莫尔的理解至今并无提高，同他们在班布利的时候一样。就算想解释，也不会有丝毫改进！他抬眼看了看那双骨溜溜眼珠，听见那打趣的嗓音在说：

"我说——你头发在变白呢。我们真老啦，莱尼！人结婚就老。"

莱恩南应道：

"顺便说一句，我从没听说你结了婚。"

卓莫尔脸上的逗趣神情顿时消失，就像烛焰给吹灭似的；随即泛起古铜色红晕。他好几秒钟都没说话，随后脑袋朝那幅画一摆，粗气哑声地嘟哝道：

"那个，一直没机会结婚；娜艾尔是'外头生的'。"

莱恩南心中有点冒火，卓莫尔说那个词的声气，似乎还耻有这个亲生女儿——为什么？正像他这类人——在场面上混的人最偏狭！总跟着人家话头转，没个定见；这种随波逐流的可怜鬼，就算有自己的真实感情，却没有牢靠的锚位供他们系住！莱恩南拿不准；对他的为人之道，卓莫尔会高兴呢，还是会认为他啰嗦？甚或不信他这一套？但他还是说了：

"说到那个，这只会使每个正派男女更加疼爱她。她让我什么时候教她画画？"

卓莫尔走到房间那头，拉开画上的帘子，闷声闷气地说："我的老天，莱尼！人生很不公平。娜艾尔的娘因为生她而死。我倒情愿死的是我——这不是扯淡！女人就是命苦。"

殷红的花朵　　239

莱恩南从舒适的椅子里站起来。因为这话让他吃了一惊,想到了过去,想起那夏日之夜的另一位不幸女人,心里涌起无从磨灭的极度悲哀。他回过神来,平静地说:

"过去的毕竟过去了,老兄。"

卓莫尔拉上帘子,遮好了画,回到壁炉旁。整整一分钟他凝视着炉火。

"我对娜艾尔怎么办呢?她快成人了。"

"此前你对她怎么办的?"

"她一直在上学,每到暑假就去爱尔兰——我在那里有点老家产。到七月里,她就十八岁了。那时我得把她介绍给妇女界什么的。难就难在这里!怎么介绍?介绍给谁?"

莱恩南只能喃喃回答说:"我妻子可算上一个。"

他随后便告辞了。约翰尼·卓莫尔?当那孩子的保护人!真是奇了怪了!孩子待在那单身汉的窝里,周围尽是鲁夫氏的《指南》,那生活一定够怪的!她将会怎样?将被交际场上某个纨绔子弟迷住;随后无疑会嫁给他——卓莫尔会把事办得很彻底,他对体面的标准显然很高!而以后——也许走上她母亲那条路——画上那可怜人的脸多么诱人,多么绝望。算了吧!这不是他的事!

四

不是他的事！然而得知姑娘身世后，那点同窗之谊又让他来到卓莫尔家，为的是证明："外头养的"云云并无实际意义，只是老同学自己的想象而已；同时再明确告诉这位老友：只要孩子喜欢来他家，西尔维娅随时乐于接待。

先前，西尔维娅听他讲了娜艾尔的身世，曾端详着他的脸，沉默很久，随后说道："可怜的孩子！不知她自己是否知道！即便在如今，人们也并不宽厚！"至于莱恩南自己，他可想不出有谁会注意这种事；就算注意了，也只会对这孩子更好；不过在这种事情上，还是西尔维娅的判断比较正确，比较接近一般人的想法。西尔维娅的接触面比他广，所接触的人里面，也较多普普通通的人。

他第三次造访卓莫尔的窝，时间已很晚。

"找卓莫尔先生？哦，先生，"说话人脸上的神态，显得深受东家宠信；拜全知全觉的上帝所赐，这神态在皮卡迪利一带的仆人中很典型——"卓莫尔先生不在家，先生。但多半可以肯定，他要回来换衣服。娜艾尔小姐在家，阁下。"

娜艾尔正坐在那里桌前，把相片一张张贴上相本——

待在中年男人的寓所里，这小东西真是寂寞！莱恩南无声地站停在门口，瞧着她背影，只见她浅棕色浓密鬈发扎在脑后，垂在深红色衣服上。这时，那心腹家人轻声通报说：

"莱恩南先生到，小姐。"莱恩南更轻地添了一句："我能进来吗？"

姑娘非常沉着地把手伸进对方手里。

"哦，当然，请进！只要你不在乎我摊得一团糟。"她稍稍一握来客的几个指尖，又说："给你看我的相片，你会厌烦吗？"

于是他们一起坐在相片前——都是些快照，照的是拿着猎枪或钓鱼竿的人，三五成群的女学生，小猫，骑在马上的卓莫尔父女；还有几张是个英俊小伙子，宽宽的脸盘显得有点鲁莽。"这是奥利弗——奥利弗·卓莫尔——是爸爸堂兄的下一代。他挺不错的，是吗？你喜不喜欢他那表情？"

莱恩南说不上来。不说是她的再从兄，倒说是她父亲堂兄的下一代！他感到不平又同情，心中又蹿起一股无名火。

"学画的事怎么啦？你还没上门让我教你呢。"

娜艾尔的脸红得跟她衣裳颜色差不多。

"我只当你说的是客气话。我本不该提这要求。当然啰，我是再情愿不过的——只是我知道你会厌烦的。"

"完全没有的事。"

听了这话，她抬头一看。那眼睛懒洋洋的多奇妙！

"那我明天就来，好吗？"

"随你哪一天,在十二点半到一点之间。"

"地点呢?"

他拿出一张名片。

"马克·莱恩南——好啊——我喜欢你这姓名。上一回我就喜欢了。好得没说的!"

姓名里有点什么呢,竟让姑娘因此而喜欢他?他作为雕塑家的确很有名,但姑娘肯定不知道,因此不可能同这有关。不过啊,对孩子们来说,姓名里的花样多着呢。在他自己小时候,麦克鲁恩、斯班尼厄德、卡尼奥拉、艾尔台布伦①、麦克雷先生,这一类词对他有多大诱惑力!整整一个星期里,全世界都是麦克雷——高蒂极普通的朋友。

也不知给什么迷的,反正姑娘现在说话够自在的——谈她的学校,谈骑马,谈驾驶汽车——看来她喜欢飞快地来来去去;谈到纽马基特②——那真是"没有缺点了";还谈到剧场——那类戏也许能得到约翰尼·卓莫尔称赞;再加上《哈姆雷特》和《李尔王》,便是她看过的一切戏剧了。在思想上和艺术上,姑娘家受到的熏陶如此之少,从来还没见过——但是她不笨,看来很有天生的鉴赏力;可惜的是,她显然缺乏机会。怎么行呢——"首领"约翰尼·卓莫尔,

---

① 以上四个词同后面的"麦克雷"一样都是音译,指的是:杏元饼干、西班牙人、南斯拉夫斯洛文尼亚西部一地区、毕宿五(即金牛座α)。
② 纽马基特在伦敦北面110公里,是著名的赛马地和职业骑师俱乐部所在地。1634年查理一世在此设第一个赛马奖(1967年伊丽莎白二世在此创办种马场)。

殷红的花朵 | 243

"保护者"① 约翰尼·卓莫尔！当然，娜艾尔在学校里的时候，曾给带到国立美术馆去过。莱恩南眼前出现了一幅景象：十来个年轻姑娘，跟在一位老姑娘裙子后面，一会儿称赞兰西尔②画的狗，一会儿在波提切利③的天使像前吃吃嬉笑，像矮树丛中的鸟雀，反正不是直瞪瞪看着，便是窸窸窣窣、叽叽喳喳忙个不停。

不过，身居约翰尼·卓莫尔世界这样的环境，与受教育的同龄姑娘相比，这孩子还更天真一些。就算那迷人的灰眼睛盯着他转来转去，也极其坦然而毫不自觉；至今也没一点轻佻的样子。

一小时过去了，卓莫尔还没有回来。想到这不相宜的住所，想到这年轻姑娘的孤独，莱恩南的平静开始受到影响。

她晚上干什么呢？

"有时候我跟爸爸去看戏，平时都待在家里。"

"在家做什么呢？"

"哦，只是看看书，或讲讲法语。"

"什么？自己对自己讲？"

"是啊；奥利弗来了，就同他讲。"

这么说，有奥利弗来！

---

① 这里的"首领"和"保护者"在原作中为拉丁文 duce et auspice，出自古罗马诗人贺拉斯（前65—前8）的作品。
② 兰西尔（1802—1873）以画动物著名。伦敦特拉法尔加广场纳尔逊纪念柱底座的四只铜狮是其作品。
③ 波提切利（1445—1510）是意大利佛罗伦萨杰出画家。尤其受英国拉斐尔前派画家推崇。

"你认识奥利弗多久了?"

"哦!从小就认识。"

他本想问:那有多久呢?可还是忍住了没问,接着起身告辞。姑娘拉着他袖子说:

"你别走!"她说话那模样像小狗咬着玩似的,上唇一缩,小巧的白牙齿咬着下唇,下巴颏稍稍朝前一突。一瞬间露出点任性的脾气!莱恩南微笑着喃喃说道:

"哦,你瞧!我是得走了。"

一看到这样,一听到这话,姑娘立刻恢复得彬彬有礼,只是有点难过地说:

"你一直没叫我名字。你不喜欢,是吗?"

"你指娜艾尔?"

"对。当然啰,实际上是艾莉娜。你不喜欢这名字吗?"

就算他原先有点嫌这名字,现在却只能说:"非常喜欢。"

"我高兴透了!再见。"

走到外面街上,他吃惊地感到,自己不像袖子被拉了一下,而像是心儿被揪住了。在他回家的路上,这种温暖而迷惘的感觉始终伴随着他。

晚餐前更衣的时候,他颇不寻常地端详镜中的自己。是啊,他的黑头发依然浓密,但是很明显已有了白发;眼部周围也有很多皱纹,眼睛眍得特别深,像是被生活逼得陷了进去,尽管微笑时仍显得很殷切。如今他的颧骨也几乎成了"博普腮",脸颊又黑又瘦,小胡子还算黑,但下面的颌部看

殷红的花朵 | 245

上去僵僵的没有肉。这完全是历经生活风雨的脸，他看不出有哪点能招孩子喜爱，让孩子乐于同他做朋友。

他正这样观察自己，西尔维娅进来了，送来一瓶新开封的科隆香水。西尔维娅总是为他送这送那——在这方面，她的可爱无人可及。她穿着领口低低的灰色连衣裙，白皙的肤色、依旧漂亮的容貌以及浅浅的金黄头发；所有这些很少受岁月影响，但离真正的美还有距离，因为缺了点为其增色添香的深度和棱角，正如她精神上少了点泼辣什么的。马克虽然感到这种缺憾，但无论如何不会让西尔维娅知道。妻子这样善良、谦卑、情意绵绵，身为男人，要是连琴瑟上一点小缝都不愿掩盖，就不配活在世上。

当晚，西尔维娅又唱起《卓莫尔的城堡》，这轻快的歌曲古怪又叫人难忘。她上楼以后，莱恩南抽着烟望着炉火，仿佛看到那姑娘来了，穿着深红色衣裙，坐在对面，两眼盯视着他，正是他们坐着交谈时的神情。深红色跟她很配！跟她说"你别走"时脸上的神色很配！真的，她有那样的父母，个性里若没有一点任性，那才怪呢！

五

第二天,他被叫出工作室,只见一幕不寻常的情景——约翰尼·卓莫尔穿戴齐整,正在同西尔维娅说话,态度斯文但不很自然,那双骨碌碌眼睛也经过仔细掩饰!莱恩南太太骑马吗?啊!太忙了,这是当然的。帮助马克搞他的——呃——不帮他!真的!看的书一定很多吧?自己从来没时间看书——没时间看书也真叫人心烦!西尔维娅听着、微笑着,非常安静,非常和蔼。

卓莫尔来的目的是什么?来这里"踏勘"一下,要弄弄明白:为什么莱恩南夫妇对"外头养的"毫不介意——要看看他们的家庭是不是值得尊敬。……即使在校时跟他共一间寝室,但对于"干那什么行当"的人,还得再观察观察!……他这么操心女儿的事,本可用来创造完美良马的时间,现在舍得为女儿用,这应当受到赞扬!总的来说,看来他得到的结论是:他们这对夫妇或许可有所帮助,因为即将成年的娜艾尔要进入社会,这段时间必须面对却又颇为不便。

西尔维娅的好心肠是一目了然的,看来这甚至让卓莫尔着了迷，以至于放弃了惯有的警惕，脱下了插科打诨的甲胄，不怕在生活的长期博局中吃亏。真的，一离开西尔维娅跟前，简直如释重负；只见那原有的好奇神色溜回他眼中，这眼神中饱含七情六欲，看来顾不得当爹的天然愿望，却巴望在这好时光的神秘圣地——在这"叫什么行当"的工作室——发现点什么——呃——有趣的事物。瞧他那放心又失望的矛盾心情，真是意味无穷。哎呀！没有模特——连赤身露体的人像雕塑也没有，光是人的头像，动物的铸像，还有诸如此类的严肃作品——绝对没什么东西能让年轻人脸红，或让约翰尼·卓莫尔眼睛为之一亮。

在那组牧羊犬塑像周围，他转过来转过去，皱起他那个长鼻子，左看右看却不吭一声；这倒很稀奇！同样稀奇的是，他又突然说道："好透了！你肯不肯替我做一个，做一个娜艾尔骑马的？"他有点疑惑，也颇具戒心地听着对方回答：

"也许我能为她做一尊小像；如果做的话，就浇个像给你们。"

难道他以为在什么方面给算计了？因为他出神了好几秒钟才说话，嘟嘟囔囔地似乎在敲定一个博局：

"一言为定！要是你想有个灵感，要和她一同去骑马，我随时给你提供坐骑。"

他离开之后，莱恩南留在原处，在渐渐浓重的暮色里，看着尚未完成的牧羊犬塑像。他又感到烦躁起来，似乎接触到某种怀有敌意的、互不理解的陌生事物！为什么让那对父女这样闯进他生活呢？他关上工作室的门，回到客厅。西尔维娅正坐在壁炉围栏边，直瞪瞪瞧着火，她随即让身子挪过来，靠在丈夫膝头上。她书桌上亮着烛光，照着她这些年来没多大改变的头发、面颊、下巴颏。在烛光映衬下，她构成一幅美丽的图画；烛火在那里摇曳，慢慢烧燃，不可避免地滴下白蜡的烛泪——在一切没有生命的物件中，烛焰最栩栩如生，最像是生灵，它这样温暖柔软，如此摇曳不定，差点就认不出是火了。一阵风吹来，它东晃西摆起来。莱恩南起身去关窗，回来时，西尔维娅说道：

"我倒很喜欢卓莫尔先生。我觉得他为人比看起来的要好。"

"他要我替他女儿做个骑马的小像。"

"你做吗？"

"我说不上。"

"要是她真的很漂亮，倒还是做的好。"

"说她漂亮不太确切——但她与众不同。"

西尔维娅转过身，抬头朝他看看，他本能地感觉到，下面说出来的话将难以回答：

"马克。"

"嗯。"

"我想问你：近些日子来你真感到快活吗？"

"当然。为什么不快活呢？"

还能说什么呢？近几个月来他的这些感觉，讲给没这种感觉的人听，只会让人觉得可笑，只会让西尔维娅心神不

殷红的花朵 | 249

宁。听到这个回答，西尔维娅又转向炉火，默默无言地靠着丈夫膝头。……

三天后，两条牧羊犬突然不肯摆姿势了，也不管马克花了多大工夫，才哄得它们摆成了姿势，这时却一撒腿就跑到工作室门口。原来娜艾尔·卓莫尔正在街上，胯下那匹小黑马身子扁扁的，额前和蹄上都有白斑，小耳朵山羊般地竖着，又怪又机灵，而且两个耳朵尖离得非常近。

"爸爸说，我最好把'喜鹊'骑来给你瞧瞧。它不习惯老站着不动。这两条狗是你的吗？多可爱！"

娜艾尔的腿本已跨过鞍子，这时就下了马；两条牧羊犬立刻竖立起来，把前脚搭在她腰间。莱恩南牵着黑马——这小牲口不同凡响，生气勃勃，肌肉鼓鼓，绸缎般的皮子，水灵灵的眼睛，跗关节挺直，修剪过的细尾巴垂到蹄边。这小牲口好看得非同一般，绝非那种叫艺术家泄气的好看。

他把骑这马的人都忘了，倒是逗着狗的姑娘抬起头来，对他说道："你喜欢这马吗！你真好，肯为我们塑像。"

姑娘骑马离开时，一直回头看着，直到拐过街角。莱恩南想引两条狗再摆好姿势，它们却再也坐不定了，时不时到门边听啊嗅啊，真是样样事情乱了套、出了岔。

当天下午，在西尔维娅提议下，他俩一起去卓莫尔家拜访。

他们被领进去的时候，他听见有个调门很高的男人嗓音在说话，但用的语言和他的不同，随后是姑娘的声音：

"不，不行，奥利弗。'谈情说爱的事情总得有一方爱，另一方自愿让人爱。'①"

他们一看，娜艾尔正坐在她父亲常坐的椅子里。有个小伙子无精打采地坐在窗台上，这时候站了起来，一动不动的；他的宽脸盘很好看，表情里带着点倨傲。

莱恩南很有兴趣地端详着他——在二十四岁左右，有些纨绔子弟的派头，脸刮得干干净净，黑油油的鬈发，两只离得较开的淡褐色眼睛，还有相片上那种鲁莽的好奇神情。他居高临下似的打个招呼，声音很高，还有点懒洋洋的拖腔，但并不讨厌。

莱恩南夫妇坐了一会儿就告辞了。走下灯光暗淡的楼梯时，西尔维娅说：

"娜艾尔说再会时的模样多么逗人爱——就像要把脸凑上来让人吻！我觉得她很可爱。那小伙子也一样。他们很般配。"

莱恩南颇为突然地接口道：

"啊！我想他们也是。"

---

① 原文为法语。

殷红的花朵 | 251

六

从那以后,娜艾尔常来他们家:有时独自来,有两回随约翰尼·卓莫尔来,有时同奥利弗一起来——在西尔维娅的感化下,小伙子的那种疏远神情很快便消失。娜艾尔的小塑像已开始做。接着,春天实实在在来了,还有约翰尼·卓莫尔生活中的真正大事——纯种马的赛事,因为这时他不必再作不合常规的"跳跃",而这种冒险使他的天才难以施展。在纽马基特首场赛马会的前一天,他在他们家进餐。他对西尔维娅深有好感,临走时总对莱恩南说:"你的太太真有魅力!"而西尔维娅也深知这位俗人,理解他才穷智竭的窘况,感到其无助处境的可悲可悯。

那天晚上他走了以后,西尔维娅说:

"娜艾尔这座像你快完成了,这段时间里,是不是该请她同我们住在一起?眼下她父亲经常不在家,她一定非常孤独。"

西尔维娅就是想得这么周到。但是这孩子既有古怪的大人气,又像小鸟依人,还有《佩尔蒂塔》那样的眼睛,接她来家是忧还是喜呢?莱恩南可真的说不上来。

娜艾尔来到他们家，那高兴劲儿让人感动——就像主人家全外出度假，留下了一条狗，谁对它好，就马上同谁亲。

她一点不给人添麻烦，因为早已习惯了自我消遣；她时时会从孩子一变而为世故的女人，看着也叫人觉得怪。家里有这个小东西，倒也是一番新的欢快感受。莱恩南夫妇都想要孩子，却没有这运气。两次都因为生病而没成功。也许，正因为西尔维娅有这欠缺——少了点泼辣劲，才让她做不成母亲？她自己就是独苗，所以侄儿、侄女、外甥、外甥女一个也没有；而西塞莉的几个儿子原先一直在校，如今都踏上了社会。是啊，是一番新的欢快感受，而在这种感受里，莱恩南的烦躁似乎融合了进去，似乎消失了。

除了娜艾尔端坐着给他照着样子塑像，其他时候他有意很少见这姑娘，让她去偎依在西尔维娅温暖的翅膀下；她也正是这样做的，似乎永远也不想从这翅膀下出来。就这样，对她的古怪热情和更为古怪的沉静，莱恩南始终饶有兴味地观察着，毕竟这种观察很有审美的乐趣，因为她半是沉迷、半是迷人的奇异凝视中，有着惹人哀怜的可爱，也让人有梦幻之感，仿佛她满腔情思没一个去处。

每天上午，她为自己的塑像摆过姿势后，还常待上个把小时，低着头画画，但是毫无长进。莱恩南常常发现，姑娘的大眼睛盯着他一举一动，而那吸引力之大，让两条牧羊犬老趴在她脚边，毫不动弹，却一个劲儿眨眼睛。莱恩南还养

殷红的花朵　｜　253

着一只寒鸦①和一只猫头鹰,都可在工作室里自由飞动;这两只鸟也一样,在所有的女性中,除了对女管家,对娜艾尔最宽宏大量。寒鸦常歇在她身上,啄她的衣裳;而猫头鹰只是挑动她斗眼神,彼此用勾魂的目光对视,但从没决出胜负。

现在娜艾尔同他们住在一起,奥利弗·卓莫尔开始常来他们家转转;他来的时间没个准,而各种各样的借口却一眼即能看穿。在他的跟前,娜艾尔极其任性:有时简直一言不发,有时把他当哥哥看待。对此,可怜的小伙子概不计较,只是坐在那里,满心爱慕地看着她,至于表现的方式是气冲冲还是意绵绵,就决定于娜艾尔的态度。

七月里有一个黄昏,莱恩南记得最清楚。这一整天他干得很辛苦,这时走出工作室,来到庭院里,想在夕阳中抽支烟,让面庞在太阳落到墙后前感受一下阳光。客厅外的窗下是大盆绣球花,他坐在盆边,听着远远传来的圆舞曲,那是手摇风琴的声音。在这里什么也看不见,只能望到一方湛蓝的天空,还有他们家厨房烟囱冒出的轻烟;在这里能听到的,只是那乐曲,还有街上永不止息的嗡嗡声。鸟群两次飞过——都是欧椋鸟。一切都十分安宁,他的思绪就像他纸烟燃起的烟飘荡着,直到碰上谁也不知是什么的其他思绪——因为思绪自有其短暂倏忽的生命,自然也有寻找伴侣的欲

---

① 寒鸦是鸦的一种,颈项灰色,眼若珍珠,主要分布在不列颠群岛到中亚地区。

望，寻到了就轻灵地融合在一起，生出其后代。为什么不能呢？在这奇迹荟萃的世界上，一切事情都有可能。就说那悠远的舞曲吧，也会找什么曲调去结合，去缠在一起并生出新的和音；这和音飘飘荡荡，也会找上飞虫蚊蚋的嗡营之声，再次生出后代。真是怪——每件事物都要找别的事物结合在一起！在一朵近乎粉红的绣球花上，他注意到一只蜜蜂——在这幽僻的花园里，在砖砖瓦瓦、铺地石子和盆栽花木之间，竟然注意到它！这毛茸茸、孤零零的小东西，睡意昏沉地待在那里，就好像忘记了为什么而来——也许同样受落日余晖的引诱，停止了操劳。它收拢的翅膀亮闪闪的，它的眼睛似乎闭着。那手摇风琴依然在响，曲调里充满着渴望、期待、渴望。……

这时，他听到头上的窗子里传出了话声，是奥利弗·卓莫尔的嗓音，调门很高，还有点拖腔，很容易听出来——这声音先是在委婉央求，后来变得急迫又强硬。突然响起了娜艾尔答话的声音：

"我不愿意，奥利弗！我不愿意！不愿意！"

他站起身来想要走开，不听屋里的说话。但接着，门砰的一声，他看见娜艾尔就站在他上方的窗口，腰部正在他头的高度上；只见她满脸通红，一双灰眼睛亮得很不妙，丰满的双唇分开着。莱恩南问道：

"什么事，娜艾尔？"

姑娘弯下身一把抓住他的手；他感到姑娘的手火烫

火烫。

"他吻了我!我不肯——我不愿意吻他!"

要安慰孩子的伤心,有各种各样的话;现在都乱糟糟涌进莱恩南的脑海。可是他拿不定主意,不像平日的自己。突然姑娘双膝着地,把火烫的前额凑在他嘴唇前。

看来她真是个小孩子,想让那里给吻一下,方能恢复。

七

见到这次非同寻常的发作,莱恩南考虑了很久,斟酌着要不要同奥利弗谈一谈。但他能说些什么呢?站在什么立场上呢?而且——凭什么样的感情呢?或者,是否该同卓莫尔谈谈?但是他这人就知道赛马场的事,精神生活方面的事从来就是禁区,要同他谈这事很不容易。马克觉得也没法同西尔维娅谈这事;如果说出孩子的这次发作,说出那震撼时刻——说孩子双膝着地、把火烫的额头凑到他唇边祈求宽慰——这岂不辜负人家的信任?如果娜艾尔要人家知道这事,该由她自己去说。

第二天奥利弗来到莱恩南的工作室,这年轻人自己解决了这件难事。他进来时镇静沉着,颇有卓莫尔家风;穿戴十分体面:一顶缎面礼帽,一身黑色常礼服,配着精致的柠檬黄手套。真的,除了参加义勇骑兵队,除了一整个冬天在打猎,这小伙子还干了些什么,看来只有他自己知道。他没有为打搅莱恩南工作而找借口,只是不声不响坐着,抽了一阵闷烟,拉拉两条狗的耳朵。莱恩南继续工作,等他开口。这个宽脸膛、黑鬈发的小伙子长得很俊,对莱恩南很有吸引

殷红的花朵 | 257

力,可现在,他大大咧咧的好性子笼上了愁云。

奥利弗终于站起来,走近尚未完成的《骑着"喜鹊"的女郎》。为了不让莱恩南看到脸,他转身朝着那塑像说:"你和莱恩南太太待我一直极好,可昨天我的行为却像粗坯。我想我还是向你直说的好。我是说,我想娶娜艾尔。"

说话时,小伙子的脸变得很虔诚;莱恩南看了很是高兴,他的手停止在正捏着的地方,回答说:"她还只是个孩子呢,奥利弗。"可接着他很惊讶地注意到,自己的手指在泥上胡乱捏了一下。

"这个月她就十八岁了。"他听见奥利弗在说,"一旦她进入社交场——进了人群中——我不知道那时我该怎么办。老约翰尼照管她可不行。"

小伙子面色通红;现在已忘了掩饰。可随即面色煞白,咬着牙说:"她都快让我发疯了!我不知道怎么才不——要是我得不到她,我会给自己一枪的。准会的,你知道——我就是这脾气。她那双眼睛,能勾得你灵魂出窍——叫你落得个——"抽完的烟头从他戴手套的手里掉下,落在地板上。"听说她母亲就是那样。可怜的老约翰尼! 莱恩南先生,你看我有没有希望? 我不是指现在,不是指眼前这会儿。我知道,她还太年轻!"

莱恩南硬是让自己作出回答。

"可能的,亲爱的朋友。可能的。你同我妻子谈过吗?"

奥利弗摇摇头说:

"她人太好了——我觉得她不大会理解我这种感情。"

莱恩南的嘴边泛起一丝古怪的微笑，说道：

"你得给这孩子时间。说不定过了今年夏天，等她从爱尔兰回来，那时可能就行了。"

小伙子忧心忡忡地答道：

"好吧。你瞧，我明白这情形了。反正我不会放弃。"他拿起帽子，说道："我觉得不该为这事麻烦你，但你在娜艾尔心目中非常重要。而且你同大多数人不一样——我想你不会见怪！"到了门口，他又转身说，"刚才我那话不是胡扯——就是关于如果得不到她的话。那种事有些家伙只是说说，但我是认真的。"

他戴上那顶亮光光的礼帽走了。

莱恩南站在原处，直瞪瞪看着那尊小塑像。瞧！就连卓莫尔世界的防线，也被热恋之情冲破了。热恋之情啊，被它选作温床的心灵多么奇特！

"你同大多数人不一样——我想你不会见怪！"这小伙子怎么知道：对这类难以控制的激情，西尔维娅就不能理解呢？凭什么说明他莱恩南就能理解？难道是他脸上有什么表情？准是这样！就连约翰尼·卓莫尔——这家伙心里最藏得住话——也曾向他吐露，自己被乱风刮得不辨方向时的不妙处境！

没错！反正不管他怎么尽心尽力，这尊小塑像是永远也不会出色了。奥利弗说得对——问题在娜艾尔的眼睛！如果说眼睛能冒烟，那次她发小孩子脾气时，眼睛就在冒烟！当她更孩子气十足，把脸凑过来的时候，那眼睛有着怎样的吸

殷红的花朵

引力和央求神情！如果说现在已有如此魅力，到她的女性本能觉醒时，那眼睛又将如何？最好还是别多想她吧！最好还是工作，注意注意自己快四十七岁啦！最好还是让姑娘下星期就去爱尔兰！

她临走前的最后一晚，他们带她去歌剧院看《卡门》。他记得娜艾尔穿着比较正式的白色连衣裙，披着的鬈发上扎有缎带，缎带上是一朵殷红的麝香石竹。这歌剧莱恩南看过多遍；但姑娘坐在那里看得如痴如醉，那出神的样子多奇妙。她碰碰莱恩南胳膊，碰碰西尔维娅手臂，悄声问道："那是谁？""发生了什么事？"卡门使她倾慕不已，而堂何塞"穿着怪怪的小外套，显得太胖"；到了最后一幕，堂何塞妒忌得发狂反显得高大起来。这时，娜艾尔激动得忘了一切，握紧了莱恩南的手；卡门最后倒地死去时，姑娘气呼呼的声音使邻座的人吃惊不小。她这强烈感情比台上的感人多了；莱恩南真想拍拍她，说句安慰话："好了，好了，亲爱的；只是戏里做做的！"落幕后，戏中那出色的被杀女人来到幕前，还有她那矮胖的可怜情人；这时娜艾尔完全忘记身在公共场合，在座位上向前一挺，把手拍了又拍。幸好，约翰尼·卓莫尔不在场，没有见到！但事情终于全都结束，他们不得不离座而去。他们正走向剧院门口的大厅，莱恩南感觉有个烫乎乎的小手指钩住他手指，似乎娜艾尔非要捏住什么不可。莱恩南实在不知道拿这手指怎么办。姑娘似乎觉察到他的半心半意，不久便放了手。在回家的马车里，一路上姑娘不言不语。后来她吃三明治、喝柠檬水，也这样默默出神。只是在西尔维娅吻她时,她才恢复世故女人的样子,要他们第二天早上千万别起来送她——因为她七点钟就出发,赶一班去爱尔兰的邮轮。接着,她向莱恩南伸过手去,一本正经地说道:

"太感谢你们今晚带我去。再见。"

莱恩南在窗前足足抽了半小时烟。那段街上正好没路灯,梧桐树上的夜色黑得像丝绒。最后他叹口气,关好门窗,踮着脚摸黑上楼。蓦然间,过道里似乎有堵白墙朝他移来。只觉得暖暖的、香香的,只听见叹息般轻轻声音,接着软软的东西塞进他手中。这时墙朝后移去;他站在那儿谛听着——却没有声音,什么也没有!到了更衣室中,他看看手里那软软东西。是娜艾尔头上那朵麝香石竹!这孩子中了什么邪,竟把这个给他?卡门!啊!卡门!他目不转睛看着花,有点惊恐地移开了;但花香四溢。这花虽然鲜艳,他却突然把它塞进烛焰,拿着花梗让它烧,看它皱缩起来,直到黑得像丝绒。这残忍之举使他痛苦。花依然很美,但没有了香味。他朝窗口转过身,把花远远扔进外面的夜色。

八

想想也奇怪：娜艾尔在他们家住了这么久，如今离去了，他们却很少谈到她。他们只收到她一封来信，是去后不久写给西尔维娅的，信的结尾是："请接受我爸爸最诚挚的问候；我也向你，向莱恩南先生，向你们家所有的动物问好。——娜艾尔。"

"奥利弗下星期要来此地。我们将去看几场赛马。"

要谈起她当然很困难，因为有那朵花的插曲，这件事太出格，很难说出来——在西尔维娅眼里，这类事会大变其样的——确实也难怪，任何女人都可能这样。不过——事实上只是孩子家容易动感情，控制不住冲动，受到剧情的强烈刺激，就渴望表达自己被激起的情感，其他有什么？无非是孩子家的绵绵温情，是对谜样的年轻激情匆匆一瞥。其他还能是什么？他可不能泄露这可爱的傻事。而由于不愿泄露，他对西尔维娅比平时更怀有深情。

他们还没有度假计划，所以西尔维娅一提去海尔，他急忙响应。他这莫名其妙的烦躁感，如果有地方能帮他摆脱，那就是海尔。他们已多年没有回老家。是啊，高蒂去世后，那里通常是租掉的。

八月下旬，他们离开伦敦。抵达海尔时，已是日之将暮。车站附近的木栅栏还在，二十八年前，他贴在这木栅栏上，眼看火车载着安娜·斯道默远去；那里的金银花因车站改建而早已消失。在租来的轻便马车里，西尔维娅紧紧偎着他，在老旧的防尘毛毯下握着他的手。看到那老房子的时候，两人同样激动。如今，那里再也没一个往日亲朋——有的只是老房子和树木，只是猫头鹰和星星，只是那条河、那片园林和那些会摇动的大石头！他们到家时天色已黑。只有他们的卧室和两间起居室准备好了，还生着火，尽管仍在盛夏。黑漆漆的橡木护壁板上，还是那几幅讨厌的画像，那些老赫泽利仍朝下看着。幽暗的过道里，位置出人意外的楼梯上，不是这里，就是那儿，总还留着点苹果香和耗子味。同一切带家具出租的屋子一样，这里完全没有变，真是不可思议。

夜里他醒了一次。从开得笔直又没拉上帘子的窗口看去，夜空里满是星斗，大群大群地挂在空中颤抖着。而远处响起猫头鹰的夜啼，声音柔和得像丝绒，听来很悲凉。

西尔维娅的嗓音在他身旁说：

"马克，那晚你说司命星给缠在我头发里，还记得吗？"

是啊，还记得。他刚从梦中醒来，脑海里迷迷糊糊，无意识中，有句古怪的话在那里反反复复："我永远——永

殷红的花朵

远——也不会抛弃米考伯先生……"①

这个月过得很愉快——看看书,带着狗在周围的乡间转转,一连几小时在圆石滩或河岸上躺着,看着鸟兽活动。

玻璃小暖房是他早年存放大作的殿堂,如今还在,用来放放洒水壶什么的。在那里,他丝毫没有创作冲动。他看着时间流逝,不觉得焦躁,不感到烦恼,只是期待着——但期待什么,他却毫无所知。西尔维娅至少也是高高兴兴的;在往日足迹常到的这个地方,她容光焕发,阳光晒得她少了点白皙;甚至又戴起宽边遮阳帽,让她更显年轻。这里的鳟鱼吃过老高蒂很多苦头,现在他离世而去,鱼儿不再受骚扰。如今也没人打枪了;兔子、野鸽子,连几只鹧鸪都悠闲自在,享受这初秋时光。蕨丛和草木叶子很早就变了颜色,所以在雾霭蒙蒙的九月阳光下,园林里几乎一片金黄。整个假期,笼罩着温煦柔美气氛。从爱尔兰那里,只来过一张有图像的明信片,上面写道:"这是我们的屋子。——娜艾尔。"此外别无消息。

九月的最后一星期,他们回到伦敦。但一回来,那烦躁而无可理喻的痛苦又开始了——这感觉犹如心被扯出胸膛。于是他又去海德公园,一连几小时走着路,踏着飘有落叶的草地,总是在寻求着——渴望着——但寻求、渴望的是什么呢?

在卓莫尔住处,那心腹家人也不知主人什么时候回来;

---

① 米考伯先生是狄更斯小说《大卫·科波菲尔》中的人物,他债务缠身,妻子跟着受苦,但不弃不离,甚至当掉了娘家继承来的一切。"我永远也不会抛弃米考伯先生"是这位太太的"格言"。

圣莱杰大赛①以后,他同娜艾尔小姐去了苏格兰。莱恩南感到失望吗?并不失望,倒有点解脱之感。但是他那种痛苦始终都在,这种感觉难以向人提及,只能在私下里默默地独自承受!为什么他没有早些明白:他青春久逝,激情不再,秋日已至呢?为什么从未掌握"岁月逝无痕"这一事实?同以往一样,唯有创作才是慰藉。牧羊犬的塑像和《骑着"喜鹊"的女郎》都已完成。他开始创作想象中的一件"浮雕"②——仙女躲在岩石后窥视着,而芦苇丛中有个男人悄悄在走,眼神狂热地走向她。在那仙女的脸上,如果他能注入吸引他的魅力,注入青春、生命力和爱的诱惑力;而在那男人的脸上,如果他能注入自己的心情,也许就可以平息他那种情感。反正只要能摆脱出来都行!于是整整一个十月份,他风风火火地干着,却没有多大改善。……当主宰生命的神灵一直在无声地叩他的门,他能指望什么呢?

纽马基特最末一次赛马会结束,在随后那个星期二,暮色初降时分,这神灵开门进来了。娜艾尔来了,穿着殷红的新衣裙,与莱恩南记忆中的形象一比,她的脸——她的身姿肯定大不相同!变得更活灵更撩人。她不再是孩子了——这一眼就能看明白。面颊、嘴部、脖子、腰肢——似乎全变得更精巧,更有模有样了。她浅褐色鬈发如今朝上盘着,戴着

---

① 圣莱杰大赛为英格兰三王冠马赛之一,也是英格兰传统马赛之一,1776年由圣莱杰上校创办。每年9月在约克郡举行。限三龄马驹参加,现赛程为1.75英里。
② 原作中,此词意义双关,因 relief 又可作"解除(减轻)痛苦"解。

丝绒便帽。只有一双灰色大眼睛看来还是原样。一见到她,莱恩南的心猛地一沉,又突地一跃,似乎那模糊的期待之感找到了目标。

在突如其来的激动中,他明白了:娜艾尔现在不再是孩子,他同这姑娘上回那短暂的接触,是充满温存和情愫的悄悄时刻;对姑娘来说,那可能意味着莱恩南并无所知的感情,意味着心中滋生着此种感情。他尽量不理会心中的忐忑,伸出手去,低沉地说道:

"啊,娜艾尔!终于回来了!你长大了。"

接着,他感到姑娘抱住他脖子,身子紧紧贴上来,顿时就有四肢无力之感,脑海中却闪过一个念头:"这太可怕了!"他抽筋似的把姑娘搂了一搂——作为男人,做的还能比这更少吗?——随即硬是把姑娘轻轻推开,一边尽力想道:"她还是孩子呢!这没什么,只不过是因为看过了《卡门》!她不知道我现在什么感受!"但他意识到自己的狂烈欲望,想把这姑娘拥在怀里。刚才那接触把他的模糊之感一扫而空,事情变得再明白不过,让他像是着了火。他游移不定地说道:

"到壁炉跟前来吧,孩子,把情况都给我说说。"

他始终牢记娜艾尔只是个孩子,若不是这样,他就要昏头了。佩尔蒂塔——"迷途者"!这名字跟她真相配,没错;瞧她站在那里,眼睛被炉火映得亮晶晶的——比以往任何时候更迷人!为避免受那眼睛吸引,他俯身扒弄着炉格子,一边问道:

"你见过西尔维娅没有?"然而,即使没看见姑娘不耐烦地耸耸臂膀,他也知道还没见过。他定了一下神,说道:

"你有点什么经历,孩子?"

"我不是孩子了。"

"不对。我们两个都长了年纪。前些日子我四十七了。"

娜艾尔一把拉住他的手——天哪!多么柔韧!——细声说道:

"你一点也不老;你很年轻。"

他穷于应付,心咚咚直跳,但眼睛仍望着别处,嘴里说道:

"奥利弗在哪里?"

一听这话,娜艾尔放开了他的手。

"奥利弗?我讨厌他。"

莱恩南怕自己靠不住,不敢离娜艾尔太近,开始走来走去。姑娘仍站着,目光始终跟着他——炉火的光逗弄着她那身红衣裳。安静得真异乎寻常!这短短几个月里,她哪来这么一股力量!他感到了这股力量,但娜艾尔看出来没有?所有这一切的起因,是不是黢黑过道里那个瞬间,那塞进他手里的一朵花?为什么当时不疾言厉色地讲讲她——说她是充满幻想的小傻瓜?天知道她凭的是些什么念头!可那时谁能想得到——任凭是谁,做梦也想不到!于是他再次拿定主意,老是想着:"她是孩子——只是个孩子!"

"好吧!"他说,"详详细细告诉我,你在爱尔兰怎么过的?"

"哦！一句话，乏味得很——离开了你，一切都很乏味。"

说这话既没犹豫，又不羞惭；莱恩南只能喃喃应道：

"啊！你一直没画画！"

"是啊。我明天能来吗？"

莱恩南这时本该说：不行！你是傻孩子，我是有一把年纪的蠢货！但他没这勇气，心里也太乱，而且——也没这意愿。他没有回答就朝门走去，想把灯光扭亮些。

"哦，别别！请别扭亮它！这样挺好！"

房间里影影绰绰的，所有的窗户染着蓝莹莹暮色，炉火一闪一闪，幽暗的铸像和铜像上黑黑白白，还有炉前那火红的人影！她又说话了，嗓音有点可怜巴巴：

"我回来了让你不高兴吧？你待在那里，我看都看不清楚。"

莱恩南走回到炉前火光里。娜艾尔称心地舒了一口气，接着又响起她青春的嗓音，清晰而平静：

"奥利弗要我嫁给他，我当然不愿意。"

他不敢问一声：为什么？他什么话都不敢说。那样做太冒险了。但叫他吃惊的话跟着就来："你知道其中的缘故，对吗？你当然知道。"

这话里的意思真是可笑，简直叫人害臊。莱恩南一声不吭地站着，直愣愣看着前方；自惭形秽、惊愕、自豪，还有类似得意若狂的感觉，全都混在了一起，像奇异的情感布丁翻腾在心中。但他嘴中只是说："得了，我的孩子；今晚我们两人都不太正常。我们去客厅吧。"

九

娜艾尔走后,他回到幽暗静寂的工作室,在炉火前一坐,感觉上乱作一团。有些人不是凭着动物本性,老天送来什么就享用什么?为什么他不这么做呢?就好比十一月的某一天,有人拉开天上那素净的幕布,露出一片往日的四月景象——果树上白花繁密、紫色的云朵、彩虹一道、绿油油芳草,还有不知哪里来的闪闪亮光,而在这一切之上,是令人激奋的生活激情,激奋得几乎连心都不跳!这一年来的焦躁不安、寻寻觅觅,就以这神迷心醉的奇妙方式结束啦!在一派秋意中,却突然有这片春情奉献给他!娜艾尔的双唇、两眼、头发,她那感人至深的信赖,特别是那——让人难以置信的——爱。也许并不是真正的爱情,只是孩子家的一时幻想。但是凭着幻想的翅膀,这孩子会飞得很远,会飞得太远——因为不近情理的镇定只能是薄薄的掩饰,它下面却是强烈的渴望和热情。

要第二次享受生命——投入青春和美——再度去感受阳春——要抛弃一切都已过去那样的感觉,别认为只剩下冷静平淡的家庭之乐;要在姑娘的爱情中再次体验,去实实在在体验那种销魂；去重新发现青春时代的所有渴求，去感受、去希望、去担心、去爱。即便是一个正派男人，也会为这样的前景晕头转向。……

只要闭上双眼，他就会看到姑娘站在那里，看到壁炉的火光映着她的红衣裙；会再次想起娜艾尔进屋的情景，感到她身子贴着自己；那一刻她这种诱惑似乎很天真，自己却一阵莫名颤栗；她眼睛的吸引力仍在——仍在吸引着！她是魔女，是灰眼睛的魔女，是褐色头发的魔女——那褐色已接近娜艾尔喜爱的红色。她魔力之大，可使血管里的血滚烫。莱恩南对自己也迷惑不解了：刚才娜艾尔站在壁炉的火光中，自己怎么没跪下来抱住她，把脸埋在她怀里。为什么他没那么做？但他不愿去想；他知道，只要一开始想，肯定会左右为难，在理智与情欲、抱憾和激情之间给扯来扯去。

他已是仲秋时节的人了，却能唤醒春情！这一发现带来了温馨沉醉之感，而他的一切意识都在努力，要把他包藏在这感受中。真叫人惊讶，娜艾尔竟怀有这样的感情；但这决不是误会。刚才她对西尔维娅的态度已经变了，变得很危险；在她的神情中，有着怪异而不耐烦的冷淡。仅仅三个月以前，她还满怀依恋之情，对比之下真是吓人。这回临走，娜艾尔又哆嗦着踮起脚，似乎要凑上脸去给他吻，一边轻轻说道："你还是让我来的，是吗？请别生我的气；我没法不这样做。"在他这样的年纪，还让年轻姑娘爱上他——从而危及姑娘的未来——这太不像话！根据一切道德准则，这种不像话的事为体面人士所不容！然而——她的将来？——有她那天性——她那眼睛——她那身世——还有她那父亲——她那个家？莱恩南不愿再想——没别的，决不能想了！

虽然如此，还是有迹象表明他在想，而且想得好苦；因为晚餐以后，西尔维娅摸摸他额头，说道：

"你工作得太辛苦，马克。出去得太少了。"

他牢牢捏住妻子那几个手指。西尔维娅！对，他千万不能再想了，真的不能！他依着西尔维娅的话顺水推舟，说是这就出去透透气。

他大步快走——免得想个不停——一路来到威斯敏斯特的河边，也许是想找一帖解药吧，他突然心血来潮，拐进了雷恩那座大教堂边上的小街。自从那个夏日之夜，自从失去当时比他生命还重要的人，他没再来过这里。奥莉芙在这里住过；就是那屋子——他曾满怀苦恼和渴望，悄悄走过那些窗户，凝望着。如今住着谁？他恍若又看见往日那张脸：黑头发，柔和的黑眼睛，可爱又庄重；脸上没有嗔怪他的神情。因为如今这新的感情不像那次爱情。作为男人，只可能有一次感到爱情超越一切，感到在这爱情前，世界只是大风中的一点火星；这种爱情，无论经历什么样的耻辱、痛苦和不安，却只有在其中才有心灵的平静、欢乐和自尊。但命运把这爱抢走了，掐掉了，就像狂风刮走了一朵完美的花。而眼下这种新的感情，只是一阵发烧，一阵亢奋的幻想，想要再一次攫住青春与温情。

好吧！不过这也真的够了！有时候，人似乎能短暂地脱离自身，高高地俯视自己那团团转的生活。现在的莱恩南

殷红的花朵

也正是这样,似乎看到被赶得东投西窜的一个人影,一根转来转去的干草,一只给狂风卷去的飞虫。这种感情强烈又神秘,从暗中突然跳出,猛地掐住你喉咙。但这种感情的归宿在哪里?为什么它这时来,不是那时来?为什么它为这位而起,不是为那位而起?对这种感情,人还能有什么了解呢?——除了被它折腾得晕头转向、彷徨犹豫——就像被灯火所迷的飞蛾,被某种殷红的香花所醉的蜜蜂;除了被它揉搓得神思恍惚、死心塌地,甘愿做其傀儡。不就是这种感情,曾把他逼到死亡的边缘?难道凭它那疯狂的甜蜜、醉人的馨香,如今又非要他再领受一遍?这究竟是什么?究竟是为什么?这种迷恋之情为何不能体面地满足?难道文明过了头,人的本性被塞在小鞋里?——就像中国女人的小脚。这究竟是什么?究竟是为什么?

他以最快的速度走开了。

派尔麦尔大街[①]把他带回到现实之中——那是真实本身的虚假表现。在圣詹姆斯街,有着约翰尼·卓莫尔的俱乐部;他又一次心血来潮,推开俱乐部的转门。没有问讯的必要;因为卓莫尔就在门厅里,正从餐厅走向纸牌室。他生活优裕,户外活动频繁,脸上的皮肤黑油油的,像搽了厚厚油脂。他精力特别充沛,眼睛光彩异常;他的面庞上、声音中、举止里,都有近乎过节的欢乐气氛,隐隐表明将乐上一

---

① 派尔麦尔大街是皮卡迪利大街南面的一条街,西首是圣詹姆斯宫和格林公园,北面是皇家艺术院,南面不远有圣詹姆斯公园。这里以俱乐部众多著称。

宵。一个挖苦念头闪过莱恩南心中：要告诉他吗？

"哈啰，老兄！看到你真高兴透了！这一阵你这人在搞什么？卖力干活？你太太好吗？你们出过门啦？一直在搞什么大作？"可惜莱恩南不想那么狠心，因为卓莫尔随后的问话倒为他提供了机会：

"见到娜艾尔了吗？"

"见到了，她今天下午来过我家。"

"你觉得她怎样？有长进，是吗？"

又是那老一套问话，旁敲侧击中带点自豪，无非在说："我知道，她进不了良种马登记册，但这见鬼去吧，毕竟是我的种！"接着那老毛病突然又来了，但忽忽不乐只有一秒钟，又插科打诨起来。

莱恩南没待上几分钟。对这位早年同窗，他从没感到现在这样疏远。

对。不管发生什么事，千万不能让约翰尼·卓莫尔知道。他那骨碌碌眼睛、他那精明的生活哲学，为他赢来这样的位置；不该让这样的事打搅他。

他沿着格林公园的围栏走去。这是十月最后一个夜晚，冷冷的空气笼着薄薄雾霭，小堆小堆的落叶燃烧着，飘出浓烈异香。焚烧落叶的烟味总让他思绪绵绵；那香味究竟有什么讲究？是离别的象征！——是世上最悲哀的事。因为，若没有离别，那么即便是死，又算得了什么？那只是甜美的长眠，或只是新的冒险。但如果爱着别人——这时要撇下人家，或人家撒手而去，那就难了！啊！而且，带来离别的还

殷红的花朵　｜　273

不单是死!

他来到卓莫尔家所在的那条路。娜艾尔多半在家,坐在炉火前的大椅子上,同猫咪玩着,寻思着、梦想着,而且——孤零零一人!经过那路口时,他的脚步叫人瞪目而视;这么一路走来,再拐过街角就到家了,却差点同奥利弗·卓莫尔撞个满怀。

这小伙子犹豫不决地走着,不像他惯常的样子;他的毛皮外套敞开着,鬈发上的夜礼帽给推了上去,眼睛下发黑。毫无卓莫尔家的人在此季节里的风采。

"莱恩南先生!我刚去过你那里。"

莱恩南茫然答道:

"那就去我家,要不,让我陪你走一段?"

"要是你不介意,我想还是——在外面吧。"

于是他们默默走回广场。奥利弗说道:

"我们去那围栏边吧。"

他们穿过马路,走向广场黑乎乎花园的围栏边,这里没有过往行人。莱恩南越走越感到自己没脸。这小伙子曾当他是忏悔神父,把他对娜艾尔的爱和盘托出;现在同他一起走着,总感到自己有些虚伪和不光彩。这时他蓦然发现,他们已绕着广场花园整整走了一圈,却一个字也没说。

"怎么呢?"他问道。

奥利弗把脸扭了过去。

"你记得我夏天对你说的话吧。现在更糟了。最近一阵,我胡天胡地乱来,想忘掉这一切,却完全没用。她揪住我的心啦!"

莱恩南心想:"又不是只有你一个人这样!"不过他没开口。他最怕说出的话经不起回想,别以后回想起来觉得像犹大①的话。

接着,奥利弗突然大声说开了:

"为什么她对我就不屑一顾呢?我想,我虽谈不上什么,但她毕竟自小认识我,还一直蛮喜欢我。总有什么原因吧——但我想不出。在她这方面,你能帮帮我吗?"

莱恩南朝对面街上指了指。

"奥利弗,在那些房子里,"他说道,"很可能这屋里的人认不得那屋里的人,想不出为什么人家对他不屑一顾。恋情这东西,它要来就来,要去就去。我们都是些可怜鬼,在这事情上没有说话的份。"

"那么,有什么可教教我吗?"

莱恩南心里一阵强烈冲动,差点撇下小伙子转身就走。但是他硬是让自己看着对方,只见那张脸即便此时仍很动人——也许,越那么苍白、绝望,就越动人。莱恩南的话说得很慢,心中细细掂量着每个字:

"我没有资格教你。或许我唯一能说的是:还不需要自己的地方,就别挤过去;反正都一样——谁知道呢?只要她感到你在等待,就随时有可能回心转意。你越有骑士风度,奥利弗,越是耐心等待,机会就越多。"

---

① 犹大是《圣经》人物,原是耶稣门徒,后出卖耶稣。

殷红的花朵 | 275

这些话没带来多少宽慰,奥利弗毫无难色接受了。"明白了,"他说,"多谢你!可我的老天!这真是难哪。我从来就是等不及的。"对自己下了这个精辟断语,他便伸手握别,转身而去。

莱恩南慢慢朝家走去,一边想准确估量:要是有人知道此事的始末,会怎样判断他?在这次感情纠葛中,要想保住一丝体面和尊严,可有点难了。

西尔维娅还没上楼。莱恩南看到她焦急地瞧着自己。在这整个事情里,有一点倒是奇特的安慰:至少他对西尔维娅的感情没变。看来甚至还深化了——就他来说,更真切了。

那一夜他没睡着。他怎么睡得着?又怎么能不去思前想后?他躺了好长时间,眼睁睁在黑暗中望着。

就好像思前想后能治他血脉中的高烧!

一〇

炽烈的情欲从不循规蹈矩。它什么都不管，不管羞愧、自尊，不管体面、胆量、顾忌、虚假、道德；它不会伪善和深谋远虑，不怕口袋被掏空，也不顾生前身后的地位。古代画家把它画成箭或风，真是想得好！要是它没有箭和风那么迅猛神速，这飘浮在空间的地球早就没人居住——该出租了。……

经过发烧似的无眠之夜，第二天，莱恩南还是老时间进了工作室，但自然一点活也干不成，甚至只得叫模特回去。这人本是他的理发师，但得病后又遭到不幸，一天上午来到工作室，面带愧色地问莱恩南：他的头部样子是不是还可以。试过他站立不动的耐力，又教了他几条注意事项，莱恩南给他作了登记："五尺九寸①，头发好，瘦脸，有受苦受难、动人哀怜之感。如有机会，给他试试。"试试的机会来了，这可怜汉子摆的是痛苦的姿势，只要莱恩南同意，就谈倒霉事如何摆布他，还说到理发的乐趣。这个上午他没干活，报酬全数照拿，离开时自然高兴。

于是这位雕塑家走过去走过来，走过来走过去，等着娜

殷红的花朵 | 277

艾尔叩门。这会儿将发生什么事呢？想来想去也没想明白。这里，奉献在他面前的，是每个青春已逝血未凉的男人所想望的——年轻貌美，而凭着对方年轻，自己也可重享青春；这奉献在他面前的，除了伪君子和英国人，只要是男人，甚至会承认是他们所想望的。而且这奉献对象与一般的奉献对象不同，没有宗教信仰上的忌惮和道义上的顾虑。从道理上说，他可以接受这奉献。但实际上，他至今还不知道能够做什么。

在昨夜的反复思量中，他只发现一点：有人因自由使人放荡而认为自由危险，有人却在自由的原则中找到信仰；与前者相比，后者绝不会错得更厉害。对于讲点体面的人来说，自我解放的信条——在所有信条中——是最束缚人的。而再容易不过的，是砸断别人所加的锁链，把帽子朝风车上一抛，至少当时还能喊一声：我解除了镣铐，自由啦！困难的倒是，对解除镣铐的自己说同样的话！是啊，他真正的自己正坐在审判席上；他必须遵从自己下的判决和结论。虽说现在他苦苦地巴望见到娜艾尔，他的意志也似乎麻木了——他已多次在想："这不行！老天帮帮我吧！"

到了十二点，娜艾尔还没来。今天他看到的会不会只是《骑着"喜鹊"的女郎》？——冷冰冰的缺乏魅力，他很不满意这作品。当时该试试给娜艾尔画个像——让她头发上簪一朵红花，噘着嘴唇，眼睛里是迷乱或慵倦。

---

① 指英尺和英寸。

就在莱恩南刚停止想她的时候,她翩然而至。

娜艾尔看了他一眼,悄无声息地走进来,完全像个乖孩子。……姑娘一成年,那种本能和手腕真是奇妙。……昨天她那种诱惑力,现在已毫无痕迹,甚至没迹象表明有过那么个昨天——有的只是女儿般的信任。她坐在那里,说着爱尔兰的事,还拿出度假期间的少量绘画,请莱恩南指点。娜艾尔带这些画来,是不是料到他看了会难过?对于他保护小辈的父性本能而言,娜艾尔这天上午的表现真是没说的,可谓危险性最少、感染力最大!仿佛她唯一所需要的,只是她父亲和家庭不能给她的——只是来做女儿什么的!

同来的时候一样,娜艾尔文文静静地走了;也不肯留下来吃午饭,显然有意要避开西尔维娅。只是到了这时,莱恩南才意识到自己脸上的紧张;娜艾尔准因此而警惕起来,怕被打发走路;也只是到了这时,莱恩南才看清一点:娜艾尔那种要他照顾的模样,实际上把他捆得更紧,使他更难一走了之,从而造成伤害。现在,娜艾尔一从眼前消失,那发烧似的痛苦重又开始——而且比以往更厉害。他比任何时候都强烈感到:某种东西攫住了他,他却无力反抗;无论他怎么躲让、怎么后退、怎么挣脱,这东西还是会逼近他,还有办法再把他连手带脚紧紧捆住。

下午,卓莫尔的心腹家人送来一封短笺。这家伙两眼望着地、头路挑得一清二楚,在莱恩南看来,那神态宛如在说:"是啊,先生——你收下这封信自然该避人耳目,先生——但我是知道的;幸而也不必大惊小怪——因为我极受

殷红的花朵

信任。"

短笺内容如下：

> 你答应过我，说是同我去骑一回马——你答应过，却从没兑现。明天请同我一起去骑马；这样你就能得到所需要的灵感，不必再为我那塑像而心里别扭了。你可以骑爸爸的马——他又去了纽马基特，我一个人孤零零的。请记住——明天，两点半——从这里出发。——娜艾尔

在那心腹家人的眼前，可不能犹豫不决；回答必须是"行"或"不行"；要是说"不行"，唯一的结果必然是明天上午找上门来。所以他回答道：

"就说'一言为定！'"

"是，先生。"接着，到了门口又说，"卓莫尔先生星期六之前不在家，先生。"

这家伙说这话什么意思？真是稀奇，暗地里煎熬着他的感情，竟让他觉得这仆人的话含有恶意。奥利弗昨晚的来访也是——所有的事情都这样！这样疑神疑鬼——真是讨厌！他已经感觉到，甚至能看到自己在堕落，就因为灵魂里有着此种见不得人的感情。这很快就会清清楚楚反映到他脸上！但忧心忡忡有什么用？凡是要来的，总归要来——不是这样来，便是那样来。

突然间他猛地一震，想起这是十一月一日——西尔维

娅的生日！以前，他从没忘记这日子。这一发现使他心乱如麻，差一点就去找西尔维娅，把自己的感情纠葛原原本本告诉她。拿这个当生日礼物，算是好到透顶！但他没这么做，而是戴上帽子匆匆走出，赶到最近的一家花店。店主是法国女人。

她有些什么花?

先生要什么?"嫣红的康乃馨? 今晚我这花很美。"①

不——不要那些。要白花!

"漂亮的杜鹃花?"②

行，这可以——马上送去——马上!

隔壁是珠宝店。他从来不很清楚西尔维娅喜不喜欢珠宝，因为有一天他无意中说起珠宝很俗气。现在，由于他尽想着别人，整整一天没想到西尔维娅，竟要用这种可怜的花哨玩意儿来补救了，他感到自己确实已落到低三下四的地步。他边想边走进店铺，买下唯一不让他恶心的首饰：一根精致的白金链子，两头各缀一颗梨形的小小黑珍珠。拿好了东西来到街上，他注意到晴朗的天空正很快变成深蓝色，绝细的新月像白晃晃燕子，后掠着双翅朝地面飞来。这就是说——天气晴朗! 要是他心里也天气晴朗，该有多好! 为了让杜鹃花先到，他来到昨晚同奥利弗一起徘徊的广场，来来回回走了一会儿。

---

① 原文为法语。
② 原文为法语。

他进屋时，西尔维娅正把白杜鹃放上客厅窗台。他偷偷走到妻子背后，把那根小项链扣在她颈子上。妻子转过身，紧紧搂了上来。莱恩南感觉到她的激动，心里一阵又一阵内疚，觉得自己的吻是在蒙骗她。

可是，即便在吻着妻子，他还是硬起了心肠。

一一

第二天,他说要去骑马,因为妻子曾讲他形容憔悴、需要吸吸新鲜空气;但他没说同谁一起去。妻子称赞了他这决定,沉默了片刻——接着问道:

"为什么不同娜艾尔一起去骑马呢?"

他的自尊自爱已丧失殆尽,所以回答时没感到怎么羞愧:

"她可能会觉得没趣!"

"哦,不会的;她不会觉得没趣的。"

她话中有话吗?然后,他觉得似乎在敷衍自己的灵魂,说道:

"好吧,我就这么办。"

他突然看清了一点:他并不了解妻子;而在此以前,他一直相信是妻子不很了解他。

要不是妻子午饭时出门,他就会出去吃午餐——他是担心自己的脸。因为凡是有病的人,临近某个时刻就会发烧。可以肯定,他乘车去皮卡迪利大街时,任何人看到他的脸,都会觉得这是个高烧病人,不会想到是健康的中年雕塑家。

两匹马已牵在门前——一匹是小黑马"喜鹊",另一匹是纯种栗色牝马,是从卓莫尔的比赛用马场剔除出来的。娜艾尔已准备就绪,也站在那里,两颊绯红,一双眼睛亮晶晶的。她不等莱恩南来托她上马,让那心腹家人帮她一把。她骑在那匹小马上,看上去如此完美,究竟是什么道理——难道那小牲口也知道,这女主人体态优雅柔美,知道她心灵里某种火热的柔情?

他们默默无言地出发了,但是一走上罗腾路的鞣料渣路面,马蹄声刚一消失,娜艾尔便转脸对莱恩南说:

"你肯来真是很美妙!我原以为你会害怕的——你见到我就害怕。"

莱恩南心想:"你说得对!"

"不过请你别拿出昨天那模样。今天可爱极了。哦,我就爱美好的日子,就是爱骑马,还有——"她突然打住话头,朝莱恩南看着。那神情似乎在说:"为什么你不能对我好些呢?——该怎么爱就怎么爱我嘛!"这就是她的魔力——就是深信莱恩南在爱她,也应当爱她;而她应当爱莱恩南,也爱着莱恩南。多么简单!

但骑马也同样撩人激情;而撩人激情的事会相互干扰。骑那匹栗色牝马是一种待遇。谁能得到如此信任,给他骑约翰尼·卓莫尔最好的坐骑呢?

到了罗腾路另一头,娜艾尔喊道:"现在我们去里士满公园[①]!"接着便放马小跑着上路,好像有把握在莱恩南跟

[①] 里士满公园在伦敦西南,是伦敦最大的皇家园林,占地近10平方公里。

前可为所欲为。莱恩南顺从地跟在后面，暗暗自问：这是为什么呢？他失去了创作力，失去了尊严，失去了一切，娜艾尔凭什么来补偿呢？凭她的什么呢？就凭她的眼睛、嘴唇和秀发？

简直像猜到他在想什么，娜艾尔扭头回顾，嫣然一笑。

就这样，他们让马缓缓而行过了桥，穿过巴恩斯公有地，进了里士满公园。

他们刚一踏上那片草地，娜艾尔回头瞧了他一眼，便纵马而去。难道一直就打定主意，要他不怕摔断颈骨去追她？要不，就是这怡人的秋日已让她陶醉？——瞧这蔚蓝的长天、阳光下铜色火焰般的蕨草，还有山毛榉叶子和橡树叶子；这是纯粹的苏格兰高地色彩，来到了英格兰南方？

在第一次纵马飞奔中，莱恩南试了试胯下牝马的耐力。这种你追我赶，说真的，实在叫人身心舒畅。驰过林中的空地，跃过倒地的树干，踏着高及马腿的蕨草，出了林子，穿过开阔地，掠过庄重的吃惊鹿群，越过满是兔穴的臭烘烘泥地，正觉得快要追上娜艾尔，她却绕着树飞快一拐就溜走。真是调皮鬼的化身，然而不单单是调皮，还有深意呢！终于又同她并辔疾驰了，这时莱恩南侧过身子，想拉住那小黑马的缰绳。可是，娜艾尔猛抽一鞭——只差一寸就打在莱恩南手上——就突然转了向，让莱恩南在边上直窜过去；接着娜艾尔掉过马头，沿着来路箭一般驰去，又扎进树丛里——只见她在树枝下伛着身子，贴在小黑马颈后。随后又闪出树丛，冲下土丘。她纵马飞奔，一驰而下；莱恩南紧追其后，

殷红的花朵

身躯后仰,时刻担心马失前蹄。这就是娜艾尔心目中的娱乐!跑下土丘,她一个拐弯,让马沿着小丘边飞奔。莱恩南心想:"这回我可追上她啦!"现在她不能急转弯跑上土丘,而且足足半英里内无处隐蔽。

这时,莱恩南看见前面有个旧沙坑,离他们不到三十码;天哪,娜艾尔正在直冲过去!莱恩南狂叫着把马缰朝外侧一拉。但娜艾尔只是扬起鞭子,朝"喜鹊"身上一抽,直冲了过去。只见那小恶鬼四脚一缩,往上蹿去——下来了,下来了,只见它摔倒在地,挣扎着起来了,却又倒下——而娜艾尔朝前摔去,打了个滚,仰面躺在地上。一时间,莱恩南没了感觉,眼前只有定格的一幅景象:一摊黄沙,一方蓝天,一只飞翔的秃鼻乌鸦,还有她朝天的一张脸。莱恩南急忙赶过去,她已站了起来,拉住那摔得晕晕乎乎的马。莱恩南刚一碰到她,她又倒在地上,两眼紧闭。但莱恩南能感到她没有昏厥;于是抱着她,不住亲她的眼睛与额头。突然,她把头朝后一仰,于是她嘴唇就碰上了莱恩南的嘴唇。这时,她睁开眼睛说:"我没有受伤,只不过——挺好玩的。'喜鹊'的膝盖摔破没有?"

莱恩南也不知自己在干什么,只顾站起来看。小黑马正在啃草,没有受伤——是沙和蕨草保护了它的膝盖。这时莱恩南身后那慵困的嗓音说道:"它没事——两匹马你就别管了。我一声叫唤,它们就会过来的。"

看她没伤着什么,莱恩南来火了。为什么她要这么干,疯了似的?——吓坏了人!但那慵困的嗓音还在说:"别生我的气。起先我是想勒住的,可转而一想:'要是我纵马一跳,他就没法不对我好。'——所以就干了——别因为我没受伤,就不爱我了。"

莱恩南感动至极,在她身边坐下,拿着她的手说道:

"娜艾尔!娜艾尔!这可错透了——这是发疯啊!"

"为什么?别想这件事!我不要你想——只要你爱我。"

"我的孩子,你不知道什么叫爱!"

她没有回答,只是张开双臂搂住莱恩南脖子,可眼见对方硬是不肯吻她,只得松了手,一跃而起。

"好吧。不过我是爱你的。你可以想想这点——你可提防不了我!"接着,她不等莱恩南托她一把,便从那沙堆上踏蹬上马。

回去的路上十分平静!两匹马好像为刚才的狂奔而羞愧,挨得很近,缓缓地前进,所以莱恩南的胳膊不时擦到娜艾尔肩膀,还问了她纵马一跳时有什么感觉。

"只是要确保脚离开马镫。往下摔的时候,我想到'喜鹊'的膝盖,害怕极了。"她摸摸小黑马的山羊耳朵,轻轻添了句:"可怜的宝贝儿!明天它肌肉可要发僵了。"

现在她又是小鸟依人般的孩子,带着点倦意。要不,是刚才的激烈活动影响了莱恩南的感受力?那一小时简直像梦——现在太阳西沉,一盏盏灯火亮了起来——甜美的遗忘感笼罩了一切。

到了门口,有马夫等着。莱恩南本想道别,但娜艾尔悄没声儿说:"哦,请别走!我可是累了——还是帮帮我上楼吧。"

就这样，莱恩南半扶半抱地帮她上楼，走过《名利场》漫画，穿过贴着红色墙纸、挂着范贝尔斯作品的走廊，来到了第一次见到她的那个房间。她刚坐进卓莫尔那把大椅子，小猫咪已蜷在她颈子边，高兴得呜呜直哼。这时她喃喃说道：

"这不是挺好？你还能弄点茶；我们吃些抹黄油的热面包。"

于是莱恩南留了下来。心腹家人送来了茶和烤面包片；他没朝他们看一眼，却似乎知道发生的一切和可能将发生的一切。

不一会儿，他们又是单独相处了。莱恩南瞧她靠在那大椅子上，心里在想：

"谢天谢地，我也累了——真是身心俱累！"

娜艾尔突然抬眼看着莱恩南，指指今天没拉上帘子的画像，说道：

"你觉得我像她吗？今年夏天，我设法让奥利弗对我说了——有关我的事。所以你不用担心。反正你知道，无论我发生什么事都没关系。我也不在乎——因为你对此并没有成见，照样还能爱我。你说是吗？"

她依然盯视着莱恩南的脸，很快接着说：

"但现在我们不谈这些，是吗？现在太舒服了。我是挺累了。请抽烟吧！"

可莱恩南的手指抖得厉害，差些连烟卷都点不着。娜艾尔瞧着他的手，说道："请给我一支。爸爸一向不喜欢我抽烟。"

约翰尼·卓莫尔还有这份德性！是啊！规矩总是让人家去守！莱恩南呐呐道：

"要是他知道今天下午的事，我说娜艾尔，你想他会喜欢吗？"

"我可不在乎。"说着，她头一抬，眼光透过猫咪的长毛看着，低声说道：

"奥利弗邀请我星期六去舞会——是为慈善筹款举办的。你说，我去不去？"

"当然去，为什么不去呢？"

"你去不去？"

"我？"

"哦，去吧！一定得去！你要知道，这是我真正的第一次。我多着一张入场券呢。"

莱恩南违背了自己的意愿、自己的判断——违背了自己的一切，答道："好吧。"她拍拍双手，小猫咪也就从她颈边爬到她膝头。

莱恩南起身离开时，娜艾尔没动弹，只是抬眼望着他。他自己也弄不清是怎么出来的。

离家还有点距离的时候，他让马车停住，下车奔跑起来，因为他觉得又冷又僵。他拿钥匙开门进屋，径直走向客厅。门半开着，西尔维娅正站在窗前。莱恩南听见她叹息，心里一阵难受。她细挑的身子一动不动，孤零零望着窗外。

灯光照着她金发,看去简直像白发。这时她转身看到了丈夫。丈夫注意到她喉部动了动,那是在努力克制,尽量不露声色;于是莱恩南说道:

"肯定还没让你心焦吧!娜艾尔摔了一下——跳进了沙坑。有时候她疯疯癫癫的。我留下来同她用了茶点——只为了再看看,她是否确实没摔伤。"但是他边说边在恨自己:他的嗓音听来很虚伪。

西尔维娅只是回答说:"没什么,亲爱的。"但莱恩南看到,妻子那双真挚的蓝眼睛望着别处,就连吻他的时候也这样。

于是开始了另一个狂热、假托、厌烦和痛苦的傍晚、黑夜和早晨。这是又一轮折磨和销魂;看来,他已无法自拔,就像身陷囹圄的人没法破墙而出。……

虽说只是在阳光下生活一天,虽说已浸入沉沉黑夜,殷红的恋情之花总有施展威力的时刻。……

一二

毫无疑问，骗人也需要专门训练。不谙此道的莱恩南很快就发现：要他编一套鬼话，去蒙骗从小就把他当兄长的人，还要时时留神别露出破绽，这可实在难受。但他却始终感到：在这桩公案里，既然只有他一个人知道前因后果，那就只有他才有资格责备或原谅自己。对他的行为，道学先生也许会作出头头是道的裁决。这算不了什么，无非是自命不凡又假仁假义的蠢货在胡言乱语——这班家伙没遇上叫人痴醉的魔力——说不定，凭他们那点血气，还没资格遇上这魔力呢！

骑马出游的次日，娜艾尔一直没来，也没捎信来。难道她结果还是受了伤？怪不得靠在大椅子里那么有气无力！西尔维娅绝口不提此事，从没问他是否知道姑娘落马后怎样，也没建议派人去问问。是不是不想说起娜艾尔？要不，难道根本就——不信那些话？眼下有很多情况不便谈，而只谈发生的事实又得不到信任，这叫人不好受。说实在的，至今为止，妻子从无只字片语的弦外之音，从来没有说她感到丈夫在骗她，但是做丈夫的心里明白：她没有被蒙骗。……心中怀着爱的女人，真像长满了触角——那种见微识末的能力，什么东西能抑制得了？……

时近傍晚，想见见娜艾尔的渴望变得很强烈，简直难以承受——这感觉就像姑娘正在叫他前去。然而他觉得，不管用什么借口，西尔维娅总知道他去哪里。他坐在生火的壁炉这边，妻子坐在那边，两人都在看书。但他们看书有个出奇之处：两人始终没翻过一页。丈夫那本是《堂吉诃德》，他读的那页有这样一句，"让阿尔蒂茜多拉去哭去唱吧，我仍然是杜尔西妮亚的，而且属于她一个人，不管是死是活，也不管世上所有的妖术魔法，我都将忠心耿耿，矢志不移。"晚上就这么过去了。

西尔维娅上楼以后，他真想溜出去乘上马车，去卓莫尔家向那心腹家人打听；但想到那讨厌鬼的眼神便泄了气，只得留在家里。他拿起西尔维娅的书一看，是莫泊桑的《像死一般坚强》——在翻开的一页上，写的是那可怜女人发现情人抛下了她，却找上她的亲生女儿。莱恩南看着看着，泪水淌下了面颊。西尔维娅！西尔维娅！莱恩南最喜爱的那本老书里，最喜爱的那句话不是仍然很正确？"托波索的杜尔西妮亚是世上最美丽的女子，我是人间最不幸的骑士。我的软弱如果使完美的她受苦，那是不公正的。不，骑士；还是用你的矛刺穿我身体，让我的生命和荣誉一起结束吧。……"

现在，为什么他心中激发不出这种感情？为什么不能闭门不见那姑娘？过去和现在，西尔维娅一直完全忠实于他，为什么他不能也完全忠实于妻子？真是可怕——这种缺乏意志、缺乏勇气的感情，如此无所作为，就好像他是残酷之手操纵的木偶。现在，又同一度发生过的那样，他恍若看见姑娘坐在西尔维娅的椅子上，身穿深红色衣裙，两眼直勾勾盯着他。那个印象——清晰得不可思议！……处于这样左右为难的困境，人的头脑哪能受得了，不用多久准得变疯！……

星期六下午，暮色初降时分，他放弃难熬的等待，把工作室的门一开，准备去找娜艾尔。仅仅才两天没见到她，没听到她消息。她说过今天晚上有舞会——还说请他也去。娜艾尔一定是病了！

他走了不到六步，却看见娜艾尔迎面而来。一条毛茸茸围脖遮住了嘴，使她看上去老了不少。房门一关上，她就扔开围脖，走近壁炉，拖过小凳子坐下，伸出两手凑着火，说道：

"你一直想着我吧？现在想够了吗？"

莱恩南回答说："对，我是想了；但距离上没有变近。"

"为什么？根本就不必让人知道你爱我。就算人家知道了，我也不在乎。"

脑子简单！脑子太简单！年轻人光想着自己，胡说八道！

对这样的孩子，他没法谈西尔维娅——谈自己迄今为止如此受到尊重，如此近乎神圣的婚姻生活。这不可能。这时，他听见娜艾尔说：

"爱你可不会爱错！就算爱错了，我也不在乎。"只见她嘴唇在哆嗦，眼睛顿时显得可怜巴巴又担心，似乎开始怀疑这事的结局。瞧着闷闷不乐的孩子,莱恩南心中又在受罪!他在想,这孩子还刚踏上生活的门槛,即使向她说明自己身处迷津、走投无路,又有什么用!有多大可能让她理解:要去她身边,得经过怎样的泥潭沼泽和杂乱荒草。"不必让人知道。"头脑多简单!自己的心和妻子的心怎么办?于是,他指着新作——受第一个仙女迷惑的第一个男人——说道:

"看看这个,娜艾尔!那仙女是你,这男人是我。"姑娘起身走过去,细细看着;莱恩南却如饥似渴地瞧着她。真是天真和蛊惑的奇异结合!如果在自己怀抱里,让她充分领略爱,这将是多奇妙的年轻生灵!这时莱恩南说道:"你最好能理解:你对我意味着什么——意味着我永远不能再体味的一切;这就在那仙女的脸上。哦,不对!不是你的脸。你瞧,这是我,正在烂泥浆里挣扎,要走到你身边——当然啰,也不是我的脸。"

娜艾尔说:"这脸真可怜!"说着便捂住了脸。她会不会哭呢?会不会让人心中更难受呢?但她没有哭,只是嘟哝着说:"可是你已经来到我这里!"说着便朝他一偎,把嘴唇贴在他嘴唇上。

这时莱恩南失控了。娜艾尔感到他的吻过于狂烈,往后缩了一下,紧接着,似乎为自己的退缩感到害怕,又紧紧贴了上来。但是对莱恩南来说,天真姑娘的本能畏缩已经够了,他垂下双臂,说道:

"你一定得走了,孩子。"

娜艾尔不言不语,拿起围脖围上,站在那里等他开口;

见他什么也没说,便取出一张白色卡片。这是舞会入场券。

"你说你会去的!"

莱恩南点点头。娜艾尔的眼睛和嘴唇都对他露出笑意;随即开了门,带着那高兴的淡淡笑意走了出去。……

是啊,他是会去的。无论是哪里,只要有娜艾尔在;无论什么时间,只要娜艾尔要他去!……

去舞会前的几个小时,莱恩南的血着了火,什么也顾不得,只想追求快活。他对西尔维娅说,将在俱乐部晚餐——这套房间在切尔西[①],为一些志同道合的艺术家所共有。此举是他的预防措施,因为他觉得无法同妻子面对面坐着用晚餐,然后去舞会——去娜艾尔身边!他说要在俱乐部会客,所以要穿晚礼服——又在撒谎,但还有什么关系呢?就算嘴里不撒谎,行动上一直在撒谎——事实上,他非撒谎不可,免得妻子难受!

他在法国女人的花店停下。

"您要什么,先生?要殷红的麝香石竹吗?今晚我有挺美的。"[②]

殷红的麝香石竹?[③]对,今晚要这个!送到这个地址。不带绿叶,不附卡片!

一旦决定为爱情破釜沉舟,那种感觉真是奇怪——就像

---

① 切尔西在伦敦西南部,是泰晤士河北岸的住宅区,很多艺术家和作家住在这里。
② 原文为法语。
③ 原文为法语。

在冲刺,看自己被甩在后面。

布朗普顿路①一家小饭馆外面,有个瘦削的琴手拉着小提琴。啊,这地方他记得,就进这饭馆——不去俱乐部——这人拉的全是爱的曲调,待会儿多给点小费,能给的都给掉。他转身进了店。二十年前,在那河上之夜的前夕,他来过这里。以后再也没来过;但这里没变。依旧是那种减了光彩的装修和烹饪香味,依旧是浇那种番茄酱的通心面,依旧是装着基安蒂酒②的那种瓶子,依旧是饰有粉红花环的浅蓝色醒目四壁。只有侍者不一样了——两颊凹陷,眼珠漆黑,耐心周到。待会儿也多给一些小费!还有那吃得很节俭的可怜妇人——不管怎样,对她也要面带善意。今晚莱恩南苦恼透了,千万得同情一切苦恼人!突然他想起奥利弗。又是个苦恼人!待会儿到了那跳舞的地方,他这四十七岁不带妻子来的人,对奥利弗该说些什么呢?——讲几句蠢话:什么"来看看活动时的人体美",什么"为娜艾尔那尊塑像,来对她作一些侧面观察"——讲些敷衍话没有关系!酒已倒出来,他得喝下去!

他离开饭馆时还很早——这是个干燥、宁静的夜晚,天气不冷。他最后一次跳舞是什么时候?还是同奥莉芙·克拉米埃跳的,那时自己还没意识到爱上了她。哦,这段回忆不可能被破坏,因为他今晚不想跳舞!只是去那里看看,去

---

① 布朗普顿路在切尔西与骑士桥之间。
② 基安蒂为意大利托斯卡纳地区的山名,这里出的红、白葡萄酒也译作勤地酒。

同那姑娘坐上几分钟,感受姑娘那手紧握他的手,去看姑娘回眸瞧他;随后——脱身就走!——那以后——那将来呢!因为酒已倒了出来!一片梧桐树叶飘飘悠悠落下,沾在他袖子上。秋天即将过去,秋天之后——只有冬季了!他还没入冬,娜艾尔早就同他了却尘缘。青春年华会召唤这姑娘,把她带走;自然规律决定了这点。自然规律自有其进程!但只要把自然规律蒙骗个一时半刻!能蒙骗自然规律——这叫人多高兴!

就是这地方了,张着红条子的遮篷。一辆辆马车在驶离,逛马路的行人注目而视。他转身入内,心头忐忑。是不是来得比娜艾尔早了?她将怎样来参加这第一次舞会?单单同奥利弗一起来?要不然,找到了合适的上年纪妇女,能陪她上社交场合?他莱恩南来这里是因为娜艾尔——这可爱的孩子是"外头养的"——在这种场合可能需要大人的陪伴和监护,而他尽管困窘迷醉如此,还可帮衬一些体面。然而可叹的是:他知道,他之所以去那里,只是因为他没法让自己不去!

楼上大厅里,人们已在翩翩起舞;但娜艾尔还没来;于是他靠在娜艾尔必经之处的墙上。但他感到在这里很孤单,又不尴不尬,似乎人人准知道他来这里的原因。人们注意地看着,他还听到有姑娘在问:"那靠墙站的是谁?有那样头发和黑黑小胡子的。"——她的舞伴低声回答后,又是那姑娘的嗓音:"是啊,他看来就像正瞧着沙土和狮子。"这么说,他们把他当什么人啦?谢天谢地!他们都是普通人。没

殷红的花朵 | 297

有一个他认识的。万一约翰尼·卓莫尔亲自陪娜艾尔来呢?他星期六是回来的!那样的话,说什么是好?他那双眼睛骨溜溜的,善于猜疑又似乎洞悉内情,如何同他对视?他这人认定的人生哲学是:男人对于女人来说,只有一个用处。天哪,这倒是没错。

一时间,他差点就取回大衣和帽子溜之大吉。但这样一来,星期一之前就见不到娜艾尔;所以要硬撑下去。但今晚以后,不能再冒这种险——他们见面的事必须谨慎安排,必须转入地下。

可随即他看见娜艾尔来到楼梯下,穿着珠光的粉红礼服,他先前送的花里,有一朵簪在她浅褐色头发上,其余的吊在她小扇子柄上。她看上去多么神情自若,似乎正是为这种场合而生的——她裸露着颈子和手臂,两颊的红晕色泽深而柔和,眼睛灵活地流盼四处。她开始登楼,看她现在这模样,世上还有什么能这样可爱?

这时娜艾尔看见了他,他也看见奥利弗在其身后,还有一位高个子红发姑娘和另一位小伙子。莱恩南移到靠墙的楼梯口;他想得周到,这样一来,娜艾尔同他招呼的时候,脸就不会被后面几个人看到。只见娜艾尔把挂着花朵的扇子按在嘴上,伸出一只手,又快又低地说了一句:

"等第四支舞曲,那是波尔卡;我们坐到外面去,好吗?"

说完她略一扭身,那长发和簪着的花朵差点拂在莱恩南脸上。她走了过去,接着,奥利弗站到了面前。

莱恩南以为又要看到老一套倨傲神气了，不想这小伙子的表情恳切而友好。"你能来这里真是太好了，莱恩南先生。莱恩南太太她——"

莱恩南咕哝着说：

"她不能来，她不太——"要是有可能，他恨不得钻进锃亮的地板。青年人这样热切把心交托出来，这份信任叫人感动！他却这样履行对青年人的义务！

他们走进舞厅后，他回到靠墙位置。他们正随着第三支曲子起舞，他的等待将近结束。他站的地方看不见舞池里的人——看娜艾尔让别人搂着转来转去也没意思。

这不是一支正宗圆舞曲——只是法国或西班牙的马路曲调，但现在是按圆舞曲在演奏，那旋律怪异、哀婉，却在旋转中自得其乐。这种对欢乐的追逐！唉，生活中虽有种种锦标和可能，却没有一件能让人完全满意——除了情欲的倏忽瞬间！其他的事，任怎么激动人心，也称不上纯粹的欢情！至少，在他看来是这样。

圆舞曲已经结束。现在看得见娜艾尔了——正同另一位小伙坐在靠墙的轻便长凳上，时时转过脸来看看，似乎要看他是否还站在老地方。娜艾尔的那种爱慕真难以解释——那双眼睛既在吸引他，却又卑顺地跟随他！——这种奉承是极其微妙的燃料，时时添加于激情之火。她坐在那里的时候，红发姑娘和奥利弗已五次到她眼前，引见一些男子；只见小伙们投以热切的目光；只见注视着她的姑娘有的在冷静品评，有的坦然露出动人的欢愉。从她进来的那一刻，用她父

殷红的花朵 | 299

亲的话说,她就是"那里的唯一"。而娜艾尔对此一切竟熟视无睹,依旧对他孜孜以求,真难以置信!

一响起波尔卡舞曲的音符,莱恩南便向她走去。倒是她为他们俩找到了隐蔽所在——两棵棕榈树后的一个凹室。莱恩南坐在那里,有一种前所未有的感觉:他同这孩子没有精神上的交流。这孩子会把苦恼和欢乐告诉他,他会同情和安慰;但在他们的天性和年龄上,鸿沟永远无法逾越。他感到高兴的,只是看到她、接触到她。但是上天知道,这种高兴已经足够——这欢乐是热烈的渴望,就像过于劳累者的焦渴,越是想喝水解渴,渴得越厉害。

他坐在那里,身边满是石竹花和娜艾尔头发的香味。他感觉到姑娘的手搭着他的手,眼睛在不停搜索他的眼睛。他真心实意地努力着,要自己别想着自己,要想这是娜艾尔第一次参加舞会,自己别占据在她感觉中,应该帮助她去享受欢乐。但莱恩南办不到——他无能为力;他几小时前紧抱着娜艾尔,把她压在胸前;现在他只想再重来一次,这想望之酷烈使他喝醉了酒一样。

在这里,娜艾尔周围是一片光明,是涌动的青春,是令人沉醉的赞美;在所有这一切之中,莱恩南似乎看到她展开成一朵花。他想到,自己对那种幽期密约的焦渴是邪恶的,他无权进入娜艾尔的生活!自己是用旧了的、用薄了的硬币——只能破坏娜艾尔青春美貌的鲜艳和魅力!

这时,娜艾尔托起那些花朵,说道:

"你给我这些,是不是因为我给过你一朵?"

"是的。"

"我给的那朵,你怎么处置的?"

"烧了。"

"哦!为什么呢?"

"因为你是女巫——女巫必须同她们的花一起被烧掉。"

"你准备烧我吗?"

莱恩南把手按在她凉凉的手臂上。

"你感觉一下!火已经点起来了。"

"点就点吧!我可不在乎!"

娜艾尔握住那只手,把脸贴了上去;这时乐曲已经响起,她的鞋尖正按着音乐踏着拍子。莱恩南说道:

"你该去跳舞了,孩子。"

"哦,不行!只可惜你不想跳。"

"该去跳!你明白吗:这事不能张扬——只能是地下活动?"

她用扇子摁着莱恩南的嘴,说道:"你别这么想,你别这么想——永远别这样!我什么时候能来呢?"

"我得找个最妥当的办法,明天不行。不能让任何人知道,娜艾尔——这是为你——也为她——谁都不该知道!"

娜艾尔点点头,心领神会地重复道:"谁都不该知道。"——那嗓音轻柔而神秘——接着,她高声说:"奥利弗来了!你能来这里,真是太好了。再见!"

她挽着奥利弗胳臂,离开他们的小小隐蔽所,又回头看看。

莱恩南仍留在那里——要看她跳完这舞。这对舞伴不单模样好，两人还有更好的内在特点——倒不是奇特或古怪，却是强烈又难捉摸——使其他一对对舞伴显得不值一顾。这两位卓莫尔配得很好——男的是黑发，女的是浅色头发；男的是清澈大胆的褐色眼睛，女的是看来慵倦却有魔力的灰色眼睛。啊，现在娜艾尔这么近，奥利弗少爷高兴了！莱恩南有这感觉倒并非妒忌。不全是——对年轻人是不会感到妒忌的；某种深刻的东西——是自尊？是相称感？谁知道是什么——反正让人不会这样。娜艾尔看来也很快乐，似乎她的心灵也在欢舞，在随着音乐和花香而翩跹。莱恩南等她再一次舞过跟前，最后看一次那回顾中的倏忽眼波；这才取了大衣和帽子离开。

一三

在外面，莱恩南走了几步就停了下来，回头看看几棵树后的大厅窗户。有一盏街灯的光照在这些树上，树干的影子落在地上宛若扇子骨。教堂的钟敲了十一下。娜艾尔在那里还要玩几个小时，将在青春的怀抱中转了又转！莱恩南努力回想，却怎么也想不起奥利弗脸上的神情——那是许许多多东西的象征，都是他自己没法给姑娘的。娜艾尔为什么闯进自己的生活呢？——这对姑娘很不利，对自己也不利。这时，他有了个怪异想法："要是娜艾尔死了，我真会舍不得吗？我是不是该有点近乎高兴的感觉呢？要是她去世，她那种蛊惑也就随之而去，而我也能重新挺直腰板站起来，直视人们的眼睛！"这捉弄人的是什么样的魔力啊？扎进了人们内心，把心铰成碎片！当娜艾尔拿那把挂有花的扇子按着嘴，她眼中不正是这魔力？

音乐的嗡嗡声已经听不见；莱恩南走远了。

他到家的时候一定快十二点了。真讨厌，现在又要来一套自欺欺人的把戏——骨子里畏畏缩缩，表面上厚皮老脸。这鬼鬼祟祟的整个勾当，如果一开始就做得破釜沉舟，就安排在暗中进行，就不会如此糟糕！

客厅里没有灯亮着，只有壁炉中的火光。但愿西尔维娅上床睡了！随即他看见妻子，坐在帘子没拉上的窗边，一动不动的。他向妻子走去，开始唱那可恨的刻板老调：

"恐怕你刚才很冷清吧。我没办法，只能待得晚些。这种夜晚真没趣。"见妻子不动弹也没应声，只是苍白着脸静静坐着，他硬是让自己再凑近些，俯身抚摩妻子的面颊；甚至膝头着地，靠在她身旁。这时西尔维娅侧过脸来，面容十分平静，但眼神异样急切。她幽幽地凄然一笑，开口说道：

"哦，马克！这是怎么回事——怎么回事？任凭怎样也比这样好！"

也许是那幽幽一笑，也许是那嗓音或眼神——莱恩南心中一软。什么暗中进行，什么不露破绽，都给丢得一干二净。他低着头贴在妻子胸前，事情全都倾吐而出；这时他们俩相互搂着，在半明半暗中紧紧抱在一起，像两个受惊的孩子。只是讲完后他才明白：如果妻子推开他，不许他碰，那么在凄惨和难熬的程度上，就远不如现在这样，因为西尔维娅脸色惨白，双手抓着他说："我从没想到——你和我——哦！马克——你和我——"这些话里透露的，是对他们的共同生活，对他本人的信心啊！然而，这并不强似他本人以往的信心——这信心现在还有！但西尔维娅不能理解——他早就知道妻子永远不能理解，所以一直拼命要严守秘密。妻子以为丧失了一切；但在他心中，妻子没丧失任何东西。这种情欲，这种对青春和生活的焦渴巴望，这种疯狂——随便怎么称呼吧——无碍大局，并不影响他对妻子的爱、对妻子的需要。西尔维娅能相信这点就好了！他一遍又一遍重复这话，但一次又一次看到妻子听不进。西尔维娅只看到一点：丈夫的爱已从她这里转向别人——尽管这并非事实！突然她推开丈夫，从他的拥抱中挣脱出来，喊道："那姑娘——可恨、可厌、虚伪！"莱恩南从没见她如此模样：白皙的脸涨得通红，线条柔和的嘴唇和下巴变了样，蓝眼睛里冒着火，胸脯起起伏伏，好像呼出的每口气都来自不能吸气的肺。接着，她火气同样迅速地消去；跌坐在沙发上，两臂捂着脸，人摇摇晃晃的。她没有哭，时不时轻轻哼一声。在莱恩南听来，每一声都仿佛是呐喊，发自被他谋害的什么东西。最后他走过去，挨着妻子坐在沙发上说：

"西尔维娅！西尔维娅！别这样！哦！别这样！"妻子不作声，身子不再摇晃，任丈夫轻轻抚着她，拍着她。但她仍捂着脸，只开口说了一句话，声音低得几乎听不见："我不能——我不会硬要分开你们的。"莱恩南痛切地感到：妻子柔嫩的心所受的创伤，任何言词已无补于事，难于抚慰，只能不断地轻轻抚着、吻着妻子的手。

他干出这种事真是糟透了——简直是恶劣！但老天知道，他没故意去找——是事情找上来的。虽说西尔维娅痛苦不堪，这一点肯定还看得清楚！莱恩南既难过，又痛恨自己，但在他内心深处，他知道：他早就有这种感情，在见到那姑娘前就有；但自己无法防止，也没任何男人能制止心中这感情——这一点，西尔维娅或其他人都不可能知道。对他

殷红的花朵 | 305

来说，这种焦渴的盼望，这种情爱的游移，同眼睛和手一样，是他必不可少的一部分；也是不可遏制的自然需要，一如他渴望工作，需要西尔维娅给予的安宁，这安宁也唯有西尔维娅能给。这就是悲剧之所在——因为这一切的根子，都深深扎在男人的本性里。自从那姑娘出现在他们生活中，就他思想上对妻子的不忠而言，并不比以前更严重。如果妻子有洞察力，看出他的真情实况，把他当成与此过程无关的人观察，那他无非同样是血肉之躯——这样，西尔维娅就会理解，甚至可能不感到痛苦了。但妻子做不到这点，他做丈夫的也就永远没法说清楚。对于说了也白说的言词，他感到厌倦，但还是拼命在继续尝试，还郑重其事地说：难道做妻子的看不出？这件事，他完全身不由主——是一种渴望，一种对于美、对于生活、对于已逝青春的追求！听了这话，妻子看着他，说道：

"你以为我就不想青春重现吗？"

莱恩南顿时语塞。

作为女人，如果感到自己的美——她头发和眼睛里的光泽和光彩，她四肢和胴体的优美和柔软——从身上和她所爱男人的眼中消失！还有比这更苦涩的吗？——此时就不该在苦涩上再添苦涩，把苦恼的妻子推入垂暮之年，而是该帮助她，让她保持对自己魅力的信心！除此之外，丈夫还有什么更神圣的义务呢！

男人和女人——他们都希望青春重现；女的，就可把这青春全献给男的；男的，却因为这青春有助于带他去别处——去某个新领域！区别竟如此之大！

马克站起来说道，"来吧，亲爱的，我们去睡睡看吧。"

他一次也没说能抛开这事，这话实在说不出，尽管他知道：西尔维娅一定注意到他没说这话，一定盼着要听到。他能讲的只是：

"只要你还需要我，就决不会失去我。"……还有，"今后，我什么事也不瞒你。"

在楼上卧室里，西尔维娅一连几个小时躺在丈夫怀里，没什么怨尤之言，毫无生命的活力，但莱恩南吻她眼睛时，总是湿的。

男人的心是怎样的迷宫啊！在这迷宫里，他每分钟都会让自己迷失！那里的曲径回廊，那里的拐弯转角多错综复杂！感情的转换多么倏忽！怜悯和情欲在怎样相互争斗！又如何渴求安宁！……

莱恩南神疲力殚，像在发烧，又像蒙眬入睡，他几乎不知道：耳边的声音是西尔维娅的呜咽，还是悠远的音乐；怀里抱着的是妻子的身体，还是娜艾尔的。……

但生活还得继续，在人们的跟前还得保住脸面，誓约还得遵守。对他们两人来说，这噩梦还在延续，尽管表面上是普通星期日的宁静。他们就像走在高峻的悬崖边，不知走到哪一步会坠落深渊；或者像卷入黑滚滚旋涡，挣揣着想要游出去。

下午，他们一起去音乐会。这只是为了有件事可以做做——可以有一两个小时休息，免得有可能谈及剩下的一问题。船已经沉没，任何东西，只要有助于暂时浮在水面上，他们就要抓住。

傍晚有客人来晚餐：一位作家、两位画家；都带着太太。真是个讨厌的夜晚——谈话一转到翻来覆去的老题目，说到艺术家必须的精神自由和智力、体力自由，更是讨厌得无以复加。所有的陈腐见解都抬了出来，还得面色泰然地参加讨论。

他们虽大谈其自由，莱恩南却能想象：只要这些朋友知道此事，马上就会向后转。勾引年轻姑娘可不是"事儿"——真的，似乎只有人们认为是"事儿"的事，才有干的自由！他们有关自由艺术精神的高论，能经受住一切，但只要撞上"体统"的准则，马上瘫掉；所以事实上，与中产阶级的平庸精神相比，与中产阶级的习俗常规相比，艺术家的自由精神绝不更自由；或者说，也绝不比大呼"罪孽！"的教士精神更自由。绝不！

那么是否有可能抵制这种吸引力？这里，有关"体统"的准则，宗教和道德的条条框框，一概不起作用——什么忙都帮不上，只除了比情欲更强烈的感情。西尔维娅表面上强作欢颜！——真的，那倒是他们该谴责他这丈夫的理由！他们对自由信条所作的解释，都无法抹去这点——当男人使情意绵绵的忠诚妻子痛苦，这个男人的灵魂就受到损害，走向死亡。

他们终于告辞了——说着"真是太感谢了！"，说着"多愉快的晚上！"。

剩下的两人，又要面对面度过一夜。

莱恩南知道，事情又得从头开始来一遍——这无法避免，刚才的可悲讨论像刀扎进他们的心，整晚都在搅啊搅的。

"我不会，我一定不会让你熬得难受，影响你创作。别为我着想，马克！我受得了！"

接着，西尔维娅撑不住了，情形比头天夜里更糟。在折磨其生灵方面，老天真是天才，十足的天才！哪怕在短短一个星期前，如果有人预言：他会使西尔维娅这么痛苦，他会直截了当地责备那人胡说——这个西尔维娅，小时候睁大着蓝眼睛，淡黄头发上扎着蝴蝶结，当时自己就保护她，带着她走过她以为满是公牛的田野；这个西尔维娅，淡黄头发里缠住过他的司命星；这个西尔维娅，十五年来的日日夜夜，都是忠心耿耿的妻子，是自己始终爱着的并依然赞赏的人。那种话当时听来是难以置信的，是荒唐愚蠢的。难道所有的已婚男女都得有这样的经历——难道这只是穿越沙漠的寻常跋涉？要不，是一了百了的沉船事故？是在沙暴中死去——可怕地暴死？

又苦恼了一夜，问题还没有答案。

他对西尔维娅说过：以后再同娜艾尔见面，一定事先告诉她。所以到了早上，莱恩南写了"今天别来！"几个字，给西尔维娅看过，差仆人送到卓莫尔家去。

那天上午进了工作室，他的苦楚难述难描。事情乱作一团，他的创作怎么办？今后他还能定下心来创作吗？昨晚那些人谈到"情欲和经验给人灵感"。自己为了求西尔维娅原谅,也这么说过;可怜的西尔维娅,只是重复着那几个字,硬是想接受下来,想要相信那是实话。不过,是不是实话呢?又没有了答案。或者说,他肯定拿不出答案。让灵泉破地而出;沉浸在激情之中;摆脱死气沉沉,拼命感受一番——说不定有一天他感激不尽——谁知道呢?说不定哪一天过了这荒漠,前面就是沃野;在那里,他甚至能干得比往常更好。可是眼下呢,倒不如指望判了死罪的人搞创作呢。在他看来,如果放弃娜艾尔,就永远放弃了在四处寻寻觅觅的本能——这本能原来倒是该得到满足的,却没有得到——这样,他就给毁了。但如果要了娜艾尔,就会让心爱的妻子痛苦不堪,而知道了这点,他同样也毁了!今天,他能看到的就是这么远。以后,他到时候能有多远的眼光,只有天知道!但还说什么"精神自由"!真是苦涩的反话!在这里,四周都是自己的作品,他仿佛是捆着手脚的人,被从未体验过的愤激之情裹挟而去。女人哪!这些女人!只要让他摆脱这两人,摆脱所有的女人,摆脱她们激起的情欲和怜悯就好了!这样,他的头脑、他的手就能复苏,就能创作了!他不能被她们扼杀,不能被她们毁掉!

不幸的是,尽管怒气冲冲,莱恩南仍然明白:即使逃离她们两人,对他也决无帮助。不管用什么方式,必须从这局面里拼杀出去。如果是一对一的对等拼杀就好了;那就在情欲和怜悯之间有个明确结果!但是这两人他都爱,这两人他都怜悯。在这件事情上,没有一处是明确而直截了当的;这都深深扎根在人的全部本性中。他觉得自己在不停奔突，却处处碰壁，走投无路；这感觉使他大为吃惊，也开始影响他的大脑。

虽说他时而也有片刻的神清气爽，这时想到这种自我折磨之精巧微妙，会感到有趣而奇怪至极；但这并非就是解脱，因为这仅仅意味着，就像在长久的牙疼中，暂时丧失了感受力。真是好一个小小的地狱！

一整天，他都怀着近乎肯定的预感：他送去的几个字会使娜艾尔吃惊，顾不得信上的话就赶来。可是，不这么写又能写什么呢？任怎么写，无非让娜艾尔更惶惶不安，或让自己陷得更深。他有一种感觉：娜艾尔能跟踪他的心绪，娜艾尔的眼睛能看到他在任何地方，就像猫的眼睛在黑暗里看东西。自从十月份那最后一晚，莱恩南就或多或少有这感觉，那时娜艾尔刚避暑回来——已长大成人了。离现在多久呢？仅仅才六天——这可能吗？是啊！她知道什么时候她的魔力在减弱，什么时候她的电流需要补充。

约莫六点钟——此时暮色已降——他听到娜艾尔叩门，虽然毫不惊奇，却还是无意识地颤抖一下。为了尽可能靠近娜艾尔，他紧贴在关着的门后，敛气凝神地站着——他已向西尔维娅作过许诺——而且完全出于自愿。透过这扇薄薄旧木门，他隐隐听见娜艾尔脚步落地的声音，一会儿朝这里移几英寸，一会儿朝那里移几英寸，宛若在恳求无动于衷的寂静。莱恩南似乎看见了她——微微俯着头在倾听。门叩了三次，每次都使他一阵抽动。这太残酷了！凭那份洞察力，娜艾尔一定知道他就在门后；他这么不声不响，就等于说明了一切——因为他的静默自有其声音，自有其无声无息的可怜声息。接着他清楚听到一声叹息，听到脚步声渐渐远去；他两手捂了脸，疯了似的在工作室里窜来窜去。

再也没她的任何声息了！已经走啦！这叫人受不了；这时，莱恩南抓起帽子，奔了出去。朝哪里去呢？他胡乱地向广场跑去。那不就是娜艾尔——在街对面的栏杆边，正迟疑不决地慢慢走回家去。

一四

现在娜艾尔就在那里,莱恩南却动摇起来。他作过保证,难道自食其言?这时娜艾尔转身看见了他;他后退已来不及。在砭人肌骨的东风里,姑娘的脸看上去变小了,萎缩了,浸透了寒意,但眼睛反而显得更大,更富于魔力,似乎在央求对方别生气,别打发她走。

"我不能不来。我很害怕。为什么你写那么个短短小便条?"

莱恩南尽力使嗓音听来平静又自然。

"你得勇敢些,娜艾尔。我告诉了她,我没法不这样做。"

娜艾尔一把拉住他手臂;接着挺了挺身子,响起她那清脆的嗓音:

"哦!这一来,我想,她恨我了!"

"她难过极了。"

他们没有说话,默默走了一分钟,却仿佛是一个小时;上回他同奥利弗绕着广场转,现在却走离房屋。终于,娜艾尔带着哽咽说:"我只要你的一点点。"

他干巴巴答道:"在爱情的事情上,没有什么一点点——也不可能止步不前。"

突然,他觉得娜艾尔的小手在他的手里,那些手指在他手指间不停地捏着、缠着;那带点哽咽的嗓音又说:"但你肯让我有时候来见见你吧!你一定得答应这个!"

这受惊的孩子哀哀依人,要拒绝她真是难上加难。莱恩南咕哝着回答,自己也不清楚说了些什么:

"好——好的;没问题。要勇敢些——你一定得勇敢,娜艾尔。一切都会好的。"

但对方只是答道:

"不,不!我并不勇敢。我要做点什么。"

现在她脸上的神情真是可亲可爱,既桀骜不驯,又一筹莫展,正如纵马朝沙坑冲去时那样。她什么事做不出来呢?为什么自己的一举一动,不是给这人就是给那人带来磨难?这两人都因为他而饱受痛苦;夹在她们之间,他恍若失去了安身立命之所。为了追求幸福,他落到如此地步!

忽然,娜艾尔开口了:

"星期六跳舞时,奥利弗又对我提那事。他说你告诉他,要有耐心。你说过吗?"

"说过。"

"为什么?"

"我为他感到难过。"

娜艾尔把手抽了回去。

"也许你还乐意让我嫁给他呢。"

莱恩南眼前又看见这对舞伴,在光亮的地板上转了又转,形象十分清晰。

"这样比较好,娜艾尔。"

她低低出了一声——不知是生气还是懊丧。

"这么说,你是真的不要我了?"

这倒是他的机会。但娜艾尔的胳臂挨着他胳臂,苍白的脸上满是绝望,那让人神魂颠倒的眼睛盯他望着,他哪能撒那种谎?于是回答说:

"不——我是要你的,老天知道!"

一听这话,娜艾尔不由得欣慰地呼出一口气,如同对自己说道:"只要他要我,就不会放我走。"她对爱情和对自己青春年少的信心,得到了奇怪的小小鼓励!

也不知怎么的,他们已走到了派尔麦尔大街。这时莱恩南发现,自己竟如此深入卓莫尔的猎场,着实吃了一惊,急忙转身朝圣詹姆斯公园走去,想在昏暗中穿过那里,再绕到皮卡迪利大街。跟老室友的女儿一起,这样鬼鬼祟祟见不得人——也许世上所有的人中间,他最不该对这位老友干出此事!好一桩奸滑勾当!但是,当娜艾尔眼睛望着他,肩头擦着他肩头,所谓的体面算得了什么呢?

他说出那句"我是要你的"之后,娜艾尔一直没说话——或许是担心,别的话会破坏这话带来的惬意吧——但走近海德公园角的大门,她又把手伸进莱恩南手里,又一次嗓音清晰地说道:

"我不想损害任何人,可是你得让我有时候能上你家看看——你得让我见见你——你总不会完全把我一撂,让我老

殷红的花朵 | 315

以为这辈子再也见不到你吧？"

莱恩南再一次不知所云地喃喃答道：

"不会，不会！这没有问题，亲爱的——一切都会好的。肯定的——会这样的。"

娜艾尔的手指又在他手指间缠来缠去，像是孩子的手。这姑娘似乎有神奇的本领，知道该说什么、该做什么，让人束手无策。她接着说道：

"我没要自己硬是爱你——要爱也没错——这不会损害她。我只要你一点点的爱。"

一点点——总是说一点点！但现在莱恩南一心想宽慰姑娘。想到她回家后孤零零坐着，想到她整晚担惊受怕、凄凄恻恻，真叫人感到可怕。于是他紧紧握住娜艾尔手指，咕咕哝哝地说些也许能宽慰的话。

这时，他看到他们已走到皮卡迪利大街。道别前，他敢同姑娘沿那围栏再走多远？有个男人朝他们走来——九个月前那个要命的下午，正是在这里他第一次与卓莫尔重逢——眼前这人的步态略显蹒跚，闪闪的礼帽略略偏向一侧。谢天谢地！——不是卓莫尔——只是有点像他；这人走过时对娜艾尔注目而视，带着狮身人面像的那种神情。莱恩南说道：

"现在你必须回家了，孩子；千万不能让人家看见我们在一起。"

有那么一会儿，他以为娜艾尔会情不自禁，不肯离开。可接着姑娘把头一昂，那样静静站了一秒钟，看着他的脸。突然娜艾尔把手套一脱，那温暖的手插在他手里紧紧一握。

她嘴边挂着淡淡笑意,眼睛里却饱含泪水;接着她抽手就走,投入车马行人之中。莱恩南看着她拐过街角,消失了。但是,那热情洋溢的小手,那手上的暖意,依然蛰着莱恩南的手掌,他几乎跑着朝海德公园而去。

他不管东南西北,冲向公园的幽暗地方——在找不到归宿的寒风里,这地方已被遗弃,没什么声响,也绝无芳香——在灰黑色天宇下,踏过公园里那些无情的路。

天空幽暗,寒气凛冽,对他这样的人很合适,因为其情感不需要外来帮助——事实上,他只有一个愿望,就是尽力摆脱头脑中的可怕感觉,那种在牢房里团团转,四处碰壁,焦头烂额,没有出路之感——他这路两头都不通,永远永远走不出去。他漫无头绪,漫无目的,只顾驱动两条腿往前走;他也没有奔奔跑跑,因为他知道:一奔跑,就得早停下。唉!在好市民的眼里,还有比他更滑稽的景象吗!他这有家室的中年汉子,一连几小时都在大步走着,踏着干枯、幽暗、空落落的草地——情欲和怜悯之情紧逼着他,让他都弄不清是否已经吃饭!幸好,在东风凄厉的秋夜,好市民都足不出户。他这种讨厌的活动,唯一的见证是树木——这些树听任寒风吹打,皱缩的落叶翻飞着掠过他身旁,颜色比黑夜略淡。他脚下时而窸窣作声,这是踏进了一堆落叶,它们正等着被一堆堆烧掉,而已经烧掉的还在空气中留着气味。真是走投无路的散步——在这伦敦的心脏地带,走来走去,转东转西,一小时接着一小时,总走在暗处;天上没有一颗星,没有可对话的人,甚至也不见清清楚楚的人影,连

殷红的花朵 | 317

鸟兽都不见一只；只有远处的幽幽灯光，只有车辆低沉的沙沙声！这种散步寂寞至极，一如从生到死人类灵魂的寂寞旅程，指引它的，唯有其脆弱心灵发出的一点明灭火光，隐约照着不知是何处的地方。……

　　结果，他累得几乎抬不起腿，但头脑里终于摆脱了那种可怕感觉——这是多少天来的第一次——莱恩南从刚才进公园的那道门出来，踏实地走回家去；无论如何，这件事今晚将有分晓。……

一五

好吧，所有这些——这些灵与肉的长时间折腾——便是他此刻的回忆。他坐在卧室壁炉旁的扶手椅里，注视着融融火光；心力交瘁的西尔维娅睡在那里；窗外的秋风里，梧桐树黑黝黝的，叶子叩着窗，瑟瑟作声。他看着看着，莫名其妙地有了把握，觉得过完这个夜晚之前，肯定要作出不会改变的最后决断。因为无论什么结果，终究比这地狱般的举棋不定要好，尽管内心冲突会渐渐淡化，尽管悬而不决由此可制约其可悲的折磨。最近几天里，有这么一两回，他甚至觉得死也没什么大不了；但现在他已头脑清醒，准备解决问题了；死的念头像影子从他脑中隐去。如此简单、过分、虚妄的办法，对他不可能有用。其他的结局都有现实意义；死却没有。抛下西尔维娅，带上这小情人就走；这倒有现实性，但这想法一出现，总是会消失；现在它又一次消失。难道在世人的睽睽众目之下，如此羞辱他仍爱着的贤妻？而此举可说是置其于死地——尔后将永远怀着悔恨，看自己越来越老而姑娘依然青春？他不能这么做。如果西尔维娅不爱他，那倒可以；或者，自己并不爱西尔维娅，这也行；再如果，即使西尔维娅爱他,但坚持其做妻子的权利——只要是这些情况之一,他或许就那么干了。但是西尔维娅是他爱的人,而且大度地对他说过:"我不愿妨碍你——找她去吧。"——要撇下这样的妻子,这是黑了良心的恶行。

每一条回忆,从他们青梅竹马时的相亲相爱,到最近两夜她死命搂着的两臂,所有的回忆伸出无数的触手,以不可克服的力量,千丝万缕地拴着他,把他紧紧捆在西尔维娅那里。接下来怎么办?到头来,还得放弃那姑娘不可?

他坐在那里,虽然靠近暖洋洋的炉火,却颤抖起来。要抛却爱情——这多么凄惨,多么浪费,对神圣的爱是怎样的亵渎?在天赐的所有礼物中,爱情是最珍贵的——难道就掉头不顾!难道扔下这宝瓶,砸碎了它!这世上本就没有太多的爱,也没有太多的温馨和美——不管怎么讲,对于韶华已经流逝、热血即将变冷的人来说,确实没有多少。

西尔维娅能不能容忍他这做丈夫的,让他兼有妻子和姑娘的爱呢?难道西尔维娅做不到这点?她说过她能做到;但是那脸色、那眼神、那嗓音都表明并非如此;所以每次听到妻子这么说,他心中就会因怜惜而难受。这就是真正的结果。他能不能接受妻子的这种牺牲,逼得妻子天天痛苦不堪,眼看着由此而萎靡憔悴?以这种代价换来的幸福,他担得起吗?而且,这究竟是不是幸福呢?他从椅子里站起,轻轻走向西尔维娅。妻子睡在那里,看来十分瘦弱!合上的眼睑下黑黑的,被过于白皙的皮肤一衬,益发叫人看了心疼;

在她淡黄色头发里，莱恩南看到一直没注意到的银丝。西尔维娅的嘴唇稍稍分开，几乎没有血色，随着长短不匀的呼吸微微抖动；时不时还发烧似的略略一阵颤抖，像是从心底里发出来的。整个的人显得温柔又脆弱！余生无多，精力无多；青春与美貌渐渐逝去！想想吧，他原该是斗士，为保卫妻子而与时光和年龄搏杀，却每天给妻子的脸添上愁容，给妻子的心增加忧戚！他应该做的是——他们两一起度过未来的岁月！

他屏息静气站在那里，俯身端详着妻子。这时风吹着梧桐树，让枝梢在窗上擦来擦去，那模糊的窸窣声恍若充满了世界。接着，西尔维娅的嘴唇微微翕动，轻轻发出伤心乱梦中的短促低语，但那梦呓说得很快，含含糊糊地听不真切。

莱恩南想道："我信仰勇敢和仁爱，我痛恨残忍——如果我做这样残忍的事，我活着干什么？我还怎么工作？还怎么做人？如果我这么做，我就完了——成了没有信仰的游魂——成了背弃自己一切信条的叛逆。"

他跪在那里，靠近那忧郁而清寂的脸，靠近那睡梦中还在沮丧的心。他认识到不能做那事——这认识来得突然而明确，随之而来的还有奇异的平静感。结束了！——长时间的思想斗争——终于结束了！青春和青春做伴，夏日与夏日为侣，落叶就同落叶为伍！炉火在他身后闪闪烁烁，梧桐树叶在轻轻叩窗。

他站起身来，了无声息地走开，悄悄下楼来到客厅，从另一端的落地玻璃门走进院子；前些日子，他曾坐在这里的

殷红的花朵 | 321

绣球花旁边，听着手摇风琴。那里很暗也很冷，有点吓人的神秘感，他连忙回屋，进了工作室。那里同样又冷又暗，而那些幽灵般的石膏像，抽过的纸烟味，也有吓人的神秘感。壁炉中只有一处灰烬还红着，那是他奔出去追娜艾尔时留下的——是七个小时以前的。

他当即走向大书桌，调亮了灯，拿出几张纸，写下他不同作品的去处；至于娜艾尔的塑像，他写明要送往卓莫尔先生寓所，并致以问候。他给自己的开户银行写了信，要他们把钱汇往罗马；又给他律师写信，要把房子出租。他写得很快。要是西尔维娅醒来，见他不在，难免不胡思乱想。他拿过最后一张纸。只要能帮助娜艾尔度过这一突变，信上写什么，编怎样的谎话，还有什么关系呢？

亲爱的娜艾尔：

我这信匆匆写于凌晨，为的是告诉你：我唯一的姐姐在意大利病重，叫我们去。我们乘上午第一班船出发，可能要离开一段时间。我会再写信的。别发愁，愿上帝赐福于你。

马·莱

他写信的时候，眼前有点模糊。这情意绵绵却满心绝望的可怜孩子！可是，她青春正富，精力充沛，很快就可以有个——奥利弗！于是他又取出一张纸。

亲爱的奥利弗：

我妻子和我不得不火速赶往意大利。上回晚上，我注意了你们俩跳舞。对娜艾尔要温柔体贴；还有——祝你好运！可不要再对她说我叫你耐心些；这样做恐难使她爱你。

马克·莱恩南

好吧，事情这样了结了——对，全了结了！他捻灭了小灯，摸索着向壁炉走去。但有件事还没做。就是道别！向姑娘，向青春，向情欲道别！——向唯一能解除那种痛苦的慰藉道别——那痛苦是春情美色带来的渴望，渴望放浪不羁，渴望热烈的恋情，渴望新奇；这种渴望存在于男人的心中，永远都不会完全消泯。然而或早或晚，所有的男人都得向它道别。所有的男人——所有的男人！

他在壁炉前蹲下。没有了热力的灰烬很快在暗淡下来，但仍然红红的，像朵殷红的花。在这灰烬完全熄灭前，他一直蹲在那里，仿佛正在同这朵花道别。这时，他听见姑娘幽灵似的叩门声。而他——他成了幽灵般环境中的幽灵——只觉得身边站着那姑娘。那团红光渐渐黑了，最后一点火星也终于熄灭。

随后，他凭着夜色中那点微光上楼，像下来时一样悄悄回到卧室。

西尔维娅仍睡着；为了等着看她醒来，莱恩南又在炉火前坐下。一片寂静中，只有秋叶轻脆的叩窗声，只有西尔维娅呼吸中时不时的轻轻哽咽。同他先前俯在床边听到的相比,这声音中少了些忧虑不安,仿佛西尔维娅梦中有知。他决不能错过妻子醒来那一刻,在她完全醒来前得在她身旁,对她说:"好了,好了!全过去了;我们立刻出门——立刻。"要准备好立即送上这慰藉,让她来不及重新沉浸于痛苦。这是黑夜之海中的一座岛,对于被剥光了一切的莱恩南来说,这是个小小避难所。要做点什么——要做确定的、实在的、稳妥的事。然而西尔维娅还没醒,莱恩南在椅子上又坐了漫长一小时;他身子前倾,眼中饱含热切的期待,久久凝视着妻子的脸,凝视着脸后的某种幻影,某种忽明忽暗的隐隐亮光——亮在远而又远的地方——犹如天涯行客注视着一颗星。……

1912—1913

全书 终

HIVER

John Galsworthy
THE DARK FLOWER

图书在版编目(CIP)数据

殷红的花朵 / (英)约翰·高尔斯华绥 (John Galsworthy)著；黄杲炘译. -- 上海：上海译文出版社, 2024.8. -- (译文经典). -- ISBN 978-7-5327-9627-4

Ⅰ. I561.45

中国国家版本馆CIP数据核字第2024GU3006号

殷红的花朵

[英]约翰·高尔斯华绥　著　黄杲炘　译
责任编辑/顾　真　装帧设计/张志全工作室

上海译文出版社有限公司出版、发行
网址：www.yiwen.com.cn
201101　上海市闵行区号景路159弄B座
苏州越洋印刷有限公司印刷

开本 787×1092　1/32　印张 10.75　插页 9　字数 159,000
2024年8月第1版　2024年8月第1次印刷
印数：0,001—5,000册

ISBN 978-7-5327-9627-4/I·6044
定价：58.00元

本书中文简体字专有出版权归本社独家所有，非经本社同意不得转载、摘编或复制
如有质量问题，请与承印厂质量科联系。T: 0512-68180628